KB058874

이세계에서 스킬을 해체했더니

치트급 아내가

증식 했습 니다

개념 교차의
스트럭처

센게츠 사카키 지음 | **토자이** 일러스트

Contents

제1화 「노예 소녀들에게 휴가를 주기 위해서는 여러 모로 구실이 필요했다」

"그럼, 지금부터 파티 멤버 모두 유급 휴가니까."

멤버들이 전부 집 거실에 모인 상태에서 말했다.

우리는 지금부터 이르가파 영주 가문의 별장이 있는『휴양지 미슈릴라』에 가기로 했다.

여행의 목적은 노예 모두에게 유급 휴가를 주는 것.

그리고『해룡 제사』의 열기가 식을 때까지 항구도시 이르가파를 떠나 있는 것이다.

이리스를 데리고 가는 것에 대해서는 영주님의 허가를 받았다. 표면적으로는『해룡 제사』를 치르느라 피곤한 무녀를 위한 바캉스로 되어 있다.

미슈릴라까지의 거리는 걸어서 사흘 정도.

그곳은『휴양지』다보니 기후도 온난하고 온천까지 있다는 것 같다. 그런 곳이라면 다들 느긋하게 쉴 수 있으니까…… 좋을 것 같은데 말이야. 여행까지 딸린 유급휴가.

""""""유급휴가…………?""""""

"알기 쉽게 말하자면…… 용돈도 주는 휴가…… 라고 하면 될까?"

내가 말했더니 다들 깜짝 놀라서 눈이 휘둥그레졌다.

"나기 님네 세상에는 그런 게……?" "나기는 우릴 너무 신경 써준다니까." "누나는 나 군한테 어떻게 보답하면 되는 거야?" "그렇군요. 휴식과 급여, 일의 균형을 생각한 오빠다운 방법이군요."

"저, 내일 죽는 건가요……?"

"그래서, 어쩔 거야?"

"""""같이 가게 해주세요…………?"""""

반응은 제각기 다르긴 했지만, 어쨌거나 모두 찬성했다.

하지만 『유급휴가』에 대해서는 이쪽 세계에는 없는 제도라서 그런지 잘 이해하지 못한 것 같다.

천천히 설명해주자. 여행하는 중에는 시간이 많으니까.

그렇게 해서 일정을 정하고, 길 떠날 준비를 하는 사이에 며칠이 지나서—

순식간에 출발하는 날 아침이 됐다.

이리스가 교섭해준 덕분에 이르가파 영주 분께서 이두마차를 빌려주셨다.

지붕이 달렸고, 전부 다 탈 수 있을 정도로 큰 마차다. 최도 속도는 말이 빨리 걷는 정도라고 하지만 그거면 충분하다. 관광 여행이니까 천천히 가자.

"그럼, 발동. 『생명 교섭 LV1』."

마구를 착용한 말들 앞에서 스킬을 발동했다.

『생명 교섭』(UR)

『식재료』로 『예의 바르게』 『교섭하는』 스킬.

식재료를 통화 대신 사용해서 다른 이와 거래할 수 있는 스킬.

이 스킬을 발동하면 상대가 동물이나 마물이라도 의사소통이 가능하다.

"나는 소마 나기. 너희들에게 일을 부탁하는 자다. 출발하기 전에 이야기를 해두고 싶다."

『생명교섭』은 다른 종족 간에 커뮤니케이션하는 스킬이다.

마차를 모는 스킬『마부 LV2』는 구입해뒀지만, 혹시 모르니 말들하고도 얘기를 해두자.

"너희들이 목적지까지 같이 가줬으면 좋겠어. 우리의 숫자는 여섯 명. 코스는『샤르카』를 지나서 휴양지 미슈릴라까지. 편도로 약 사흘이 걸리는 거리야. 잘 부탁한다."

나는 미리 준비해뒀던『니기우리카』를 꺼냈다.

초록색이고 당근처럼 생겼는데, 이쪽 세계의 말들이 좋아한다는 것 같다.

그것을 본 말들은 고개를 부르르 떨면서「푸르르」「푸르르르」하는 소리를 냈다.

『아, 아, 알겠슴다!』

『맡겨만 주십쇼, 나리!』

동시에, 내 머릿속에서 목소리가 울렸다.

『저희 같은 놈들한테 이렇게 정중하게 인사까지 해주시다니, 황송할 뿐임다.』

『얼마든지 부려 주십쇼!』

"잘 부탁해. 마부는 나랑 이 아이가 담당할 거야. 이 아이도 너희들과 의사소통이 가능할 테니까."

나는 세실의 어깨를 잡고 말들 앞에 보여줬다.

"잘 부탁드려요. 말 여러분!"

세실은 『동물 공감 LV3』을 발동해서 말들에게 말을 걸었다.

『어이구야, 정말 귀엽구만.』『이런 미소녀가 부려준다면 바랄 게 없슴다!』

"무, 무슨 말씀이세요. 그리고 나기 님 곁에는 멋진 분들이 많으니까……."

『이야, 나리는 정말 행복하시겠슴다.』『서로 사랑하는 겁니까!』

말들이 세실의 손에 코를 문질러댔다. 친해진 것 같네.

"피곤하면 꼭 얘기하고. 너희도 우리 여행길 동료라는 걸 잊지 마. 내가 할 말은 여기까지야.

『『알겠슴다, 나리!!』』

오독오독, 아작아작.

동시에 말하고, 말들은 『니기우리카』를 씹어대기 시작했다. 좋았어, 얘기는 다 됐고.

필요한 것들은 마차에 실어뒀다. 제일 중요한 건 식량과 물인데, 그쪽은 몇 번이나 확인했다. 혹시 모르니 스킬 크리스탈도 준비했다. 가재도구는 그쪽에 가서 빌릴 수 있다고 하니까 문제 없고.

준비는 다 됐는데…… 그러고 보니,

"─출발하기 전에 말해둘 게 있었네."

나는 리타, 아이네, 라필리아, 이리스 쪽을 보면서 말했다.

모두들 마차 옆에 모여 있다. 말 등을 쓰다듬어주고 있던 세실도 서둘러서 그 옆에 가서 섰다.

이번 여행은『유급휴가』의 일환이지만,『사원여행』도 겸하는 것이다.

사원여행 하면『관광지 구경』『온천』『현지 요리를 먹는다』가 기본적인 이벤트인데, 나는 거기에 하나를 더 하나를 추가했다. 그 것은—

"여행하는 동안에는 최대한『편하게』지내고 싶거든.

동료들 앞에서 선언했다.

『편하게』

나기의 세계에 존재하는 상하관계를 무시하는 회식을 말한다.

회식으로 한정되는 것이 아니라 상하관계를 무시하는 상태, 환경을 가리킨다.

상사가「오늘은 편하게 가자」고 말했을 경우,「상하관계를 신경 쓰지 말고 편하게 즐기자」는 의미인데, 이것은 있는 그대로 받아들였다가 나중에 혼쭐이 나는 경우가 많다.

그래서「적당히 상하관계를 의식하면서도 그것을 무시하는 척 행동해야 한다」는 높은 수준의 대응을 요구하기 때문에 오히려 스트레스가 쌓이는 경우도 많다.』

원래 뜻이 어떻건 간데, 내 경우에는『진짜로 받아들여도 OK』인 편하게다.

"이번 여행이『유급휴가』대신이라는 걸 잊지 말고. 휴가 중이니까 다들『주인님』은 신경 쓰지 않아도 된다, 는 뜻이야.

그렇게 설명해 줬는데.

"""""…………?"""""

다들 고개를 갸웃거렸다.

"미안, 나기…… 무슨 뜻인지 잘 모르겠거든."

리타가 동물 귀를 뽕뽕 움직이면서 중얼거렸다.

"미안해, 설명이 부족했나보네."

이쪽 세계 사람들한테 갑자기『편하게』라고 말해봤자 통할 리가 없을 테니까.

여행하는 동안 계속 그러는 게 아니라, 시간을 정해두면 다들 휴가를 받아들여줄지도 모르니까.

알기 쉽게 설명하자면―

"한마디로, 오늘 밤에는 사양하지 않아도 된다는 뜻이야."

""""" _____?!"""""

좀 더 자세히.「사양하지 않아도 된다」에 대해, 더 쉽게 설명하자면―

"하고 싶은 말을 해도 되고, 하고 싶은 대로 행동해도 돼."

"""""!!!!???"""""

"물론 사양하지 않아도 된다는 건 나한테 그대로 된다는 얘기야. 평소에는 못 했던 말이나 못 했던 것들이 있잖아? 그런 것들을 쌓아두면 나중에 속이 답답해지니까, 이번 여행 기간 동안에 발산하는 게 좋을 것 같아."

"…………………………………………………………………."

이번 여행은 어디까지나 다른 사람들을 위로해주기 위한 거니까.

다들 해룡 사건 때문에 많이 힘들었잖아. 그리고 어느 정도 먹고 살 전망이 생겼으니까 그걸 축하하는 의미도 있고.

"물론 나도 자유롭게 이래저래 편하게 즐길 테니까, 다른 사람들도 그렇게 해."

……어라?

다들 딱딱하게 굳어 있네?

세실은 얼굴이 새빨개져서 뭔가를 결심하는 것처럼 주먹을 꽉 쥐고.

리타는 어째선지 공허한 눈으로 날 보고 있고.

아이네는 가슴에 손을 얹고서 고개를 끄덕끄덕끄덕.

라필리아는 기도하는 것처럼 손가락을 깍지 끼고 "역시나 마스터~"라고. 뭔지 알고는 있는 건가?

그런데 옆에 있는 이리스가 가슴에서 양피지를 꺼내서 뭔가를 적고 있는 건 대체 왜지? 항상 거기에 그런 걸 넣어가지고 다니는 거야? 이리스?

"아무튼, 다들 알겠지?"

"예! 나기 님, 잘 알겠습니다" 세실이 말했습니다.

"……나기가 생각하는 거니까, 잘 알았어" 리타가 말했습니다.

"나 군, 누나를 유혹하지 마……" 아이네가 말했습니다.

"굳이 말할 필요 없어요, 마스터" 라필리아가 말했습니다.

"역시 이리스의 오빠예요!" 이리스가 말했습니다.

다들 각자의 표정으로 손을 들고 말했고, 그 뒤에 마차에 탔다. 이해한 것 같네.

나는 마차 마부석에. 그 옆에 세실이 탔다.

아이네와 라필리아와 이리스는 마차 안에.

리타는 마차와 나란히 걸어갔다. 바깥이 더 편하다는 것 같다.

그렇게 해서 이르가파 성문을 지나서 가도로.

우리는 이세계에서 『사원 여행』을 하러 출발했다.

"오늘 숙박지는 『샤르카』였지."

나는 지도를 확인했다.

『휴양지』까지 가는 동안 중간에 숙박을 해야 한다.

이르가파와 휴양지 사이에 있는 도시가 『샤르카』. 거기에는 여행의 안전을 기원하기 위한 제단이 있다는 것 같고.

"예. 『샤르카』는 위대한 『천룡 브란샤르카』의 피를 이어받은 마을이죠, 나기 님."

"해룡 말고 천룡도 있구나. 그건 몰랐네."

"있어요. 지금 시대에 존재가 확인된 건 해룡 케르카톨 씨뿐이지만, 예전에는 천룡, 지룡, 마룡 같은 것도 있었다나 봐요."

"하지만 천룡은 이젠 없잖아."

"그렇다나 봐요. 다음 마을에 유체 일부가 남아 있으니까요."

천룡이 아주 옛날에 죽었다는 기록이 남아 있는 것은, 그 때 하늘에서 유체가 떨어졌기 때문에.

그 몸통이 떨어져서 크레이터 같은 것이 생긴 곳이 『마법 실험 도시』라는 커다란 도시가 있는 곳이다. 정확히는 크레이터의 유적에 도시를 만들었다는 것 같고.

그리고 오늘 우리가 묵을 곳에도 천룡의 일부가 떨어졌고, 지금은 그것이 여행자들을 지켜주고 있다던가.

지도대도라면 이제 슬슬 보여야 하는데—

"—주인님! 그쪽으로 가도 돼?!"

갑자기 우리 바로 옆에서 목소리가 들려왔다.

마차 옆에서 종종걸음으로 걷고 있던 리타가 날 쳐다보고 있었다.

"괜찮아! 지금 자리 비워줄게!"

"자리—? 히약, 나, 나기 님?!"

나는 세실을 안아서 내 무릎 위에 앉혔다.

"허잇."

탁, 하고 리타가 마부석 위로 뛰어 올라왔다.

"이제 곧 『샤칼 마을』의 심볼이 보일 거야. 세실한테 빨리 보여주고 싶어서."

"알았어. 그럼 그쪽으로 줄게."

"나, 나기 님도 리타 언니도, 절 주고받지 마세요!"

세실, 웃고 있지만 목소리로는 화를 내네. 재미있나보다.

역시 여행에 데리고 오길 잘했다.

짐칸 쪽에서는 아이네도 이리스도 라필리아도 주위 경치에 시선이 못 박혀 있다. 나도 이렇게 여행하는 건 원래 세계에 살 때까지 포함해서 처음이다.

가도 오른쪽에는 듬성듬성한 숲이 계속 이어지고 있다. 그 틈새로 바다도 보이고. 왼쪽은 깊은 숲. 한참 동안 갔더니 갑자기 그 숲이 끝나고, 완만한 목초지대가 나타났다.

목초지 저 너머에 보이는 것은 높이가 낮은 성벽.

저곳이 오늘 우리가 묵을 예정인 도시 샤르카다. 이르가파와 비교하면 작은 도시지만 그래도 성벽에 둘러싸여 있다. 그 너머에 있는 것은 적갈색 벽돌 건물. 교회 같은 것도 있고 종이 달린 탑도 보인다. 하지만 그것들을 압도하면서 제일 눈에 띄는 것은—

"저거 보이지, 세실. 저게 『천룡이 떨어트린 것』이야."

"저게…… 천룡의 유체 일부인가요…….."

어느새 목말까지 태운 리타의 어깨 위에서, 세실이 멍하니 중얼거렸다.

내가 있는 데서도 성벽 위로 튀어나와 있는 것이 똑똑히 보인다.

그것은 새하얀 날개였다.

게다가 크기가 엄청나게 크다. 원래 살던 세계의 빌딩 정도 높이다.

표면에는 하얀 피막이 있고, 구석 쪽에 뼈 같은 굵직한 것이 있다. 저걸로 하늘을 날아다녔겠지. 공력 같은 걸 생각하면 불가능한 일이지만, 여기는 판타지 세계니까.

뒤쪽을 보니 아이네, 라필리아, 이리스가 창밖으로 고개를 내밀고 같은 것을 보고 있었다.

우리가 보고 있는 것은 새하얀 용의 날개. 단, 용의 본체는 아니다.

"저게 이 도시의 심볼이고 여행자들의 수호신이라고 불리는 것. 『천룡 브란샤르카』의 날개야."

리타의 말에 대답하는 것처럼, 말들이 「히힝」하고 울었다.

저곳이 오늘 묵을 곳이고 첫 관광지다.

제2화「실험용으로『재구축』한 스킬에 의외의 부작용이 있었다」

　샤칼에 들어가 보니 천룡의 날개가 거의 전부 다 보였다.

　"……정말 크네요……."

　내 옆에서 이리스가 뒤꿈치를 들고『날개』를 올려다보고 있다.

　도시 광장에서, 우리는 천룡의 날개 앞에 서서 꼼짝도 못 하고 있다.

　세실과 리타는 마차를 놓아두러 여관에 갔다. 짐을 지키는 문제도 있고 해서 관광은 교대로 하기로 했다.

　광장에는 우리 말고도 사람들이 잔뜩 모여 있었다.

　이 도시에 사람들이 모이는 가장 큰 이유는 역시『천룡 브란샤르카』의 날개가 남아 있기 때문이겠지? 전설 속 생물의 유산을 눈앞에서 볼 수 있으니까. 원래 세계에 있는 스핑크스나 모아이 같은, 그런 수준의 유물이다.

　하지만 우리가 볼 수 있는 것은 날개 위쪽, 대략 3분의 1정도까지. 아래쪽은 돌벽 너머에 숨겨져 있다. 벽 안쪽에는 천룡을 섬기는 조직의 건물이 있고, 거기서『날개』를 관리한다는 것 같다. 중요 문화재 관리소 같은 걸까.

　벽 앞에는 천룡 전설에 대해 적인 비석이 있다.

　『태곳적에 천룡은 사람 모습을 하고 인간들의 전쟁을 막은 적이 있다.』

　『그 뒤로 사람들은 천룡의 그림자가 보일 때마다 싸움을 멈추게 되었다.』

『때때로 빛을 내려서 나쁜 마물들을 쓰러트리기도 했다.』 등등.

게다가 연구자의 학설도 적혀 있다.『천룡은 때가 되면 부활한다』『현재는 재생되기를 기다리는 상태』『무슨 헛소리야. 정신체로 변화했을 거라고』『사실 나는 천룡이 어디 있는지 안다』『너 잠깐 따라 나와 봐』『이 자식 학회에서 추방해야겠다』 등등.

그나저나…… 문장을 좀 깔끔하게 정리하는 게 좋지 않으려나.

『날개』의 높이는 20에서 30미터 정도.

표면은 새하얗고 흠집 하나 없다. 모양은 박쥐 날개랑 비슷하지만 엄청나게 장엄해 보인다.

진주처럼 빛나는 뼈가 하늘을 향해 뻗어 있고, 거기에 돛 같은 피막이 붙어 있다. 너무 큰 탓에, 날개 위쪽은 바람을 받아서 떨리고 있지만 지상에 있는 쪽은 꿈쩍도 하지 않는다.

보기만 해도 내가 작은 존재라고 여겨질 정도다.

천룡의 본체는 대체 얼마나 컸을까. 그런 게 하늘을 날다니, 상상도 못 하겠다. 만약에 천룡이 아직 살아 있고 인간이나 데미 휴먼 편을 들어준다면 마왕 따위는 존재도 하지 못할 테고, 내가 이쪽 세상으로 불려오는 일도 없었겠지.

"그런데…… 저게 쓰러지면 도시가 괴멸하는 게 아닐까……."

"그런 일은 없다고. 저기 있는 간판에 적혀 있어."

아이네가 제단 앞에 있는 비석을 가리켰다.

"『수백 년 동안 쓰러지지 않았다. 그러니 앞으로도 쓰러질 리가 없다. 안심하시길』이라니."

"그리고 지상에 나와 있는 건 날개 절반 정도밖에 안 된다나 봐요, 오빠."

"나머지 반은 땅에 묻혀 있다는 것 같아요오."

네 옆에서 이리스와 라필리아가 고개를 끄덕였다.

"지금껏 『날개』에 흠집을 낸 사람도 없다나 봐요. 옛날 임금님이 방패 재료로 삼으려고 했던 적도 있었다는데, 작업하는 사람 열 명이 덤벼도 잘라내지 못했다는 얘기가 있어요. 지금은 날개에 흠집을 내려고 하면 큰 죄가 된다는 것 같고요."

"중요 문화재니까."

새하얀 날개가 하늘을 향해서 뻗어 있다. 그야말로 신비의 유산이라는 느낌이다.

"수백 년이나 남아 있었다니, 진짜 대단하네."

사람은 거대한 것을 보면 자신이 얼마나 작은지 자각하게 된다는 이야기가 있는데, 정말이었네.

"……우리는 백 년 정도면 죽는데 말이야. 그런데 『천룡의 날개』는 수백 년 전부터 여기 있었고…… 앞으로도 수백 년 동안 남아 있을 거라고 생각하면, 정말 감동적이네……."

"그러게. 용하고 비교하면 인간도 데미 휴먼도 정말 덧없는 생물이야."

내 옆에서 아이네가 상냥한 목소리로 말했다.

"그래도 말이야, 우리는 미래로 피를 이어줄 수가 있어. 죽은 뒤에도 자식이 있으면…… 틀림없이, 우리를 기억해줄 거야. 그렇지?"

"맞아요 오빠. 아이네 님 말씀이 맞아요!"

"저도 그렇게 생각해요. 걱정할 필요 없어요오."

이리스와 라필리아도 어째선지 볼이 발그레해져서 말했다.

다들 거대한 유물을 보면서 인간이나 데미 휴먼이 얼마나 덧없는 존재인지를 느끼고…… 있는 거 맞지?

"오빠가 원하신다면 『천룡의 날개』에 관한 일화를 말씀해드릴까요?"

"그거 좋네. 부탁할게, 이리스."

"오늘 밤에…… 천천히 얘기해요. 이리스랑 오빠랑, 잠자리에서……."

"알았어. 기대할게."

내가 이 세계에 대해 알기 위해서는 다른 사람들이 주는 정보가 필요하니까.

어떻게든 생활할 거점은 확보했지만, 일하지 않고도 먹고 살 수 있는 스킬을 만들 가망은 아직 보이지도 않고, 평범하게 일해서 먹고 살 수 있을지 아닐지도 아직 확정된 건 아니다.

이 여행은 내가 이 세계에 대해서 자세히 알기 위한 것이기도 하니까.

"가능하다면 이 도시의 특산품이나 거래 가격 같은 것도 조사하고 싶은데. 『일하지 않아도 먹고 살 수 있는 스킬』을 만든 뒤에도 위장용으로 일은 하는 쪽이 좋을 테니까."

아무 일도 안 하고 살고 있으면 주위 사람들이 수상하게 생각할 수도 있잖아.

여행하는 동안에 일에 힌트가 될 만한 것들을 찾아둬야지.

천룡의 날개가 있는 이 광장에도 캐러밴들이 계속해서 들어왔다. 여행의 중계 지점이다 보니 마차에 실려 있는 짐들도 다양하다. 곡물도 있고 과일도 있고 덮개를 씌운 상자도 있고. 그것들을 운반하는 사람들도 각양각색이다. 어린아이를 데리고 온 가족들도 있고. 상인분과 자식이려나. 저렇게 여행하면서 사는 가족도 있구나…….

"나 군. 캐러밴 쪽을 빤히 보고 있는데…… 일 생각 하는 거야?"

"아…… 응."

"그러면 안 되거든? 지금은 『편하게』잖아? 일 생각은 나중에. 그치?"

아이네가 웃으면서 내 이마를 손가락으로 콕, 하고 찌르는 척했다.

아이네가 말한 것처럼 나도 모르게 앞으로의 생활에 대해 생각하고 있었다. 기껏 관광지에 왔으니까 지금은 다 같이 여행을 즐기자.

"기껏 이쪽 세계의 유물을 보러 왔으니까."

나는 천룡의 날개 쪽을 봤다.

이리스와 라필리아는 아직도 『날개』를 정신없이 보고 있다. 해는 아직 높이 떠 있으니까 느긋하게 가자.

"그러고 보니까 아이네가 도와줬으면 싶은 게 있거든."

"아이네가?"

내 옆에서 아이네가 무슨 일이냐는 듯이 고개를 갸웃거렸다.

"응. 난 이번 여행에서 좀 더 범용성이 높은 스킬을 연구해볼까 싶거든. 아이네도 써보고 의견을 말해줬으면 싶어."

"당연히 괜찮지. 그런데 범용성이 높은 스킬이라는 게 어떤 거야?"

"여러 곳에 쓸 수 있는 스킬이라는 뜻이야. 그걸로 전체적인 힘을 끌어올리는 거지. 그러면 더 편하게 살 수 있을 것 같아서.

우리는 항상 사건이 일어난 뒤에 스킬을 『재구축』했다.

하지만 그래선 효율이 좋지 않다. 눈앞에 있는 사건을 해결하기 위한 『특화형 스킬』이 되니까.

문제는 노예 모두의 스킬을 그 자리에서 『고속 재구축』하는 것.

나중에 스킬 개념을 안정시켜야만 하고, 당사자에게 주는 부담도 크다.

그래서 미리미리 이런저런 곳에 쓸 수 있는 스킬을 만들 수는 없는지 시험해보고 싶다.

"여기에 실험용으로 사둔 『마사지 LV1』이 있는데, 이걸 『감정 LV1』이랑 합쳐보면 어떨까?"

『마사지 LV1』
『신체』의 『긴장』을 『풀어주는』 스킬.

이것은 여행 전에 사뒀던 스킬 중에 하나. 피로 회복에 쓰려고 생각했다.

『감정 LV1』
『아이템』의 『가치와 효과』를 『파악하는』 스킬.

이쪽은 이리스가 줬던 가사 스킬 중에 마지막 한 개.
고용주가 가진 물건의 가치를 이해하고 소중하게 다루도록 하기 위해서 메이드 분들께 인스톨 해두는 경우가 많다는 것 같다.
이 두 가지를 재구축해서 범용성이 높은 스킬을 만든다면…….

"실행! 『능력 재구축 LV4』."
스킬을 실행했다.

새로 생긴 스킬은—

『동체(動體) 관찰 LV1』(R)
『몸』의 『긴장』을 『파악하는』 스킬.

"이렇게 해서 여러 곳에 쓸 수 있을 것 같은 스킬을 만들어 봤어."
"빠르네, 나 군."
"그런데 아이네, 오랜만에 여행하니까 피곤하지 않아?"
"하나도 안 피곤한데?"

아이네는 당연하다는 듯이 고개를 갸웃거렸다.

응. 평소의 푸근하게 웃는 얼굴이네. 땀도 하나 안 났고, 하늘하늘한 갈색 머리카락은— 약간 흐트러지기는 했지만. 평소처럼 온화한 『누나 메이드』 아이네다.

하지만 이 스킬을 쓰면 어떻게 될까?

"발동. 『동체 관찰 LV1』."

스킬을 기동했더니 내 시야가 변화했다.

눈앞에 있는 아이네의 모습은 그대로 있지만, 색 필터가 걸린 것처럼 변했다.

아이네의 몸 일부가 주황색으로 빛나고 있다.

허리와 등 언저리. 그리고 다리 일부에는 빨간색인 부분도 있다.

"아이네, 다리가 피곤하지 않아? 특히 무릎 아래쪽."

"……뭐?"

아이네가 깜짝 놀란 표정을 지었다.

"그리고 허리랑 등도 조금 긴장돼 있네. 이건 마차 안에서 앉아 있었던 탓인가. 오늘은 일찍 쉬는 게 좋겠네. 내일도 이동해야 하니까."

"나 군…… 어떻게 아이네에 대해서 그렇게까지 알 수 있는 거야?"

"이 『동체 관찰』은 시야에 들어온 상대의 긴장된 부분을 알 수 있는 스킬이거든."

긴장한 부분이 빨갛게 보인다. 즉, 지금은 아이네의 허리와 등 언저리가 조금 긴장해 있고, 종아리 언저리는 상당히 피곤한 상태라는 뜻이 된다.

"예를 들자면…… 다리를 좀 들려고 해볼래? 움직이지는 않아도 되니까."

"……이렇게?"

"오른쪽 다리를 들려고 한 거지?"

"그것도 근육 긴장으로 알 수 있어?"

"그런 거야. 천천히 움직인다면."

몸을 움직이려고 하면 근육 일부가 긴장되고 이완되고 한다. 그 탓인지 『동체 관찰』은 『힘을 준 부분』에도 색이 입혀져서 보이는 것 같다.

단, 천천히 움직이는 상대한테만 대응할 수 있는 것 같지만.

예를 들어서 리타가 상대라면, 신체의 움직임을 읽기 전에 발차기가 날아올 것 같다.

"대단한 스킬이네. 그거 말이야, 어떤 식으로 보이는 거야?"

"시야에 들어온 상대의 옷을 투시해서 『근육이 긴장된 부분』 언저리가 빛나는 느낌이라고 하면 되려나."

"옷 위에 육체가 드러나는 느낌?"

"그래, 그런 느낌."

"그럼, 라필리아 양은?"

"라필리아는……."

라필리아는 양쪽 다리가 오렌지색이 돼 있다.

그리고 몸 앞쪽이 조금 불그스름한 색으로. 커다랗고 둥근, 부드러워 보이는 것. 모양까지 잘 보인다. 역시 저만한 걸 버티고 있다보니 근육이 피곤해질…… 어라, 잠깐만?

"……나 군, 라필리아 양은 어떻게 보였어?"

생글생글, 생글생글.

"옷이 비쳐서 몸 형태가 잘 보인다고 했지? 대단한 스킬이네, 나 군."

"잠깐만. 설명 좀 할게."

"괜찮아. 나 군이 그런 목적으로 만든 스킬이 아니라는 건 알고 있으니까."

역시나 우리 파티의 언니야.

"왜냐하면 나 군이 여자 몸을 보고 싶어 하면, 언제든 아이네가 같이 욕실에 들어가 줄 테니까. 오히려 상이야. 그러니까 그런 스킬은 필요 없어."

"저기…… 누나…….."

"응~ 왜~ 나 군."

"이 『동체 관찰 LV1』은 아이네가 가지고 있어 줄래. 언니로서, 사람들이 피곤해 보이면 도와줬으면 싶어~."

"응. 알았어."

이 『동체 관찰 LV1』…… 의외의 부작용이 있었잖아…….

오늘 하루는 내가 실험하기 위해서 쓰고, 내일 아이네한테 넘겨주자.

자, 슬슬 여관으로 가볼까.

"이리스, 라필리아. 이 다음은 여관에 짐을 놔두고—"

나는 이리스의 어깨에 손을 얹었다.

그 순간, 시야가 흔들렸다.

눈앞에 또 다른 필터가 걸린 것 같다.

우리와 『날개』 사이에 모르는 소녀가 서 있다.

하얀 소녀다.

살갗도, 입고 있는 옷도 새하얗고, 머리카락은 빛나는 플라티나 블론드.

눈만이 하늘을 그대로 옮겨놓은 것처럼 파랗다.

『옛 피를 이은 분들과 그 주인님께 인사 올립니다.』

소녀가 말했다.

"기동―『동체 관찰』."

스킬을 기동하고 소녀를 봤다.

하지만 소녀한테는 근육의 긴장을 보여주는 『색』이 없다. 그렇다면 실체가 아니다. 환영이다.

소녀는 서서— 앉아서— 인사. 그것을 반복하고 있다.

이리스의 어깨에서 손을 떼니― 환영이 사라졌다.

이번에는 라필리아의 어깨에 손을 얹었더니― 보인다.

아이네한테도 똑같이 해봤다…… 안 보인다.

이리스와 라필리아와 닿아 있을 때만 보이는 환영? 뭐지 이건?

"잠깐…… 이러고 있을 때가 아니잖아."

주위에 사람이 많아졌다.

마침 캐러밴들이 도착하는 시간대인지 주위가 이상할 정도로 붐비기 시작했다.

"이리스, 라필리아. 슬슬 가자."

두 사람의 어깨를 조금 세게 흔들었다.

"아, 예?!" "마, 마스터어?"

겨우 정신을 차렸다.

나는 두 사람의 손을 잡고 걸어갔다. 아이네가 뒤에서 따라왔고.

인파 속을 빠져나가는 건 그렇게 힘들지 않았다. 『동체 관찰』을 사용하면 상대가 피할지 아닐지를 알 수 있으니까. 우리는 빠른 걸음으로 인파를 빠져나가서 숙소가 있는 쪽으로.

"오빠. 조, 조금 전에, 우리 눈앞에 이상한 사람이——."

작은 길로 빠졌을 때, 이리스가 흥분해서 내 손을 잡아당겼다.

"그거, 뭐였을까요?"

"나한테도 보였어. 아마 고스트나 잔류사념이 아닐까 싶어."

세실과 만났을 때도 있었지, 그런 것.

이 세계에서는 그런 것들이 평범하게 있어서 일일이 놀라면 끝이 없겠지.

"그런데 그 사람, 이리스한테 『옛 피』라고 했어요……."

"······옛 피, 란 말이지."

이리스는 해룡의 딸의 피를 이어받았다. 『옛 피』라고 할 수 있겠지.

라필리아한테는 수수께끼가 많다. 『불운 초래』 같은 묘한 스킬이 인스톨 되어 있을 정도였으니까. 잔류사념이 보이는 이상한 능력이 있어도 이상할 건 없겠지.

"거기에 대해서는 일단 보류하자. 정보가 너무 없어. 지금은 일단 넘어가도 되겠지?"

"예. 오빠."

이리스는 고개를 끄덕여줬다. 하지만 신경은 쓰이는 것 같다. 라필리아도 그렇고.

나는 골목길에서 『날개』를 올려다봤다.

정말이지. 기껏 휴가인데.

메시지를 보내려면 돌아갈 때 해달란 말이야. 다들 신경 쓰이니까.

그리고 여관에 들어와서 휴양지로 가는 이야기를 하고 있는데—

"휴양지 미슈릴라로 가는 가도는 위험지역이 됐는데요?"

여관 주인이 이상한 표정을 지었다.

"그저께 가도에 위험도 B의 마물이 나타났다더라고요. 현재 샤르카와 마법 실험 도시 쪽에 경비병들이 서 있고, 굳이 지나가고 싶은 사람들은 자기 책임으로 지나가라고 하고 있습니다만?"

그렇게 해서, 방에 들어온 우리는 여관에서 모은 정보를 정리
해봤다.

- 샤르카에서 휴양지로 가는 중간에 있는 가도에 비룡이 나타
  났다. 통행 중인 캐러밴을 덮쳐서 부상자가 발생했다.
- 모험자 길드가 토벌대를 준비하고 있다. 하지만 토벌하려면
  시간이 걸릴 것 같다.
- 그래서 가도를 지나가려면 자기 책임하에.
- 그리고 소녀의 환영 같은 건 본 적 없는데. 그게 뭐야?

이 도시에서 휴양지 미슈릴라까지는 산간의 가도를 지나가야
한다. 비룡이 나타난 건 그 근처다.

언제 토벌을 할지도 모르는 일이다.

그리고 가도를 지나갈 수 없게 돼버린 탓에 여관이 엄청나게 혼
잡스럽다. 이 방을 빌리는데도 엄청나게 고생했고. 그리고 내일
부터는 숙박비가 인상된다는 것 같고. 더 이상 관광을 즐길 상황
이 아니게 된 것이다.

그런 정보를 생각하고 도출한 결론은—

"예! 이리스한테 맡겨주세요!"

내가 결론을 말하기도 전에 이리스가 척, 하고 손을 들었다.

역시 그것밖에 없나.

"무리하게 하고 싶지는 않지만, 괜찮겠어 이리스?"

"물론이죠. 이리스는 주로 저 자신의 야망을 위해서 열심히 할

게요."

치트 캐릭터를 너무 얕봤던 것 같다.

우리 파티엔 비룡 한 마리가 나타난 정도로 사원 여행을 포기할 소녀는 한 사람도 없었다.

"죄송해요, 오빠. 괜한 짓이려나요……?"

이리스가 걱정하는 얼굴로 날 보면서 말했다.

"아냐, 괜찮아. 나도 이리스한테 부탁하려고 했으니까."

"……잘됐다."

"그리고 『편하게』 하자고 했잖아? 하고 싶은 대로 해도 되니까."

내가 그렇게 말하자 사람들의 움직임이 딱, 하고 멈췄다.

"저, 저기요, 나기 님. 그거, 휴양지에 도착한 다음부터 아니었나요?"

방바닥에 가만히 앉아있던 세실이 눈이 휘둥그레져서 날 쳐다봤다.

"어라? 난 여행하는 동안 밤에는 계속 『편하게』 지내자고 했던 것 같은데."

"그, 그치만요, 그치만요. 오늘은 방을 두 개밖에 못 잡았거든요?"

"그랬지."

"나기 님이랑, 누군가가 둘이서, 같은 방을 써야 하는데요?"

"그렇게 되겠지."

"……이것저것 보일 테고…… 들릴 텐데요? 정말로 그 상태에서 『편하게』 해도 되는 건가요?"

세실은 쑥스러운지 손가락을 꼬물꼬물 엮어댔다.

……그렇구나. 『편하게』니까.

어쩌면 다같이 『깔깔깔 우후후 걸즈 토크』를 할 생각이었나.

흔히 있지. 여행 중에 잠옷 파티라든지.

그렇다면 내가 있으면 불편하겠지.

"알았어. 내가 묵을 일인용 방이 남은 게 있는지 물어보고 올게."

"나기 님이 방에서 나가면 어쩌자는 건가요?!"

"내가 눈을 가리고 귀를 막는 건 어때?"

"왜 그렇게 되는 건데요?! 저희는 그 상태의 나기 님을 가지고 뭘 어떻게 하면 되는 건가요?!"

세실도, 그리고 다른 사람들도 얼굴이 새빨개지기도 하고 방바닥에서 데굴데굴 구르기도 하고.

한참 지나서 진정되고— 어쨌거나 내일을 위해서 체력을 남겨두는 쪽으로 얘기가 정리되고, 우리는 각자 자기 방으로. 방 배정은 제비뽑기로.

다행이 방에 침대가 두 개 있어서 나랑 세실&라필리아가 나눠서 쓰기로 했다.

크게 걱정하지는 않는다.

와이번 정도라면 아마도 간단히 처리할 수 있을 테니까.

『옛 피를 이은 분들과 그 주인님께 인사 올립니다.』

낮에 들었던 그 목소리를 생각했다.

그게 누군가의 잔류사념이라면— 마족의 잔류사념이었던 아슈타르테처럼— 뭔가를 전하려고 했던 건지도 모른다.

그런 생각이 머릿속에서 떠나질 않았다.

제3화 「해룡의 무녀와 무투파 비룡의 대결은 30초 만에 결판이 났다」

그는 아직 젊은 비룡이었다.

그것이 「인간」이라는 종족과 싸우는 것을 기쁘다고 생각하기 시작한 것은 최근의 일.

그에게 있어 「인간」이란 너무나 이해할 수 없는 생물이었다.

「인간」은 작고 약하다. 그런데 종족으로서는 세력을 넓혀가고 있다.

비룡은 이렇게나 강대한데 아주 작은 지역만 지배하고 있다.

납득할 수가 없다.

싸워서 어느 쪽이 보다 뛰어난 종족인지 결판을 내야 할 것이다—

그리고 그는 새로 찾아낸 사냥터로 향했다.

동으로 서로, 인간과 데미 휴먼들이 오가는 긴 길. 마침 좋은 영역이다.

『————크, 크아아아아아.』

그는 지금 가도를 달리는 작은 마차를 눈으로 좇고 있다.

크르르, 목에서 으르렁거리는 소리를 냈다.

이곳을 사냥터로 삼은 지 얼마나 됐다고…… 저것은 자신에 대한 도전일까?

뼈저리게 느끼게 해주마…… 분수를 알아라…… 「인간」이여.

"……왔네."

마차 마부석에서 고개를 들어보니 비룡이 보였다.

크다. 날개를 펼치면 길이가 15미터 정도는 되겠네.

태양을 등지고, 거대한 날개를 펼치고 이쪽을 내려다보고 있다. 그리고는 천천히 선회하고, 방향을 전환해서— 이쪽으로 날아온다!

"이리스, 부탁해!"

"예. 오빠!"

이리스는 마부석에서 일어나더니 쫓아오는 비룡을 손가락으로 가리켰다.

그리고, 선언한다.

"상대가 용의 권속이라 해도, 오빠께서 주신 휴가를 방해한다면 이 이리스 하페우메어, 온 힘을 다해 상대하도록 하겠습니다! 발동! 『용종 초월 공감 LV1』!!"

이리스가 스킬을 발동하자 와이번의 몸이 공중에서 굳어져버렸다.

『용종 초월 공감 LV1』 (잠금 스킬 USR-EX)

용에게 이리스 하페우메어의 생각을 강화해서 전할 수 있는 스킬.

자기 안에 있는 『용의 피』에도 간섭하기 때문에 어느 정도 용의 능력을 끌어낼 수도 있다. 수중 호흡도 가능. 물에 젖으면 자동으로 발동하던 『용의 비늘』도 제어할 수 있다.

또한 근처에 있는 저급 용『와이번』, 『시 서펜트』 등을 조종할 수도 있다.

"비룡이여! 앉아!!"

이리스는 팔을 들어 올리며, 외쳤다.

『크어어…… 아.』

용은 그대로 감속해서 천천히 지상에 내려왔다.

그리고 좌좌좌좍── 하고 흙먼지를 날리며 착지.

"흐흥~. 우리 오빠와 노예 동료 여러분의 여행길을 방해하다니, 참으로 가소롭군요. 비룡 씨!"

이리스는 가슴을 펴고 날개를 접고서 『앉아』 자세에 들어간 비룡에게 선언했다.

"당신에게는 용의 권속으로서의 긍지도 없는 것입니까?! 비룡이여!"

신장 140센티미터가 조금 넘는 작은 이리스.

그런 이리스한테 잔소리를 듣고 있는 몸길이 십여 미터나 되는 비룡은 얌전하게 앉아있는 상태.

이것이 『용종 초월 교감』의 힘이다.

이 『4개념 치트 스킬』은 해룡의 정신지배조차도 물리치는 힘을 지니고 있다. 이 스킬을 발동한 동안 이리스는 비룡의 상위 존재다. 『각성』 모드에 들어가면 용 같은 힘을 발휘할 수도 있고.

비룡이 아무리 강하다고 해도 해룡의 직계 자손인『해룡의 무녀』를 거스를 수는 없다.

"알겠습니까. 아무리 하급이라고 해도, 당신도 용의 일종이잖아요? 그런데 여행자를 습격해서 힘을 과시하려고 하다니, 긍지 있는 자가 할 짓인가요?! 반성하세요!"

『그르━━━. 가, 가각━』

"변명은 필요 없어요! 비룡이여,『손』!"

『그아아아아━━』

비룡은 재주도 좋게 한쪽 발을 들어서 이리스의 손 위에 올려놨다.

"비룡이 어떻게…… 대단하네, 이리스."

거대한 비룡이 이리스를 상대로 반성하는 포즈를 보이고 있다.

이리스를 완전히 자신보다 상위에 있는 존재라고 인식한 것 같다.

"이 세계에는 위대한 용이 다수 존재합니다. 제 조상이신 해룡, 사람들을 지켜주셨던 천룡. 당신은 그 천룡과 마찬가지로 하늘을 나는 존재잖아요?! 그렇다면 긍지를 가지고 살아가세요! 싸우고 싶으면 인간이나 데미 휴먼이 아니라 보다 강한 자를 상대하세요!"

『크아━ 크아!』

"더 이상 사람들 사는 곳에 오지 않겠다고 약속하세요. 용의 권속이 사람을 덮치는 것은 있어선 안 되는 일이에요!"

이리스, 진심으로 화났네.

따지고 보면 이리스한테 비룡은 먼 친척 같은 관계다. 그 녀석이 사람들을 습격하면서 기뻐하는 건, 같은 용의 피를 이어받은 자로서 참을 수가 없겠지.

"이리스는 당신이 올바른 선택을 하기를 바랍니다. 그리고 언젠가 용의 권속의 긍지를 되찾았을 때 다시 만나기를!"

그렇게 말하고, 이리스는 기도하는 것처럼 손을 맞잡았다.

"그것이 해룡 케르카톨의 자손으로서,『용종 초월 공감』스킬을 지닌 이리스의 말입니다. 그래도 이해하지 못하겠다면 더 이상 당신에게 할 말은 없습니다. 용의 권속으로서, 당신은 어느 쪽을 선택하겠습니까? 폭군인 마물이 되겠습니까? 아니면— 긍지 높은 용의 길입니까?"

『크어—— 크아아아아아아아아——— 크아아아아————!』

비룡이 날개를 펄럭이며 소리쳤다.

이 녀석, 이리스의 설득에 감격했나 보네.

"저기, 비룡."

내가 비룡한테 말을 걸었다.

비룡은 이리스의 지시에 따라서 내가 내민 육포를 먹었다.

『생명 교섭』이 성립됐으니까 나랑도 의사소통이 가능하겠지.

『꾸?』

비룡이 금색 눈으로 날 쳐다봤다.

"용은, 정말 멋있어."

『크가………….』

"난 말이야, 용은 다른 마물들이랑은 차원이 다른『고귀한 종족』이라고 생각하거든. 왜, 이 근처에『천룡의 날개』도 있잖아. 용은 신화급 생물이니까 다들 존경하고, 그 일부를 조금이라도 보려고 모여든다고. 그 종족 중에 하나인 네가 캐러밴을 덮치는 건 너무 쪼잔하지 않겠어.”

그렇게 말하자, 비룡이 창피하다는 것처럼 고개를 돌렸다.

“널 죽이는 건 간단하지만, 난 너한테 기회를 주고 싶어. 다시는 사람들을 덮치지 않겠다고 약속한다면 무사히 떠날 수 있게 해줄게. 안 그러면 내 검이 널 두 쪽을 내버릴 거야. 선택해.”

나는 마검 레기의 칼집을 땡, 소리가 나게 두드렸다.

『나는…… 이분께서…… 길을…… 보여주셨다…….』

꿀꺽.

비룡의 목에서 소리가 났다.

『다시는, 사람 덮치지 않는다— 그— 맹약을—』

꿀꺽, 꿀꺽, 꿀꺽.

긴 목을 들어올리고— 비룡이 철벅, 하고 핏덩어리 같은 것을 토했다.

데굴.

자세히 보니 핏속에 주먹 크기의 커다란 결정체가 있다.

색은 투명에 가까운 오렌지색. 아침 햇살을 받아서 예쁜 색으로 빛나고 있다.

“이건……『블러드 크리스탈』이에요! 오빠.”

"『블러드 크리스탈』?"

"『마혈정(魔血晶)』이라고도 해요. 마물이 약속할 때 사용하는 거예요……."

『블러드 크리스탈(마혈정)

고위 마물이 토하는 결정체.

마물이 상대를 친구로 인정하고 상대와의 약속을 맹세할 때 준다.

돌 자체가 마물과 연결돼 있기 때문에, 돌을 파괴하면 마물 본체에도 큰 대미지를 입힌다는 것 같다.

그 마물을 쓰러트리는 것보다 입수하기가 훨씬 힘들기 때문에, 보여주면 엄청나게 부러워한다.』

『크어어어어어어――!』

『블러드 크리스탈』을 토한 비룡은 커다란 날개를 펄럭이며――

『나는, 더 높은 경지로―― 더 높은 경지로――』

뭔가 긍정적인 함성을 지르며 산 쪽으로 날아갔다.

"운명의 저편에서 다시 만나요, 비룡."

"안 만나도 되거든. 그나저나 나 혼자 있을 때 만나면 내가 죽는다고."

비룡, 완전히 의욕이 샘솟았네.

저 녀석이 저대로 마왕한테 싸우자고 날아가면 어쩌지.

"그리고 이게 『블러드 크리스탈』인가."

빨간 결정체에 끈적끈적 침이 묻어 있다. 이거, 어디서 씻어야 겠는데.

그리고 우리 일행도.

비룡이 날아오르면서 흙먼지를 뿌린 탓에 다들 옷도 몸도 모래 범벅이 돼 있다.

"중간에 좀 씻고 가면 좋겠는데……."

나는 지도를 펼쳤다. 확인해보니 — 이 앞에, 가도에서 조금 벗어난 곳에 호수가 있다.

거기서 본격적으로 쉬었다 가자.

—다른 사람들한테 이 얘기를 하고 출발.

마부석에는 나와 아이네와 이리스.

가도를 봉쇄하는 원인이 됐던 비룡은 순식간에 해치 — 운게 아니라 추방하고 —

"비룡도 쫓아냈으니까, 다음엔 해수욕이야." "이리스가 아버님을 협박 — 아니, 부탁해서 여러분 수영복을 준비했어요." "숙소에 도착하면 서로 보여주는 거예요!" "나 군한테 봐달라고 할까?" "이리스는 그러고 싶은데, 해수욕 할 때까지 아껴두는 것도……." "비룡 대책보다 어려운 문제네……."

—그런 이야기를 하면서, 우리는 휴식 지점을 향해 달려갔다.

제4화 「맹한 엘프 소녀의 인생 상담」

휴식 지점으로 향한 곳은 고지대에 있는 호수였다.

가도에서 조금 벗어난 곳에 있고, 주위는 숲으로 둘러싸여 있다.

우리는 그곳에서 짐을 풀어놓고 휴식. 마차는 숲속에 세워두고, 보이지 않게 풀과 나뭇잎을 얹어 놨다. 말들은 마구를 벗기고 같이 호숫가로.

눈 녹은 물이 흘러 내려와서 생겼다고 하는 호수는, 어지간한 쇼핑몰 부지 정도로 컸다. 물은 맑고 물새들이 느긋하게 헤엄치고 있다. 간단히 사냥할 수도 있겠지만, 배가 너무 고팠던 우리들은 일단 식사부터 하기로 했다.

"이쪽 세계에도 느긋하게 쉴 수 있는 곳이 있구나."

나는 말들에게 솔질을 해주면서 주위를 둘러봤다.

마구에서 해방된 말 두 마리는 기분 좋게 콧소리를 울리고 있다. 점심은 조금 전에 먹었고 물도 마셨으니, 지금은 쉬고 있는 것 같다. 솔로 등을 문질러주니 기분 좋다는 듯이 날 쳐다봤다. 어디가 가려운지 직접 말해주니 참 편리하다.

세실과 리타, 아이네와 이리스는 몸을 씻으러 갔다. 여기서는 나무에 가려서 보이지 않지만 호수 근처 어딘가에 있겠지.

라필리아는 내 호위로 옆에서 대기하고 있다.

"마스터, 저도 말을 돌봐줄게요오."

"괜찮아, 라필리아도 쉬고 있어."

"……눈앞에서 주인님이 일하고 있는데 제가 쉬면 마음이 편하질 않아요."

"말들을 돌보는 건 『생명 교섭』을 가진 내가 할 일이니까. 라필리아는 말 상대라도 해주면 좋겠는데."

배가 부르니까 말없이 가만히 있으면 잠이 올 것 같다.

"그러고 보니까, 마스터께 물어볼 일이 있었어요."

라필리아가 마침 생각이 났다는 투로 중얼거렸다.

"전, 대체 누구일까요?"

하지만 내용은 엄청나게 무거웠다.

"어제 하얀 사람이 말했잖아요. 『옛 피를 이은 분들』이라고."

"날개 앞에서 봤던 환영 말이야?"

"예. 마스터도 보셨죠?"

라필리아의 질문에 고개를 끄덕여서 대답했다.

그 환영은 라필리아와 이리스한테도 말을 걸었던 것 같다.

두 사람한테는 『옛 피를 이은 분들께 인사 올립니다』였다는 것 같지만.

"그런데 이상하잖아요. 엘프가 『옛 피를 이은 자』라면, 다른 엘프한테도 보여야 하는데. 하지만 여관 분은 『무슨 소리야』라고 하셨잖아요?"

"그렇구나. 이쪽 세계에는 엘프가 흔하게 있지."

내 입장에서 엘프는 전설 속에 나오는 존재고 『옛 피』가 맞는데 말이야.

이쪽 세계 사람들한테 엘프는 그냥 흔하게 있는 데미 휴먼이었지.

"그렇게 되면 이리스와 같이 있는 게 트리거가 됐으려나."

"그럴지도 모르겠네요오……."

"이건 제안인데 말이야, 라필리아."

나는 솔을 내려놓고 라필리아 옆에 가서 앉았다.

이런저런 일들이 있어서 깜빡했는데, 라필리아의 기억 문제는 아직도 해결이 안 됐었지.

"빨리 나랑 주종계약을 해체하고 자기 기억을 찾으러 가거도 되거든?"

"그렇게 재미없는 인생을 살고 싶지는 않아요."

"무슨 소리야, 자기 기억이잖아?! 라필리아의 기억이랑 그 환영이 관계가 있다면 과거를 알 수 있는 기회 아니겠어?"

"제가 누구인지는 궁금해요. 하지만 그것 때문에 지금 생활을 잃고 싶지는 않아요!!"

"……복잡하구나, 라필리아도."

"지금이 너무 즐거워서 곤란해요. 마스터가 불행을 내쫓아준 건 물론이고 이렇게 다른 분들하고 즐겁게 여행까지 하게 될 줄은 몰랐으니까요. 마스터랑 다른 분들과 사는 것과 과거의 기억 중에 하나를 고르라고 한다면, 전 고민하지도 않고 지금을 고를 거예요오."

라필리아는 아하하, 하고 웃었다.

"그냥, 이상한 얘기를 듣고 좀 불안했을 뿐이에요. 제가 모르는 제 옛날이 지금의 저를 망가트리는 건 싫어서, 말이죠."

하지만 말투는 아주아주 쓸쓸해 보였다.

"여러분과 친해질수록 그런 생각이 들어요. 『편하게』라는 말을 들으니까 되레 걱정이 돼요오. 자기 정체도 모르는 제가 정말로 마스터랑 『편하게』 지내도 되는 걸까, 싶어서."

그렇구나.

자유롭게 해도 된다고 말한 탓에 라필리아는 오히려 여러 가지를 생각하게 됐구나.

"난 라필리아가 신화 종족이라고 해도 딱히 신경 쓰지 않고, 세계의 구세주라고 해도 ─ 아니, 이건 아니네."

"으으. 그냥 넘어가지 못하겠는데요. 어째선가요, 마스터."

솔직히…… 말이야.

가슴이 크고 맹한 엘프인 라필리아가 세계를 구하는 모습은 도무지 상상할 수가 없거든.

"그런데…… 마스터는 그 『하얀 소녀』의 정체를 알고 계신 거죠?"

"응. 『천룡 브란샤르카의 잔류사념』이나 『기타 등등』이라고 생각해."

"너무 대충이잖아요?!"

"정보가 너무 적으니까 어쩔 수 없잖아."

먼저 첫 번째 정보.

보통 사람들은 그 『하얀 소녀』에 대해서 모른다.

두 번째 정보는 이리스에게 반응했던 것.

다른 용이 이리스한테 반응한다는 건 비룡이랑 전투하면서 증명됐다. 한마디로 그 환영도 용의 관계자일 가능성이 크다.

그리고 세 번째 정보.

그『하얀 소녀』는 세실한테도 보였다. 이건 샤르카를 떠나기 전에 확인했다.

고대어에는『천룡 브란샤르카』의 이름이 확실하게 남아 있다는 것 같다. 그것은 세실의 조상님인 마족이 천룡을 알고 있었다는 걸 의미한다.

"답을 찾을 방법은 없지만, 이유는 대충 그래."

"으으. 마스터라면 제 불안을 없애줄 거라고 생각했는데……."

"역시 아직 불안해?"

"아주 조금이지만요~.『지금의 라필리아』가『옛날의 라필리아』를 신경 쓰고,『미래의 라필리아』를 걱정하는 느낌이에요."

"과거의 자신이 지금의 자신을 바꿔버리는 게 무섭다는 뜻이야?"

"기억을 되찾은 미소녀가 기억을 잃은 동안의 일을 잊어버리는 건 옛날이야기에도 흔히 나오잖아요."

자기 입으로「미소녀」라고 하지 마. 사실이기는 하지만.

라필리아는 조용히 앉아있으면 주위 사람들이 자기도 모르게 정신없이 쳐다볼 정도로 얌전하고 차분한 아름다움이 감도는 소녀다. 분홍색 머리카락은 바람에 살랑살랑 흔들리고, 끌어안은 다리도 가느다란 그 모습은 마치 미술관에 있는 초상화 같다.

"하지만…… 기억은 나도 어떻게 해줄 수가 없으니까."

그렇게 되면 주인님으로서 해줄 수 있는 일은—

"무슨 일이 일어났을 때를 위해서 치트 스킬을 주는 정도려나?"

"치트 스킬, 말인가요?"

"『옛날 라필리아』 때문에 『지금의 라필리아』가 곤란해졌을 때 쓰면 될 거야."

이렇게 된 김에 이건 라필리아한테 시험해달라고 하자.

『기물 열화 LV1』

『아이템』의 『가치와 효과』를 『풀어주는』 스킬

"……이건 무슨 스킬이죠?"

"도구의 효과를 일시적으로 약하게 만들어주는 거야."

나는 점심 식사 때 사용했던 단검을 꺼냈다. 오른손으로 자루를 쥐고 『기물 열화』를 기동. 그리고 날 끝을 왼손 집게손가락에 대고, 푸욱─

"마스터어?! ……어라, 어라라?"

꾹꾹.

요리용 단검은 내 손가락을 누르고 있을 뿐. 찔리지 않는다.

"『기물 열화』는 이렇게, 칼날 같은 것을 일시적으로 약하게 만들 수 있어. 아마도 주전자에 사용하면 물이 잘 안 끓게 되고, 쓰레받기에 쓰면…… 방 끝까지 후진해도 쓰레기가 안 들어가지 않을까?"

"어디다 써야 할지는 모르겠지만 정말 대단해요 마스터~!"

내가 내민 스킬 크리스탈을 받은 라필리아는 옷깃 단추를 풀…… 려다가 황급히 뒤를 돌았다. 나한테 등을 돌린 채 스킬을 인스톨.

그리고 바닥에 내려놨던 화살을 집었다.

"그럼, 저도 시험해볼게요. 화살로 집게손가락을 찌르고~ 발동『기물 열화』──!"

"순서가 바뀌었잖아!"

푹, 라필리아의 손가락에서 피가 나왔다.

찌른 다음에 스킬을 기동해서 어쩌자는 거야?!

"……그냥 몰수할까."

"마, 마스터~. 좀 봐주세요. 기껏 주신 스킬이니까, 이걸로 마스터한테 도움이…… 잠깐, 마스터 뭐 하는 거예요오오오오?!"

"……?"

어느새 라필리아의 손가락을 입에 물고 있었다.

평소 같으면 술로 소독했겠지만 이쪽이 더 빠르잖아.

"자, 소독 완료. 이제 깨끗한 천을 감아주고."

"예. 이 손가락은 평생 안 씻을게요."

"아냐, 잘 씻어야지."

"마스터의 자비에 감사해요……."

갑자기 라필리아가 내 앞에서 무릎을 꿇었다.

"이 라필리아 그레이스…… 다시 한번 마스터께 충성을 맹세합니다. 『옛날의 라필리아』가 어쨌건 간에, 『지금의 라필리아』는 마스터의 노예입니다. 저는 이 몸과 마음을 다해서 마스터를 섬기겠습니다."

"아니, 그렇게 신경 쓸 건 없는데."

"신경 쓰여요. 솔직히 휴양지 여행까지 데려가 주는 주인님은 없다고요. 유적 구경도 하고 해수욕도 하러 간다고 하셨죠? 이 은혜에 보답하려면 제 모든 것을 바쳐도 부족할 정도라고요!"

"너무 거창한데."

"아니라니까요. 역시 이번 여행에서 저희 모두의 배를 부르게 만들겠다는 각오를 가진 분이세요!"

"……그 예기, 좀 자세히 들려줄래?"

나는 덥썩, 라필리아의 어깨를 붙잡았다.

커다란 눈을 들여다봤더니 라필리아는 부들, 하고 몸을 떨고는—

"아, 예. 이 라필리아 그레이스, 알고 있는 것들을 전부, 모조리 말씀드릴게요! 마, 마스터. 눈이 너무 무서워요. 아으. 그런 지배자 같은 눈으로 보시면 안 돼요오. 지금 명령하시면…… 마스터…… 전 이상해질 거예요…… 마스터어."

가슴에 손을 얹고 주저앉지 말고, 하던 얘기 계속하세요. 라필리아.

제5화 「나기와 세실의 『작은 약속』」

"미안, 설명이 부족했네."

······나는 아직 이쪽 세계의 룰을 너무 모르는 것 같다.

『밤에는 사양하지 않아도 된다.』

『하고 싶은 대로 해도 된다.』

『나도 자유롭게 즐길 테니까. 다들 그렇게 하도록.』

—그런 「편하게」가, 내가 밤마다 다른 사람들을 덮친다는 뜻이 돼버린 건가~.

밤의 봉사를 요구하는 게 확정된 건가~. 대단하네~.

어쩐지 다들 태도가 이상하더라니······.

"저기 말이야······『편하게』라는 건, 이쪽 세계 사람들은 휴일이라는 말을 이해하기 힘들 것 같아서 한 말이고,『밤에 사양하지 않아도 된다』는 건 일단 밤에는 쉬는 시간을 주고, 그 시간을 늘려준다는 의미로 한 말이고,『하고 싶은 대로 해도 된다』는 건 마음대로 해도 된다······ 는 걸 나름대로 구체적으로 설명한 건데다—『나도 즐길게』라는 건 내가 쉬지 않으면 다른 사람들도 못 쉴 것 같아서 한 말이고— 그러니까 —그러니까······ 정말 미안해."

설명하는 사이에 다른 사람들의 얼굴이 점점 빨개져갔다.

냉정한 건 아이네 정도.

아이네는 메이드복 가슴에 손을 얹고, "알아. 괜찮아, 난 알아. 누나니까 알고 있어······"라고 중얼거리고 있다. 역시 파티의 언니.

이리스는 넋이 나간 얼굴이다. 제일 작으니까. 긴장했던 것 같다.

리타는 얼굴이 새빨개져서 동물 귀랑 꼬리를 바짝 세우고 "그, 그래, 뭐, 난 알고 있었지만! 나기가 그럴 리가 없으니까!"라면서 가슴을 내밀었다. 하지만 꼬리와 귀의 움직임을 보면 오해했다는 걸 훤히 알 수 있다.

그리고 라필리아가 리타랑 같이 가슴을 내밀고 있는 건 이상하거든. 너도 완전히 착각했었잖아.

그리고 레기는 내 무릎 위에서 버둥대지 말고. "뭐냐, 뭐냔 말이다~ 내 즐거움을 빼앗지 마라 주인님———"이라니, 정말로 그런 일이 발생한다고 해도 네가 입회한다고 결정된 건 아니니까. 특등석에서 구경하는 일은 없으니까.

"일단…… 차나 한잔 할까."

내가 그렇게 제안했다.

이동하기 전에 사람들을 진정시키는 게 좋겠지.

그렇게 해서 리타가 잔가지를 주워왔고, 세실과 라필리아가 거기에 마법으로 불을 붙이고, 아이네가 차를 끓여줬다. 나와 이리스는 맛보기 담당.

서로 역할을 분담해서 일을 하고 차를 마시고 한숨 돌리고 나니, 다들 겨우 진정된 것 같다.

하지만 세실 혼자만 쓸쓸한 얼굴로 모닥불을 쳐다보고 있다.

아직까지 아까 그 『편하게(오해)』에 대해 생각하는 것 같다.

세실의 경우에는 마족의 사정이 있다. 마족은 세실이 마지막

한 사람이라서, 세실이 자식을 남기지 못하면 완전히 절멸되고 만다. 이건 정말로 사적인 문제니까……

"장작이 좀 더 있어야겠네. 세실, 같이 가자."

"아, 예!"

나는 세실의 손을 잡고 일어났다.

세실은 조금 놀란 것 같지만 말없이 내 뒤를 따라와 줬다.

확실하게 얘기를 해둬야겠지. 주인님으로서.

"세실. 혹시 내가 밤에 세실을 덮칠 거라고 기대했어?"

"———!"

호수 근처, 나무 그늘에서.

내가 묻자, 세실은 가느다란 몸을 부들부들 떨면서 얼굴이 더이상 빨개질 수는 없을 만큼 새빨개졌다. 분홍색 입술을 두 손으로 꼭 누르고, 그리고는——

살짝, 끄덕, 했다.

역시나.

이 정도는 예상 했어야 했는데. 나도 아직 부족하네.

"뭐, 세실이 마족의 피를 미래에도 남기고 싶어 한다는 건 알고 있지만 말이야."

"아뇨, 그건 구실이고, 기대했던 건…… 제가 나기 님께 은혜를 갚고 싶기 때문이에요."

"은혜?"

"마족의 가르침에 이런 게 있거든요. 저희는 혼이 어우러진 사람과 같이 있기만 해도 행복해지니까, 그 행복을 준 상대에게는

꼭 그만큼 돌려줘야 한다, 라고."

세실은 쑥스러운지 손가락을 꼬면서 말했다.

"나기 님은 항상 저를 행복하게 해주고 계세요. 하지만 제가 나기 님께 드릴 수 있는 건 이 몸과 마음밖에 없어요. 그래서, 이 기회에 나기 님께 봉사하고 싶어서……."

"세실도 항상 날 도와주고 있잖아?"

난 이쪽 세계의 초보자다. 세실의 지식이 없었다면 리타를 동료로 삼지도 못했고, 던전에서 레기를 손에 넣지도 못했다.

그래서 우리는 서로 돕고 돕는 느낌으로, 그렇게 살고 있다.

"하지만 세실 마음은 알았어. 고마워."

"그런데 나기 님…… 어떻게 『제 꿈』에 대해서 알고 계세요?"

"오히려 내가 모를 거라고 생각한다는 데 깜짝 놀랐는데."

얼마 전에 『의식 공유』 했을 때 다 들었으니까.

그리고 『마족의 저택』에서 『명령』 했을 때, 세실의 바람에 대해서 실컷 들었고. 그건 나랑 리타 둘만의 비밀이기는 하지만, 다 기억하고 있다.

"세실의 꿈 — 마족의 피를 미래로 이어가고 싶다는 건 알고 있고, 나도 도와주겠다고 했잖아. 그러니까, 괜찮아."

"에헤헤."

은색 머리카락을 쓰다듬어주자 세실은 간지럽다는 것처럼 웃었다.

세실은 마지막 하나 남은 마족.

그래서 마족이 미래도 그 핏줄을 이어가려면 세실이 자식을 남기는 수밖에 없다. 세실이 나한테서 떨어질 생각이 없는 이상, 내가 그 역할 중에 절반을 떠안아야 한다. 책임이 중대하지만 그걸 알고서 세실을 노예로 만들었으니까, 그 부분은 확실하게 생각하고 있다.

전에 『세실이 가족을 만드는 걸 도와주겠다』고 말했으니까.

"하지만, 생활이 좀 더 안정될 때까지, 조금만 더 기다려줬으면 좋겠는데."

"생활이 안정, 이요?"

"응. 구체적으로는 10,000 아르샤를 저축하거나, 평균 월간 수입이 1,500 아르샤 전후로 안정될 때까지."

"……예?"

세실이 깜짝 놀라서 고개를 갸웃거렸다.

이건 설명을 해줘야겠네.

"여러모로 알아봤는데, 이쪽 세계에서 6인 가족—레기는 밥을 안 먹으니까—이 한 달을 먹고 살려면 대충 800 아르샤 정도가 필요하다는 것 같아.

우리 경우에는 집세가 안 나가니까 좀 더 여유가 있기는 하지만, 아이들이 생길 걸 생각해서 기준선을 그 정도로 설정. 이쪽 세계에서도 일 년이 열두 달이니까 12배로 해서 9,600 아르샤—혹시 모르니까 여유 있게 10,000 아르샤로.

그 정도 있으면 다치거나 병에 걸려서 일을 못 하게 돼도 당분간 살아갈 수 있을 거야.

솔직히 말하자면 그 두 배인 20,000 아르샤를 목표로 삼고 싶지만 그렇게 되면 너무 오래 걸리고, 목표를 너무 멀리 잡으면 힘이 빠지니까 10,000 정도로. 그 정도 있으면 생활이 안정됐다고 생각해도 될 것 같아.

그래서 아이를 만드는 건 그 뒤에 생각하려고 하거든."

"예? 예? 예? 저기, 나기 님?"

"그리고…… 우리의 최종 목적은 『일하지 않아도 먹고 살 수 있는 스킬』을 만드는 거지만, 아무것도 안 하고 놀고먹기만 하면 다른 사람들이 수상하게 생각하지 않겠어? 그래서 위장하기 위해서라도 일은 해야 돼.

지금은 모험자지만, 만약의 경우를 생각해서 장사를 하는 쪽도 생각해두고 싶어. 이번 여행은 그 정보를 수집하기 위한 것이기도 하거든.

그리고 만에 하나 이르가파에서 쫓겨나게 됐을 경우에 다른 살집을 확보할 필요도 있고. 나는 다른 세계에서 온 내방자고 세실은 마족, 리타도 아이네도 이리스도 라필리아도 각자 사정이 있어. 무슨 일이 있어서 이르가파를 떠날 수밖에 없게 됐을 때, 아이도 있는데 내일부터 살 곳이 없으면 정말 큰일이잖아?

이번 여행은 모두의 휴가가 목적이기는 하지만, 앞으로의 생활을 위한 정보 수집도 겸하는 거야. 나도 자유롭게 지내겠다는 건 그런 얘기지."

"…………나기…… 님…… 대단해요오."

세실은 입을 떡, 벌리고 날 쳐다보고 있다.

아, 이런. 너무 많이 떠들었네.

완전히 질렸으려나. 아무리 그래도 너무 앞서간 것 같아.

"나기 님……. 저희를 그렇게까지…… 생각해주셨던 건가요……."

뚝, 세실의 눈에서 눈물이 떨어졌다.

"기뻐…… 요. 하지만…… 저도, 열심히 일할 테니까, 나기 님 혼자서 그럴 생각 하지 않아도 되거든요? 생활 안정에, 그렇게까지 고집하지 않아도……."

"당연히 고집해야지."

"어째서인가요?"

"내가 내 자식들한테 블랙 노동을 시킬 수는 없으니까."

……저쪽 세계 일은 생각하지 않으려고 했는데 말이야.

"난 가족한테 버림받고 먹고 살기 위해서 블랙 아르바이트를 했기 때문에, 내 자식이 똑같은 꼴을 겪게 하고 싶지 않아. 그래서 지금은 생활을 안정시키는 걸 최우선 하고 싶어.『일하지 않아도 먹고 살 수 있는 스킬』을 만들려면 아직 시간이 더 걸릴 것 같으니까, 일단은 저금 10,000 아르샤를 목표로 삼겠다는 거지."

자식을 낳았는데, 만에 하나 생활이 붕괴돼서 최종적으로 그 아이한테 블랙 노동을 시키는 꼴이 된다는 생각만 해도 오한이 인다.

그렇게 되면『능력 재구축』으로,

『세계』를『아내와 자식 이외에』『멸해버리는』스킬

―같은 걸 만들어버릴 것 같다. 위험해.

"그러니까 이 얘기는 여기까지. 오해하게 했다면 사과할게. 그리고 세실의 꿈에 대해서도 잘 알고 있으니까. 그리고, 세실은 내가 이미 예약했으니까."

"예, 나기 님!"

세실이 내 몸을 꼬옥 끌어안았다.

그렇게 달라붙은 채로 내 얼굴을 올려다보면서.

"에헤헤. 저, 예약돼버렸네요."

부비부비, 내 가슴에 머리를 문질러대는 세실.

너무 성급한 짓을 한 것 같은 기분도 들지만, 뭐 어때. 계속 불안하게 둘 수도 없고.

"……자식을 가진다는 건, 여러모로 불안하기도 한 일이니까……."

"하지만 자식이 있으면 계속, 계~속 저희를 기억해줄 테니까요."

세실이 날 끌어안은 채로 말했다.

"제가 마족의 과거를 기억하고 있는 것처럼. 피가 이어지는 한, 계속."

"그러고 보니 아이네랑 이리스랑 라필리아도『천룡의 날개』앞에서 똑같은 말을 했었지."

내가 말해주자 세실은 부끄러워하면서,

"그럼, 다른 분들도 마찬가지네요. 에헤헤."

"자, 사람들 있는 데로 돌아가자. 세실.

"예…… 그런데 그 전에 딱 한 마디만…… 괜찮을까요?"

살짝, 세실이 내 몸에서 떨어졌다.

눈앞에서 뒤꿈치를 한껏 들고, 그리고—

"나기 님. 전 아무 데도 안 가요."

진지한 얼굴로, 말했다.

"세실 파롯한테『제일 중요한 것』은— 제 심장이 멈추고 생명이 사라지— 아니, 다음 생에 다시 태어난 뒤에도 계속 나기 님이에요. 그것만은 기억해주세요."

"…………세실은 주인님한테『크리티컬 히트』를 날리는 취미라도 있어?"

"잘은 모르겠지만, 있어요."

그렇게 말하고 세실이 내 가슴에 손을 댔다.

"저기…… 세실."

"예, 나기 님."

"아까 말한『생활이 안정될 때까지』얘기 말인데, 하나 추가하고 싶은 문장이 있어."

"뭐죠?"

"『단, 내 이성이 무너졌을 경우에는 달라질 수도 있다』."

"………………!!!"

푸쉭~ 하는 소리가 날 정도로, 세실의 얼굴이 새빨개졌다.

생활 안정이 최우선이기는 하지만 이성만 가지고 어떻게 할 수 없는 일도 있으니까. 세실은 두근두근 크리티컬 히트를 날려

대고.

서로 각오를 해두자. 응, 그래.

그리고 나는 세실의 손을 잡고 다른 사람들 있는 곳으로 돌아
와서 이야기했다.

세실이 "저만 행복한 건 불공평해요"라고 해서, 다른 사람들에
게도 지금 이야기와 「이성 붕괴」에 대해 전하고— 뭐, 리타가 새
빨개져서 데굴데굴 굴러대고 아이네가 갑자기 지갑을 꺼내서 계
산을 시작하고 이리스가 그걸 돕고 라필리아가 쓸데없이 멋진 포
즈를 하는— 그런 혼란은 있었지만 다들 이해해줬다.

그런데…… 어라?

이해는 해줬지만, 혹시—

이거, 내가 전부 다 『예약』해버린 게 되는 건가……?

그렇게 해서, 우리는 조금 더 쉬었다.

오후 이른 시간에 호수에서 출발했다.

나와 나란히 마차 마부석에 앉은 세실은 한 손으로 고삐를 잡
고 한 손은 볼에 얹고, 아직 얼굴이 빨갛지만— 말들이 알아서 잘
가주고 있으니까 문제는 없다. 마차는 별 문제 없이 가도를 따라
가서 휴양지와 마법 실험 도시의 분기점에 접어들었다.

"오, 마차가 왔다!"

"와이번하고 마주치지 않았나?!"

분기점 주위에는 마차 여러 대가 모여 있었다. 다들 비룡을 경
계하고 있는 것 같았다.

"아까 바위산에 들어섰을 때 산악지대 쪽으로 날아가는 걸 봤어요."

"깜짝 놀랐어요~. 저희는 아침 일찍 저쪽에서 출발했거든요."

"비룡이 있다는 건 몰랐다니까요~"

"정말 놀랐죠~ 주인님~"

"우수한 노예가 있어서 괜찮을 거라고 생각은 했지만~"

"피해가 없어서 다행이네요~ 주인님~"

"아무튼 이 길로 가려면 조심하는 게 좋겠죠."

"정말 좋아해요~ 주인님~"

나와 세실은 겁먹은 척 적당한 소리를 늘어놨다.

"그, 그렇군. 저, 정보 고맙네. 우리도 정찰을 보내도록 하지."

분기점에는 병사로 보이는 사람들도 모여 있었다.

"이쪽도 여러모로 정신이 없어서 대응이 늦어졌거든."

"정신이 없다고요?"

"그래. 오랜만에 『안개 계곡』 입구가 열렸다는 것 같아. 그래서 지금 준비 중이거든."

정규병 중의 한 명이 우리에게 가르쳐줬다.

"안개 계곡, 말인가요?"

"오래된 유적이야. 최근에 발견된 곳이지. 자세한 건 잘 알려지지 않았어. 들어가는 사람을 현혹의 안개가 가득 차 있어서 조사하기도 쉽지가 않거든."

"헤에……."

역시나 이세계. 그런 곳도 있는 건가.

도굴되지 않은 유적이라니, 로망이 느껴지는데.

뭐, 그런 곳이라면 상당히 위험할 테니까 우리하고는 상관없겠지.

"그다지 위험하지는 않아. 길 잃은 신혼부부가 유적에 들어갔다가 멀쩡하게 돌아온 적도 있으니까."

"그렇구나~.

그렇다면 선택받은 사람이라면 들어갈 수 있다는 건가.

"딱히 선택받은 사람이 아니라도 상관없다는 것 같아. 안개는 서로를 신뢰하는 마음을 시험한다고 하거든. 반대로 말하자면 서로 믿지 않는 사람이 들어가면 서로 싸우게 된다는 것 같아. 게다가 혼자서 들어가는 건 허락하지 않는 귀찮은 유적이야."

……그렇구나.

하지만 모험자가 함부로 들어가면 어떻게 되려나. 돈이 될지 아닐지도 모르는데.

"길을 잃은 신혼부부는 보석을 하나 손에 넣었다는 것 같아. 듣자 하니 수만 아르샤의 가치가 있다던가. 유적에는 그런 것들이 또 있다는 것 같더라고. 정말 부러울 따름이야……."

"무슨 유적인지는 모르는 거죠?"

"그런데 들어갔던 사람들이 하나같이 하는 말이 있어. 그러니까―

『천룡의 그림자를 봤다』―고."

비밀 이야기하는 것처럼 말하고, 정규병은 다른 곳으로 갔다.

……천룡의 그림자.

"그렇다면 그곳은 사람을 시험하는 천룡의 유적…… 이라는 뜻인가.

세실, 이리스, 라필리아를 「옛 피」라고 불렀던 그 소녀가 정말로 천룡의 관계자라면 유적에 들어가도 환영해줄 것 같은데 말이야. 하지만 확신은 없네. 위험도— 메리트— 보수를 계산해보면— 정체도 모르는 유적에 들어가는 건 좀 그런데 말이야.

"—『안개 계곡』은 옛 피를 지닌 자들이 제례를 지내는 곳."

갑자기 마부석 뒤쪽에서 목소리가 들려왔다.

"—이 땅에 있다면 그것은 천룡의 영지. 사후에 봉인되었다면 지금도 어떤 의식이 행해지고 있을 가능성이 있어요. 어쨌거나 마스터와 이리스 님, 세실 님이라면 위험하지는 않을 거라고 생각합니다."

"……라필리아?"

"………………어라아?"

마차에서 고개를 내밀고 있던 라필리아가 떠억, 하고 입을 벌렸다.

"제가, 지금 뭔가 이상한 소리를 했죠?"

"……어떤 책에 나오는 거야?"

"……아뇨. 어라? 제가 왜 이런 걸 알고 있는 거죠?"

라필리아가 이상하다는 듯이 고개를 저었다.

자기가 지금 무슨 소리를 했는지 모르는 것 같다.

"저기, 라필리아— 세실도 들어줬으면 싶거든."

"뭔가요 마스터~" "예. 나기 님."

"어떤 유적이나 유물을 건드리면 봉인돼 있던 기억이 돌아오는 경우가 있을까?"

"있…… 다고 봐요."

내 의문에 대답한 건 세실이었다.

"마족의 『공명』하고 똑같아요. 유적이나 유물이 그 사람에게 공명해서 전승 기억을 부활시켜줄 거예요. 조금 다르기는 하지만, 나기 님이 제 안에 있던 고대어의 기억을 깨워준 것처럼 말이죠."

그렇구나.

『천룡의 날개』 『하얀 소녀』 『유적의 정보』— 그중에 어떤 것이 트리거가 돼서 라필리아의 기억 일부가 되살아날 가능성이 있다는 뜻인가.

"그럼…… 제가…….."

라필리아, 깜짝 놀란 얼굴이네.

"제가 정말로…… 고대의 전설과 관계된 영웅일지도 모른다는 뜻인가요오!"

"그럼 후딱 휴양지로 가서 밥이나 먹을까."

나는 마차를 남쪽으로 몰았다.

"휴양지에서 해수욕하고…… 온천도 있었지. 기대되네. 우와~ 정말 기대된다."

"아~ 무시했다…… 너무해요 마스터~! 됐어요~. 제 안에서『안개 계곡』의 정보가 되살아났지만 안 가르쳐 줄래요…… 제발 부탁이니까 들어주세요. 그러니까요, 『안개 계곡』은『옛 피』를 지닌 자가 소중한 것을 봉인하기 위한 곳이고──."

나한테도 들리게 말하는 라필리아의 목소리를 들으며, 우리는 가도를 타고 휴양지로 향했다.

나는 라필리아의 정체가 뭐가 됐건 신경 쓰지 않는다. 어디까지나 우리 동료고 소중한 노예다.

하지만…… 만약 유적이 라필리아의 기억과 관련이 있다면.

만약을 위해서 탐색해보는 쪽이 좋을지도 모르겠다.

제6화 「『안개 계곡』 공략 계획과 라필리아의 『기물 열화』 활용법」

『안개 계곡』.

몇 년 전에 『휴양지 미슈릴라』와 『마법 실험 도시』의 중간 지점에서 발견된 유적.

산속에 있고 평소에는 바위벽으로 닫혀 있지만 일정한 주기로 그 벽이 열린다고 한다.

계곡 안에는 짙은 안개가 고여 있어서 어떤 구조로 되어 있는지는 모른다. 하지만 그 안쪽에는 좁은 길들이 여러 갈래로 갈라진다고 전해진다.

안개에는 오감을 현혹시키는 효과가 있다고 한다.

지금까지 수십 명의 모험자가 탐색하러 갔었지만, 안개 때문에 서로가 마물로 보이게 됐고, 그래서 싸우다가 도망쳐 나왔다. 또한 그 뒤에 다들 싸우고 헤어졌기 때문에 『절연 계곡』『다시는 너랑 같이 안 놀 거야 계곡』이라고도 불린다.

채집 퀘스트 중에 길을 잃고 들어간 신혼부부(태어났을 때부터 옆집에 살았던 사이. 세 살 때 결혼 약속을 했던 사이고, 주위에서는 「니들 그냥 결혼해버려라」라는 말을 계속 들어왔다)만이 무사히, 보석을 하나 손에 들고 돌아왔다.

그리고 그들은 신혼집을 구하러 왕도로 향했지만, 그 뒤에 어떻게 됐는지는 모른다…….

나는 자료를 덮었다.

여기는 『휴양지 미슈릴라』의 모험자 길드.

나와 아이네, 리타는 『안개 계곡』의 자료를 보고 있었다. 이 길드는 메테칼의 『서민 길드』와 제휴하고 있어서 자료 정도는 보여줄 수 있다는 것 같다.

길드 누나한테 들은 이야기에 의하면—

"계곡에 고여 있는 안개는 서로의 신뢰를 시험합니다. 그곳에 들어가면 동행하는 동료가 마물 모습으로 보이거나 숫자가 늘어난 것처럼 보인다고 해요. 공격해오는 경우도 있고 상대에게 욕설을 퍼붓기도 한다나요. 그래서 계곡 안에서 싸우거나 거기서 나온 뒤에도 찝찝한 기분이 들게 된다고 합니다."

—라고 했다.

하지만 누군가의 영지도 아니고 출입이 금지된 곳도 아니니까 자주적으로 조사하러 가는 건 상관없다고 했다.

"그런데, 가려면 빨리 가는 쪽이 좋을 것 같아요."

마지막으로 길드 누나가 작은 소리로 말해줬다.

"귀족분들이 『안개 계곡』 공략을 작당하고 있다는 것 같거든요. 듣자 하니 공적을 세우면 왕가 분과의 혼인이 유리해진다는 얘기가 있었다나 봐요."

모험자 길드 쪽에도 "『안개 계곡』과 관련된 퀘스트는 있는가? 없는가? 흐~음" 하는 느낌으로, 백작 가문 관계자가 떠보고 다닌다는 것 같다. 말 속에 "『안개 계곡』에는 가지 마라? 무슨 말인지 알지?"라는 뜻을 담아서 압박한다고.

귀찮은 얘기네.

"다녀왔어~"

모험자 길드에서 정보를 수집하고 시장에서 장을 본 뒤에 별장 문을 열었더니—

"부탁드릴 것이 있습니다. 마스터~."

현관에서, 라필리아가 큰절을 했다.

"부디, 휴가 동안에 자유행동을 허락해 주십시오."

응. 대충 무슨 말인지 알겠어.

"라필리아는『안개 계곡』을 탐색하러 갈 생각이지. 자기 기억에 뭔가 마음에 걸리는 게 있으니까 그 원인을 알고 싶고. 하지만 노예라는 입장 상 내 허가 없이 멋대로 단독 행동은 할 수가 없다. 그러니까 내 허락이 필요하다, 그런 얘기지."

"……마스터 앞에서, 제 생각 따위는 훤히 들통 나는군요……."

큰절 자세 그대로, 라필리아는 고개만 들었다.

"그런데 라필리아. 전에『지금이 중요하니까 기억을 찾을 생각은 없다』고 하지 않았나?"

"그렇기는 합니다만………… 한 가지, 문제가 발생했습니다."

"문제?"

"저, 그 뒤로 마스터께 가까이 가는 것이 두려워졌습니다."

"…………뭐라고?"

라필리아는 진지한 얼굴로 내 얼굴을 보고 있다.

악운을 물리친 뒤로 처음이네. 라필리아가 이런 표정을 짓는 건.

"마스터가 『편하게』라는 말씀을 하신 탓에…… 그러니까, 제가 자제하지 못하게 되면 어떻게 하나, 라고 생각했거든요."

"그건 오해라고 했잖아?"

"하지만…… 저는 몸도 마음도 마스터께 바치기로 결심했습니다. 그 탓인지…… 제 과거가 이상한 것이면 어쩌나, 하고 생각했더니…… 무서워졌어요. 전부 마스터께 바치기 위해, 과거에 대한 응어리를 없애고 싶어요!"

분홍색 머리를 흔들면서, 라필리아가 단호하게 말했다.

"『안개 계곡』에서 제 기억에 대한 단서를 찾지 못한다면 포기할게요. 그러니까 지금만, 자유행동을 허락해 주세요. 폐는 끼치지 않을 테니까, 제발 부탁드립니다…… 마스터~."

"응, 알았어."

내가 말했다

"그럼 이번에는 라필리아가 퀘스트를 의뢰한 걸로 하자고."

"…………마스터어?"

"리타도 이리스도 들어봐. 난 라필리아의 기억을 되찾기 위해, 그리고 하는 김에 보물을 찾으러 『안개 계곡』에 가려고 하거든. 하지만 휴가 중이니까 다른 사람들은 자유 참가야. 거부해도 돼. 그리고 『안개』에 대한 대책도 생각했어. 그렇게 위험할 것 같지는 않거든. 자, 참가할 사람~."

"물어볼 필요도 없잖아!" "빼놓고 가면 싫어."

리타와 아이네는 바로 손을 들었다.

그럴 줄 알았지.

"이번에는 파티를 둘로 나눌까 하거든.『천룡의 날개』가 라필리아의 기억을 깨우는 존재라면, 이번 건은 천룡이랑 관계돼 있을 가능성이 있어. 그래서『옛 피』라고 불린 세실과 이리스, 라필리아, 그리고 나로 구성된 그룹이『안개 계곡』에 들어가. 리타와 아이네는 계곡 밖에서 백업을 부탁하고."

"나…… 나기랑 떨어지는 거야?"

"리타랑 아이네는 우리 뒤를 지켜줬으면 싶어. 중요한 역할이야."

"응…… 어쩔 수 없네, 알았어."

리타는 어쩔 수 없다는 듯이 고개를 끄덕였다.

아이네는 약간 걱정하는 것 같지만, 그래도 "알았어"라고 말해 줬다.

"문제는 시간이야. 귀족님들이 계곡에 들어가기 전에 끝내고 싶거든. 강행군이라서 미안하지만 내일 바로 출발하자. 지금 당장 회의하고. 리타는 세실이랑 이리스를 불러오고, 아이네는 미안하지만 다 같이 마실 차를 준비해줄 수 있을까."

"알았어, 나기." "알았어 나 군."

메리트와 리스크는 생각했다.

『현혹의 안개』에 대한 대책은 세웠다.

열쇠는『안개에 현혹당한 모험자들이 각자의 무기로 서로를 공격했다』는 점이다. 즉, 안개 속에서도 무기를 잃지는 않는다. 거기에 돌파구가 있다.

문제는 그 이상의 장애물이 있을 경우인데, 생명에 문제가 될 것 같으면 그냥 돌아온다.

뭐, 어쨌거나 갈 생각이지만 말이야.

단지, 귀족들이 계곡 공략을 꾸미고 있다는 얘기만 없었어도 좀 더 여유 있게 할 생각이었는데 말이지.

"라필리아는 일단 『안개 계곡』의 정보를 알고 있는 대로 얘기해줘."

"마스터어……."

"물론 이번에는 라필리아가 퀘스트를 의뢰하는 거니까."

"아, 알겠습니다. 제 노예 계약 금액을 1,000배로 늘리고, 그걸 여러분께!"

"거기까지 할 필요는 없고."

왜 다들 계약 금액을 천문학적 수치로 만들려고 하는 걸까.

"보수는 계곡에서 얻은 정보와…… 라필리아가 기억을 되찾으면서 능력을 각성하게 되면, 그 힘을 우리를 위해서 쓰는 걸로 대신하자고. 그게 이번 퀘스트의 대가야. 괜찮지?"

"마스터의 자비에 뭐라 할 말이 없네요."

라필리아는 눈물을 닦으면서 고개를 끄덕였다.

"제가 누가 됐건, 모든 힘을 마스터를 위해 쓰리고 약속합니다. 그리고 어제 마스터가 주신 『기물 열화 LV1』도 이미 유효하게 사용할 방법을 발견했어요!"

"유효하게 사용할 방법?"

"그럼! 옷 갈아입는 걸 도와드려도 될까요?"

"……되긴 하는데."

콕, 라필리아의 손가락이 내 등에 닿았다.

"발동! 『기물 열화 LV1』!"

툭.

끈을 묶어놨던 매듭이 풀어져서 장비하고 있던 『가죽 갑옷』이 발밑으로 떨어졌다.

"와, 진짜 편하네."

"후훗, 그렇죠!"

커다란 가슴을 출렁, 하며 내미는 라필리아.

그렇구나, 『기물 열화』는 아이템의 효과를 일시적으로 약하게 만드니까 「매듭의 힘을 약하게 만들어서 푼다」는 쪽으로도 쓸 수 있구나.

"난 생각도 못 했는데. 대단하네 라필리아."

"너무 그러지 마세요, 부끄러워요."

"다녀오셨어요, 나기 님~."

"마침 잘됐네요, 세실 님. 제 새 스킬을 시험해 봐도 될까요?"

"라필리아 언니? 예, 물론이죠."

"『기물 열화』는 이렇게도 쓸 수 있어요~"

잠깐만 라필리아.

세실의 허리 뒤쪽에 손을 대고— 설마?!

"발동! 『기물 열화 LV1』!"

툭.

세실의 『수습 마법사의 옷』이 발밑으로 떨어졌다.

갈색의 고운 피부가 내 눈앞에 나타났다.

매끈매끈한 어깨와 가슴과 매끈한 배, 새하얀 속옷과—

"흐, 흐에에에에에에에?!"

"이렇게! 순식간에 마스터가 세실 님네를 깔끔한 모습으로 사랑할 수가— 죄송해요 잘못했어요 제가 너무 까불었어요, 마스터~! 몰수?! 스킬 몰수만은 하지 말아주세요! 다시는 안 할 테니까요오오오오오!!"

일단 라필리아는 무릎 꿇고 반성하게 하고…… 마음속으로 아주 살짝 「굿잡」이라고 칭찬해줬다.

세실한테 옷을 입히고— 심호흡을 하고— 그리고.

이제……『현혹의 안개』 대책을 세실과 이리스, 라필리아한테 말했다…….

그렇게 해서, 라필리아와 기억과 생활비를 위한 『안개 계곡』 공략 회의는 저녁 식사 때까지 계속됐고—

결국 해수욕과 모두의 수영복은 퀘스트가 끝날 때까지 미뤄두기로 했다.

제7화 「치트 아내 군단의 상냥한 『안개 계곡 공략 이벤트』」

『안개 계곡』까지는 도보로 한나절 정도.

산길을 느긋하게 걸어갔더니 커다란 계곡이 나타났다.

라필리아의 기억에는 잊힌 정식 루트가 있었다. 덕분에 익숙하지 않은 길이라도 편하게 걸어갈 수 있었는데—

『안개 계곡』 입구에 거대한 철제 울타리가 설치돼 있었다.

"……분위기 파악 못 하는 모험자들이 못 들어가게 하려는 걸가."

울타리 높이는 3미터 정도. 문이 달려 있고 커다란 자물쇠로 잠겨 있다. 자물쇠에 새겨진건 이 나라 귀족의 문장 같다.

"부수면 혼나겠지……."

"혼나겠죠."

자물쇠를 흔드는 내 옆에서, 라필리아가 말했다.

"하지만 우연히 열렸다면 어쩔 수 없겠지?"

"어쩔 수 없겠죠?"

"그러니까, 라필리아. 시험 삼아 자물쇠를 당겨봐."

"알겠습니다. 마스터. 음~ 커다란 자물쇠네요. 제 힘으로는 도저히……『기물 열화』(조용히)…… 어라, 열렸네요, 마스터~."

찰칵, 소리가 나고 자물쇠가 열렸다.

"자물쇠가열려버렸으니탐색하는수밖에없겠지~"

"안개계곡은자유로운곳이라고했으니까요~"

어색하게 말하며, 우리는 울타리를 지나갔다.

눈앞에는 우뚝 서 있는 바위벽.

그리고 거기에는 두 사람이 나란히 지나갈 만큼의 틈이 있었다. 틈 너머에는 짙은 안개가 가득 차 있다. 여기서부터가『안개 계곡』이라는 뜻인가.

"작전을 다시 확인할게."

나는 라필리아가 만들어준 자료를 펼쳤다.

『안개 계곡』은 계곡을 빠져나간 뒤에 좁은 통로가 계속 이어진다. 중간에 길이 갈라지는데, 그 너머는 새하얀 색. 한마디로, 모른다.

우리는 곧장 안개 속으로 들어가서 라필리아의 기억이 반응하는지 확인한다.

천룡의 그림자와 만나면 다행이고, 못 만나면 적당히 탐색하고 돌아오자.

"리타와 아이네는 여기서 대기. 만약 누가 오면 계곡에 다가오지 못하게 교란해. 무슨 일이 있으면 세실이나 라필리아의 마법으로 신호를 보낼 테니까, 그러면『안개 계곡』으로 들어오고."

"알겠습니다 주인님."

리타가 내 손을 쥐고 고개를 끄덕였다.

동물 귀가 축 늘어져 있는 걸 보면 걱정하는 것 같네.

"괜찮아.『안개』대책은 세워졌으니까."

『현혹의 안개』는 사람의 오감을 어긋나게 한다.

자신 이외의 사람이 마물로 보인다. 게다가 계곡 안에는 진짜 마물도 있으니까, 아군인줄 알았다가 공격당하고, 적이라고 생각해서 싸웠더니 아군인 경우가 생긴다. 정말 귀찮은 곳이야.

하지만 우리에게는 그다지 큰 문제가 아니다.

그렇게 해서, 우리는 계곡으로 들어갔다.

선두는 라필리아. 그 뒤로 세실과 이리스. 제일 마지막이 나.

계곡의 공기는 서늘하고, 한 걸음 걸어갈 때마다 짙은 안개가 우리를 감싼다.

일단 네 사람 모두 떨어지지 않도록 줄을 잡고 있다.

하지만 어느샌가 눈앞이 새하얘졌고, 분명히 잡고 있었던 줄도 어딘가로 사라지고.

우리는 허무하게 서로를 놓치고 말았다.

"여기까지는 예정대로인가."

줄 하나로 공략할 수 있다면 모험자들이 서로 싸울 일도 없을 테니까.

"레기, 넌 있는 거지?"

『물론이다 주인님.』

내 등에 있는 마검 상태의 레기가 진동했다.

"몸은 드러내지 말고. 안개가 사람 모습에 반응하는 것인지도 모르니까."

『알았다.』

레기는 무기 취급이라서 안개의 영향을 받지 않는다.

안개가 서로 싸우게 만든다면 무기가 몸에서 떨어지게 하지는 않을 거라고 생각했는데, 정답이었나보네.

그렇게 되면 다음은 마물이 등장하겠지. 그리고 위험하다고 부추긴 뒤에 마물 모습을 한 동료가 등장하는― 그것이 기본 패턴이다.

"끼익, 끽!"

왔다.

안개 속에서 사람 크기의 토끼가 나왔다. 유니콘 같은 뿔도 달려 있고.

혼 래빗이다.

『혼 래빗.

대형 토끼. 이마에 뾰족한 뿔이 나 있다.

공격력은 대단하지 않지만 뒷발의 순발력이 강해서, 돌격을 제대로 맞으면 아프다.』

"이리스가 이 녀석을 상대하려면 힘들겠네. 그럼 발동『노예 소환 LV1』!"

후다다다다닥!

발소리를 울리며 달려온 사람이 그대로 내 등에 퍽, 하고 부딪쳤다.

온 몸에 비늘이 난 작은 리저드맨이다. 응. 노예 소환으로 달려온 건 이리스구나.

『노예 소환 LV1』

임의의 노예를 주인이 있는 곳으로 불러들일 수 있다.

소환된 노예는 주인의 좌표를 정확히 파악하고, 무슨 일이 있
건 곧장 달려온다.

"기, 기가가가가가. 가가가~"

이리스한테는 사전에 『노예 소환』을 쓸 거라고 말해뒀으니까,
이리스도 옆에 있는 사람이 나라는 걸 알고 있다. 일단 제1단계
는 성공.

"그럼 다음 단계로. 에잇."

나는 혼 래빗 앞에 육포를 던졌다.

그리고 발동 『생명 교섭 LV1』.

"우리는 사정이 있어서 여기 왔을 뿐이고, 여기를 어지럽힐 생
각은 없으니까 지나가게 해주세요."

평범하게 말을 걸어봤다. 대답은—

"끼기— 적………… 제거………… 제거…… 명령."

"마물이네. 에잇."

싹둑.

마검 레기의 칼날이 혼 래빗의 피부를 갈랐다.

"끽———!"

혼 래빗은 도망쳤다.

"가가가, 기기."

등에 매달린 이리스가 뭔가 말하고 있다.

"레기, 통역할 수 있겠어?"

『안 되겠다. 영문을 모르겠다. 이봐, 납작 가슴 무녀. 절벽 무녀. 내 말을 알아듣겠나?』

리저드맨 이리스는 대답이 없다.

레기 말도 알아듣지 못하는 것 같다. 레기는 검이니까 내 일부로 인식되고 있다. 그래서 나하고는 말이 통한다고 생각하면 되려나. 레기한테 통역해달라는 작전은 실패다.

"이리스랑 합류한 것만 해도 성공이라고 봐야겠네."

나는 리저드맨 이리스를 안았다.

이리스는 도마뱀 같은 얼굴로 날 쳐다보며 고개를 끄덕였다.

"그그르, 가가."

"응. 그그르가고. 가기기가, 기구가구가."

"고고고."

"구구구."

『……어떻게 말 통하는 거냐, 주인님과 무녀는.』

그냥 대충이지만.

이리스나 나나 세실과 라필리아를 걱정하고 있는 것 같아서.

"그르구구."

"그러게. 나도 이리스도 같은 생구고고구르으."

『이 시점에서 「안개 계곡」의 흑막한테 이긴 게 아닌가, 주인님…….』

"그러니까, 그냥 대충 이해하는 거라니까."

레기의 목소리를 들으며, 나와 이리스는 손을 잡고 걸어갔다.

"화르르르르르르르르르르."

다음에 눈앞에 나타난 건 불의 요정 같은 생물.

심홍색 몸에 오렌지색 불꽃을 두르고 있다. 그것도 둘이나.

『혹시 세실? 이쪽이 나고, 리저드맨 모습이 이리스거든.』

나는 머릿속으로 불러봤다.

『뭐야. 나기 님이었구나. 깜짝 놀랐어요.』

종종종, 불의 요정 중에 하나가 달려와서 퍽, 하고 나한테 안겼다.

『예. 나기 님 노예 세실이에요. 나기 님은 마물이 돼도 멋져요!』

『혹시 몰라서 확인. 계곡 앞에서 나랑 했던 걸 말해봐.』

"……저, 저는, 나기 님이, 어깨를 안아주셨어요…….

『그리고?』

『나기 님 얼굴이 가까이 다가오고, 뜨거운 숨결이 닿았고, 그리고.』

『아니, 숨결이 뜨거웠던 건 세실 쪽이었는데.』

『그, 그럴지도 모르지만…… 그리고, 나기 님 얼굴이 다가와서, 제 입술에— 닿아, 서…… 그, 그리고오오오오오.』

화르르륵— 하고 불꽃이 엄청나게 커졌다. 뜨겁진 않지만.

이 반응, 틀림없는 세실이다.

참고로 계곡이 들어오기 전에 사용한 건 『의식 공유 LV1』이었다.

『의식 공유 LV1』

노예 한 사람과 일정 시간동안 의식을 통하게 해주는 스킬. 주인은 의식을 집중해서 노예의 사고를 읽는 것이 가능하다.

발동하려면 신뢰 관계를 증명하기 위해서 입술에 입을 맞춰야 한다.

"또 하나는 마물인가? 아니면 라필리아? 확인 부탁해."

『이 몸의 스킬에 반응이 없다. 저건 맹순이 엘프 계집이 아니다!』

"알았어. 그럼, 받아라~"

붕.

나는 마검 레기를 휘둘렀다.

불꽃 정령(가짜)는 도망쳤다. 좋았어.

""""""""우가~""""""""

그러나 싶었더니 또 마물이 나타났다.

끈질기네. 이번엔 여섯 마리인가.

이제 공략법은 다 알았으니까 그만 했으면 좋겠는데.

""""""""우가우가우가, 우가~!""""""""

우리를 둘러싼 건 배배 꼬인 뿔이 달린 오거다. 전부 큰 활을 들고 있다.

"레기! 미리 말한 대로—"

『굳이 말할 것도 없다 주인님! 발동「용액 생물 지배 LV1」!』

철퍽.

오거 한 마리의 뿔에서 뭔가 부드러운 것이 떨어졌다.

엘더 슬라임이다.

『저게 라필리아! 나머지가 가짜다!』

『예, 갑니다!「서모닝 엘레멘탈———!」』

세실의 머리 위에 어린아이 크기의 빨간 도마뱀이 나타났다.

불꽃에 휩싸인 그 녀석은 세실이 소환한『샐러맨더』이다.

『이 계곡은 이미 나기 님이 공략했어요! 저리 가세요 오거 씨!』

세실이 외치자 샐러맨더가 날아가서 오거의 얼굴에 달라붙었다.

""""""그가아아아아아아아!!"""""

그리고 절규. 얼굴이 탄 오거들의 몸이 무너져 내린다. 이 녀석들은 오거로 변했을 뿐인 부정형 마물이었다. 정체가 들킨 마물들은 바로 안개 속으로 도망쳤다.

"괜찮아, 라필리아."

"우가~ 우가~ 우가~!"

퍽퍽퍽, 하고 고릴라처럼 가슴을 두드린다. 아직 불안한가 보네.

『엘프 계집아. 눈치채라, 주인님이시다!』

부르르, 부들부들.

레기가 조종하는 엘더 슬라임이 오거 라필리아의 몸을 기어 올라갔다.

어깨 위에 올라가서 레기가 시킨 대로 목덜미를 콕콕 질렀더니, 새파란 피부의 오거가 다리를 오므리고 부들부들…….

『틀림없다. 이 녀석이 엘프 계집이다. 약점이 똑같으니까.』

"그런 걸로 확인하지 말라고. 그나저나 그건 언제 확인했어?"

"우가."

하지만 라필리아는 활을 내리고 우리 뒤에 섰다. 알아차렸나 보네.

이걸로 다 모였다.

"우고고, 가가."

"응. 의외로 어떻게든 됐네, 이리스."

『나기 님한테 이 정도 안개는 아무것도 아니죠?』

『그 정도는 아니지만, 다치지 않아서 다행이네, 세실.』

『우가~ 우가~ 우가!』

"아니, 여기서 스킬을 조정해달라고 하는 건 너무 무모하지 않나, 라필리아."

『그러니까 왜 말이 통하는 거냐?! 주인님이여!』

대충 되는 거라니까 그러네.

하지만 이 안개가 정말로 신뢰를 시험하는 것이라면, 『능력 재구축』으로 깊게 맺어진 우리한테는 효과가 약할지도 모른다. 우리는 몇 번이나 마력을 주고받았으니까. 내가 무모한 작전을 세워도 다들 날 믿고 따라와 줄 정도고.

"어쩔 거야? 우리한테는 『현혹의 안개』가 통하지 않는 것 같은데."

그래서 나는 계곡 안쪽을 향해서 외쳤다.

아까 혼 래빗은 『명령 받았다』고 말했었다

그렇다면 계곡 안쪽에 안개를 관리하는 누군가가 있겠지.

『우리는 이곳에 대해 알고 있는 동료의 인도를 받아서 왔다! 누가 있으면 대답해줘!』

반응이 없다.

어쩔 수 없지, 이쪽 카드를 써볼까.

"이리스, 부탁해."

나는 리저드맨 이리스의 오른쪽 어깨를 세 번 문질렀다. 다음에 왼쪽 어깨를 두 번. 마지막으로 등을 한 번.

계곡에 들어오기 전에 정해둔 신호다.

"가, 그가가아아아아아, 가가고가고가~!"

(누가 있다면 들어주세요! 저희는 이르가파에서 온 모험자입니다!)

이리스가 큰 소리로 외치기 시작했다.

의미를 알 수 없는 소리지만 내용은 미리 얘기한 대로겠지.

"그르으르으! 르가가고게키가루구가―――!"

(천룡의 그림자여! 있다면 대답하세요!)

"고가가기가구게고라라구기기기기기! 기가구가! 가가가가구 고가라그!"

(저희는 동료의 기억에 이끌려서 왔습니다! 누가 계시다면! 그 사람을 도와주세요!)

『그 사람』이란 당연히 라필리아다.

만에 하나 여기에 있는 것이 적일 경우도 생각해서, 개인정보를 말하는 건 마지막 수단으로 삼자고 정해됐다.

"게으그그고가게고, 기각가이가겡가?!"

(천룡의 그림자여, 안 계시나요?!)

부르면서, 우리는 앞으로 걸어갔다.

걸어온 시간을 생각해보면 슬슬 분기점일 텐데.

어느 쪽이 정답인지는 모른다. 하지만 안개가 흐르기 시작했다. 우리를 유도하는 것처럼.

계속 걸어갔더니 새하얀 안개가 점점 옅어졌다.

그리고 우리 앞에 거대한 그림자가 모습을 드러냈다.

용이었다.

굵직한 몸통에 길다란 목. 뿔이 난 머리가 달렸다.

하얀 그림자 너머로 용의 그림자만이 보인다.

"내 이름은— 천룡 브란샤르카."

안개 너머에서 목소리가 들려왔다.

"너희가 서로를 신뢰하는 자라는 것은 알았다. 보상을 내리마. 이것을 가지고 돌아가도록 하거라."

데굴, 녹색 보석이 발밑으로 굴러왔다.

이것이 그 신혼부부가 주워왔다는 보물인가.

"그아아아아아! 기고가! 구그!"

(저희가 바라는 것은 이런 것이 아닙니다. 천룡이여, 정말로 거기에 계시는 것입니까?!)

"……………………그만 돌아가거라."

내가 불렀을 때는 대답하지 않았던 목소리가 이리스의 목소리에는 반응하고 있다.

하지만, 안개 너머에 있는 게 정말로 용일까?

"레기. **엘더 슬라임**이 지금 뭘 건드리고 있지?"

『평범한 바위다. 그냥 평범한.』

레기가 대답했다.

『용액 생물 지배』로 몰래 앞으로 보낸 엘더 슬라임은 지금 용의 그림자에 닿아 있다.

이것도 작전 중에 하나다.

합류하면 라필리아가 엘더 슬라임을 분열시킨다. 그것을 레기가 조작해서 레이더처럼 사용한다. 마물 탐색과 『안개 계곡』의 매핑을 위해서.

우리는 오감이 현혹되기 때문에 정확한 길과 주변 상황을 알 수가 없다. 그래서 엘더 슬라임의 촉각을 이용해서 샛길이나 숨겨진 문이 없는지 찾아보고 있었다.

『이 녀석은 용 따위가 아니다. 용 모양의 바위다.』

내 등에 있는 레기가 재미없다는 듯이 말했다.

"목소리는 어디서 나는 거야?"

『흠. 발 사이에 동굴이 있는 것 같다. 거기서 난다.』

"안쪽에 안개는?"

『없는 것 같다.』

"기왕 여기까지 왔으니까 조금만 들여다볼까."

그대로 걸어갔더니 정말로 용의 발 사이에 작은 동굴이 있었다.

안개도 여기까지는 오지 않았다. 동굴에 들어가자 동시에 환각도 풀려서 세실과 이리스, 라필리아의 모습이 보이게 됐다.

세실은『수습 마법사의 옷』을 입고 내 옆에서 걷고 있다. 이리스도 쭈뼛쭈뼛하며 내 옷소매를 잡고 있고, 라필리아는 평소의 맹하게 웃는 얼굴.

"조금 전까지의 나기 님도 정말 멋졌어요!"

"당연히 지금 오빠보다는 못하지만!"

"당연하죠오. 리얼 마스터보다 멋진 건 이 세상에 없을 거예요."

"""그죠~"""

긴장 좀 해라.

"그래서, 라필리아. 뭔가 생각이 났어?"

"아뇨…… 구체적인 건 아무것도. 하지만, 여기에 와본 적이 있는 것 같아요."

라필리아는 커다란 가슴 위에서 팔짱을 꼈다.

"레기도 고마워. 네 스킬이 큰 도움이 됐어."

『마검을 현혹의 안개가 아니라서 다행이었다.』

"말하고 움직이고 슬라임을 조종하는 마검은 생각도 못 했겠지."

『그렇지? 자, 주인님. 상을 약속하도록 하라.』

"알았어. 같이 목욕하는 거랑 같이 장 보러 가는 것 중에 어떤 게 좋아?"

『그 두 가지인가? 나는 주인님이 노예 계집들과 얼싸안고 뒹구는 모습을…… 아니, 목욕과 장보기도 포기하기는 그렇고…… 아니…… 아~! 요즘 주인은 이 몸 다루는 요령이 너무 좋은 것 아닌가?!』

레기의 목소리를 들으며, 우리는 앞으로 걸어갔다.

세실의 마법『등불』이 암벽을 비추고 있다. 주위는 매끈한 벽이고, 아무리 봐도 자연적인 것이 아니다. 용 모양의 바위도, 동굴도, 누군가가 만든 것이다.

"이리스. 먼저 인사부터 해봐. 이번엔 우리들의 속성을 가르쳐 줘도 돼."

상대가 용의 관계자라는 걸 알았으니까.

기껏 여기까지 왔으니까, 아슬아슬한 데까지 들어가 보자.

"들리십니까. 이쪽은『옛 피』를 지닌 자들과 그 주인님입니다."

이리스의 맑은 목소리가 동굴 안에 울렸다.

"저희는 기억을 잃은 동료를 위해서 여기까지 왔습니다. 이곳을 어지럽힐 생각은 없습니다. 누군가가 계신다면 이 목소리에 대답해 주십시오."

동굴 안은 여전히 조용했다."

"세실, 그 말을."

"예. 옛 언어로 불러볼게요. 계시다면 대답해주세요.『천룡 브란샤르카』!"

세실은 고대어로 천룡의 이름을 불렀다.

우리가 쓸 수 있는 카드는 여기까지다. 이래도 반응이 없다면 그냥 돌아가자.

"『옛 피』라는 말인가. 천룡님의 잔류사념에 불려서 이곳까지 왔는가."

목소리가 들려왔다.

"좋다. 여기까지 오도록. 천룡님께 맹세코 해는 끼치지 않겠다. 여기까지 오도록."

"당신은 누구인가요?"

"나는 그냥 지키는 이다."

마검은 뽑았다. 세실한테도 마법을 준비하라고 했다. 라필리아도 활을 들었다.

천천히, 나아간다. 동굴 가장 깊은 곳까지는 십여 미터.

막다른 곳에는 작은 상자와—

—바짝 말라붙은 비룡의 미라가 있었다.

"『옛 피』를 다시 보게 될 줄은 몰랐다."

미이라의 아무것도 없는 눈 안쪽에 빨간 빛이 들어— 온 것 같았다.

"마족. 해룡의 피. 그리고 엘더 엘프인가. 오래 살고 볼 일이군."

고대 엘프?

"…………저요?"

여전히 맹한 얼굴로, 라필리아가 자기 자신을 가리켰다.

제8화 「『안개 계곡』의 비보를 가지고 갈까요? 예/ 아니요」

"옛 피를 이은 분들과 그 주인께 인사드린다."

미라가 된 비룡이 말했다.

몸길이는 몇 미터. 몸의 비늘은 전부 떨어졌고, 바짝 마른 살이 뼈에 붙어 있다. 안구도 없는 공허한 안와에 붉은 불빛이 들어와 있을 뿐.

겉보기에는 완전히 사체지만 입이 조금씩 움직이고 있다. 일종의 언데드인가.

배 아래 쪽에는 작은 상자를 안고 있다. 꼬리 쪽은 동굴과 일체와 되어 있다. 얼굴의 붉은 점이 깜박거리면 공기가 어렴풋이 움직인다. 미라 비룡이 마력으로『안개』를 컨트롤하고 있는 건지도 모른다.

이 녀석이 던전의 보스. 또는 유적을 지키는 관리인이라는 건가.

"당신은, 인간의 말을 아는가?"

"천룡님은 인간 모습이 될 수 있었다. 그 측근이 되면 인간의 말 정도는 당연한 일이지."

"인간 모습으로?"

"그러하다."

"새하얗고, 플라티나 블론드고— 눈은."

"푸른 하늘과 같은 색이었지."

『인사하는 하얀 사람』과 똑같다.

그렇다면 그게 『천룡 브란샤르카』의 잔류사념이 맞는 것 같은데.

기세만 가지고 여기까지 왔지만, 중요한 건 지금부터다.

"먼저 세실, 『고대 엘프』에 대해서 가르쳐줘."

"아, 예. 나기 님."

『고대 엘프』

엘프의 바탕이 된 존재.

인간보다는 신이나 정령에 가까운 존재라고 전해진다.

마법의 힘이 강하고 다양한 기술을 지녔지만, 번식력이 약하고 개체수도 적었다.

책임감도 강하고 항상 미래가 어떻게 되는지를 예측하고 걱정해서, 온갖 불행을 회피하기 위해서 필사적으로 움직였다. 유적을 만들고, 아티팩트를 만들면서. 쉴 틈도 없이.

그 탓인지 마족보다 일찍 자연 소멸했다.

지금의 엘프는 힘이 약해진 대신에 번식력과 생명력을 높인 『고대 엘프』의 진화형이다.

"즉 『고대 엘프』는 반신반인 같은 존재였다는 뜻인가……."

갑자기 그런 종족명으로 불렀으니 라필리아도 놀랄 만도 하네.

라필리아, 경직됐네. 이리스가 손을 잡아 끌었지만 반응이 없다.

지금은 빨리 정보를 손에 넣고 속이 후련해지는 쪽이 좋겠지.

"저희는 여행하는 모험자입니다. 기억을 잃은 동료를 위해서 여기에 왔습니다."

나는 미라 비룡 쪽을 봤다.

"나는 지키는 이. 이름은 잊었다."

상자 위에 있는 미라 비룡은 따각따각 이 부딪치는 소리를 냈다.

"이 땅에 있으며 천룡의 비보를 지키는, 평범한 언데드다."

"······역시 이벤트 아이템을 지키고 있는 건가."

"무슨 뜻인가?"

"아뇨, 신성한 장소에 멋대로 들어와서 죄송합니다."

"『안개 계곡』을 연 데는 나름대로 이유가 있다. 천룡님도 용서해주시겠지."

"혹시 여기는, 무덤인가요?"

"어이해 그리 생각하나?"

"천룡은 위대한 존재라고 들어서, 그런 것도 있을까 싶어서."

그냥 별생각 없이 물어본 일인데 진지하게 물어보면 곤란하거든.

"몸통이 떨어진 곳은 『마법 실험 도시』가 됐고, 날개가 떨어진 곳은 관관지가 됐으니까. 하지만 묘가 있다는 얘기는 들어본 적이 없어. 천룡이 정말로 위대한 존재라면 누군가가 그 죽음을 애석해할 장소를 만들 것 같아서 말이야. 사람이 오지 못하는 곳에서 용의 권속이 지키고 있다면, 그럴 만도 하겠지."

"예리하군. 『옛 피』의 주인이여."

미라 비룡이 가볍게 고개를 끄덕였다.

"그러하다. 이곳은『천룡 브란샤르카』님의 묘. 그 위대한 분의 죽음을 애석해하며『고대 엘프』와『마족』이 만든 곳이다. 나는 이 곳을 지키는 이. 마력으로 계곡과 이어져서 안개 속을 볼 수가 이 다. 그런 역할을, 계속 해왔다."

역시, 이 녀석이『안개 계곡』의 관리인인가.

이 세계에는 오래 사는 생물이나 마법이 있으니까 그런 것들이 살아남는 경우도 있겠지.

"오랜만에 통쾌한 기분이다.『옛 피』와 서로가 믿는 주인의 모 습을 보게 되다니. 안개를 돌파해서 해후하는 신뢰감. 안개 입구 에서의 입맞춤. 신속하게 동료를 구분하는 그 기술. 그 모든 것들 이 적격자의 증거이다."

미라 비룡의 얼굴에 있는 빨간 안개가 이쪽을 보고 있다.

이 흐름은…… 위험한데.

"천룡의 비보에 대해 가르쳐주마. 여기까지 온 너희에게는 그 자격이——."

"죄송한데요, 지금 바빠서 그러니까 저희 동료 문제를 해결하 게."

"나는 언젠가 적격자가 나타날 때를 위해——."

"이『안개』는 사람을 현혹시키는 것. 신뢰가 있으면 지나올 수 있다, 그런 거죠?"

"그렇다. 러브러브 최고다. 하지만 지금은 내 말을——."

"서로 신뢰하는 게 중요한 거죠? 그렇다면 동료의 불안을 해소 하는 게 먼저겠죠?"

"아니, 그러니까, 비보라는 것은——."

"아닌가요? 제 동료의 불안은 뒤로 미루는 건가요? 헤에~ 아쉽게 됐네~ 천룡님 휘하에 계신 분이 노예의 고민을 뒤로 미루라고 하는 분이었다니. 실망이네~ 천룡님은 훨씬 마음이 상냥하신 분인 줄 알았는데. 우와~ 진짜 아쉽다."

".................이야기를 들어보지."

좋았어, 잘 넘겼다.

이벤트 아이템 양도 플래그는 후딱 꺾어버리자.

『천룡의 비보』라는 이름만 봐도 세계의 운명이 관계돼 있을 것 같은 냄새가 나잖아.

"당신은 지금 이 아이를 『고대 엘프』라고 불렀죠."

나는 라필리아의 어깨를 붙잡고 앞으로 내밀었다.

"제가, 그런가요?"

"그러하다."

"드디어 제 시대가 왔어요!"

미라 비룡의 발언에 라필리아는 주먹을 꽉 쥐었다.

"역시, 저는 역사에 이름을 남길 존재였군요! 설마 제가 『고대 엘프』라니, 깜짝 놀랐어요! 그렇구나~ 제가 생각해도 보통 사람이 아닐 것 같았거든요. 그렇군요. 제가 『고대 엘프』였군요. 옛 종족의——."

"그러하다. 너는 『고대 엘프』에 의해 만들어진 그들의 레플리카일 것이다."

"⋯⋯⋯⋯⋯어."

신이 났던 라필리아가 딱, 하고 얼어붙었다.

나도 세실도 이리스도 눈동자가 점처럼 작아졌다.

레플리카? 뭐야 그거.

"오리지널 『고대 엘프』는 수백 년 전에 절멸했다. 남아 있다면 그것은 놈들이 만든 레플리카일 것이다."

미라 비룡이 이야기를 시작했다.

『고대 엘프』는 번식력이 약하고 개체 수가 계속 줄어들었다는 것은 세실이 가르쳐준 대로.

종족의 숫자가 너무 줄었다는 사실을 알아차린 그들은 지식과 기술을 남기기 위해서 자신들의 레플리카를 만들어냈다. 그들은 매직 아이템과 아티팩트 작성이 특기였기 때문에 그 정도는 가능했던 것 같다.

그래서 만들어진 것이 『고대 엘프』와 똑같이 생긴 복제품. 소위 말하는 호문클루스.

오리지널보다 부족한 대신 고대의 지식과 특수한 스킬이 인스톨됐다.

숫자는 몇 명— 미라 비룡도 정확한 수는 모르는 것 같다. 열 명은 안 넘겠지.

만들어진 『복제품』들은 시대마다 눈뜨게 설정돼서 세계 각지에 감춰졌다.

라필리아도 그중에 한 명.

『안개 계곡』을 만들 때 『고대 엘프』도 관여했으니까, 아마도 그 때의 기억이 남아 있을 것이다― 미라 비룡은 그렇게 말하고 이야기를 마무리했다.

"그렇군, 네 안에는 『불운을 불러들이는 스킬』이 있었나."

라필리아의 사정을 조금 들은 미라 비룡이 바짝 말라버린 머리로 고개를 끄덕였다.

"『고대 엘프』는 쓸데없이 비관적인 종족이었으니까. 항상 세계의 앞날을 걱정했다. 불행을 자신들의 『복제품』이 끌어들이게 해서 세계를 구한다…… 그런 생각을 했을 수도 있겠지……."

"하지만 저는 영웅들의 모험 이야기를 들은 기억도, 무언가를 지켰던 기억도 있어요……."

라필리아는 멍하니 중얼거렸다.

"그건 아마도 만들어지는 동안의 기억이겠지. 네게 세계를 지키는 역할을 심어주기 위한."

미라 비룡이 당연하다는 것처럼 말했다.

라필리아는 『고대 엘프』의 복제품이고 만들어진 존재.

어린 시절에 영웅 이야기를 들은 기억도 뭔가를 지켰던 기억도, 불행을 끌어들여서 세계를 지킨다는 역할을 수행하기 쉽도록 만들기 위한 것― 이라고.

최악이다. 대체 무슨 생각을 한 거야 『고대 엘프』.

라필리아한테 그딴 걸 떠넘기지 말라고.

"……뭐가 전설의 종족이야. 그냥 블랙 종족이잖아."

라필리아의『불운 초래 LV3』은 바꿔버렸으니까, 결과적으로 우리가 그 놈들한테 이긴 게 되겠지만…… 정말이지, 대체 무슨 생각을 한 거냐고.『고대 엘프』.

"『복제품』은 한 가지 역할에 특화된 것으로, 기묘한 스킬이 인스톨 되었다."

미라 비룡의 설명은 계속됐다.

"모습은 거기 있는 아이와 많이 닮았다. 아마도 같은 타입이겠지. 인공적으로 만들고, 어느 정도 연령까지 성장시킨 뒤에 잠들게 해고, 때가 오면 눈뜨게 하는. 그런 것이었다."

"당신은, 어떻게 그걸 자세히 아는 거지?"

"여기에도 한 명이 있었기 때문이다."

그렇게 말하고, 미라 비룡은 바짝 마른 날개를 들었다.

동굴 안쪽에 은색 관이 있다. 뚜껑은 열려 있고 안은 텅 비었다.

"그들은 이곳에도 레플리카를 하나 남겨뒀다. 그 녀석은 수십 년 전에 눈을 떠서『안개 계곡』을 조정했고, 제 역할을 다한 뒤에는 연구를 위한 여행을 떠났다."

"그 아이의 이름은——."

안 들어도 알 수 있다. 관에 그 이름이 새겨져 있으니까.

『가브리엘라 그레이스.』

확정이다. 성이 라필리아와 똑같으니까.

그리고 이르가파에서 만났던 엘더 슬라임의 이야기와도 일치한다.

그 녀석이 말했었다. 라필리아는 자기를 만든 엘프와 많이 닮

앞다고. 그게 라필리아와 똑같은『고대 엘프』의 레플리카라면 앞
뒤가 맞는다.

"마스터······."

라필리아는 당장이라도 울 것 같은 눈으로 날 쳐다봤다.

"대충이기는 해도······ 알았어요. 미라 비룡 씨 말이 맞아요."

"라필리아······."

"빠져 있던 기억이 딱, 하고 맞물린 느낌이에요. 알 수 있어요.
여기가 천룡의 묘라는 것도. 천룡이 오랜, 오랜 시간을 들여서 다
시 태어나기 위한 장소라는 것도······."

"천룡이 다시 태어나는 장소?"

"여기는 마력이 모이기 쉬운 곳이고— 마력 웅덩이나 마력 포
인트라고 부르는 곳이에요. 이『안개 계곡』은 토지나 대기에서 모
은 마력을 이용해서 소중한 것을 지킨 것을 만들었어요."

토지나 대기의 마력이 모이기 쉬운 곳—.

그렇구나. 그래서 이렇게 거창한 시스템을 만들 수 있었던
건가.

"이곳은 때가 될 때까지 아무도 들어오지 못하게 봉인하고, 열
면『현혹의 안개』가 계곡을 채우도록 돼 있어요. 저기 계신 비룡
씨의 이름도 알 수 있어요. 붉은 비룡『라이지카』씨. 하지만 제
기억에 있는 건 그게 전부······."

라필리아가 털썩, 무릎을 꿇었다.

"기억이 없는 것도 당연해요. 저는, 처음부터 이 모습으로 만들
어졌으니까. 어딘가에 봉인되고, 헤매고······ 거둬졌으니까. 처

음부터 『불운 초래』로 세상의 불행을 저한테 모으는 제물 같은 역할을 맡았던 거예요. 그렇구나…… 나…… 만들어진 존재였군요…….”

라필리아는 두 손으로 얼굴을 가렸고, 그리고―

“다행이네요!”

바로 방긋, 하고 웃었다.

―어? 왜?!

“우와~ 이제 속이 후련해졌네요~. 그렇구나, 제가 만들어진 존재였군요. 그렇다면 과거에 응어리고 뭐고 하나도 없는 깨끗한 몸이고, 아무도 절 건드리지 않았으니까, 아무 걱정 없이 마스터 것이 될 수 있겠네요~. 우와, 잘 됐다~”

허세…… 는 아니겠지.

라필리아, 가슴을 출렁출렁 흔들면서 뛰고 있으니까.

뭐야, 그래도 되는 거야? 호문클루스 같은 건데. 충격받아야 하는 거 아냐?

“예? 그럼요. 마스터는 제가 『만들어진 존재』면 싫은가요?”

호문클루스. 인조인간. 『고대 엘프』의 레플리카.

지금은 없어진 기억을 아주 조금 물려받은 소녀 라필리아 그레이스. 그거…….

“……멋있는데?”

“그죠~”

"그리고 『고대 엘프』도 『레플리카』도 전부 이쪽 세계 사람들 사정이니까. 나는 다른 세계에서 왔으니까 상관없고. 라필리아가 내 노예인 건 틀림없는 사실이고, 다른 사람들도 딱히 신경 쓰지 않을 테니까."

"예. 신경 안 써요." 세실.

"라필리아 님은 라필리아 님이에요." 이리스.

"그렇게 말하자면 저는 마족 생존자니까요."

"그렇게 따지자면 이리스는 용의 피를 어설프게 이어받은 게 되잖아요?"

"오히려 친근감이 드네요."

"예전보다 라필리아 님이 좋아졌어요."

""그쵸~""

두 손을 마주잡고 목소리까지 맞춰가며 웃는 꼬마 팀 두 사람.

즉, 라필리아의 정체를 알게 돼도 달라질 건 아무것도 없다. 속이 후련해지고, 끝.

그것뿐이다.

"라필리아 씨는 앞으로도 같이 있는 거예요."

"라필리아 님도 다른 분들과 함께 오빠를 위해서"

"""노예로서 일할 거예요. 예~이!"""

세실과 이리스와 라필리아가 손을 잡고 높이 들어 올렸다.

"그러니까 마스터~. 앞으로도 잘 부탁드려요."

"응. 라필리아의 기억도 앞으로의 모험에 쓸 테니까."

"얼마든지요."

쑥스러워하며 분홍색 머리카락을 긁는 라필리아.

"제 모든 것을, 마스터와 모든 분들의 생활을 위해서 써주세요!"

"알았어. 그럼 돌아가자. 리타랑 아이네도 기다리고 있으니까."

『안개 계곡』 공략은 끝. 보석도 손에 넣었다. 이거, 얼마에 팔리려나. 기대되네.

"미라 비룡…… 라이지카였나. 정보를 줘서 고마워. 덕분에 파티의 불안이 하나 사라졌어. 당신의 친절은 잊지 않겠습니다. 고마워."

"고마워요~" "감사합니다." "정말 고맙습니다!"

우리 네 명이 나란히 서서 미라 비룡 라이지카에게 인사.

그리고 등을 돌렸다. 고마워 미라 비룡. 그리고, 안녕.

당신을 잊지 않겠어──

"게 섯거라──────────────!!"

휘잉.

동굴 출구에서 바람이 밀려왔다.

"그대들은 대체 뭘 하러 왔는가?!"

"처음에 말했잖아, 동료의 기억에 대한 단서를 찾으러 왔다고."

고개를 돌려보니 비룡이 화가 나 있었다. 정확히는 눈언저리가 새빨갛게 빛나면서.

"일방적으로 정보를 얻고 돌아가는 것은 대등하지 못하다. 그만한 대가를──."

"귀족들이 이 계곡을 공략할 꿍꿍이를 꾸미고 있어. 부하들도 데리고, 이제 곧 여기로 올 거야. 그놈들한테 비보를 줄 생각이 없다면 굳게 방어하는 게 좋을 거야."

"…………윽."

"『안개 계곡』 같은 유적을 공략하면 왕가 사람들이랑 결혼하는 데 유리해진다는 것 같더라고. 그쪽은『천룡의 비보』를 지키고 있잖아? 이 정보면 충분한 대가가 될 것 같은데?"

"그, 그래. 그렇군."

"그럼 이제 가도 되지?"

우리는 어디까지나 라필리아의 기억을 찾으러 왔을 뿐이다. 비보를 가지러 온 게 아니라. 부탁을 들어주지 않으려면 보석을 두고 가라고 한다면 두고 가겠다. 그렇게까지 필요한 것도 아니니까.

"그쪽이랑 얘기하길 잘했어. 미라 비룡『라이지카』. 그럼."

"아, 아, 알았다! 비보를 주겠다! 무조건 가지고 가도 좋다! 아니, 제발 가져가다오오오!"

끼기긱, 미라 비룡의 턱이 살짝 움직였다.

"부탁이다. 천룡의 비보를 주려면『옛 피』를 능가하는 자는 없다. 그저, 천룡이 떨어진 곳 근처에 숨겨두기만 해도 된다."

"다른 모험자들한테 부탁해도 될 것 같은데."

"왕가에 진상이라도 하면 어쩔 것인가?"

"우리가 그럴 거라는 생각은 안 해?"

"너희가 그런 자라면 『귀족을 조심하라』는 말은 하지도 않았을 것이다. 또한 『옛 피』를 노예로 삼은 자가 왕가와 연이 있을 것 같지도 않고."

"……예리한데."

역시나 수백 년을 살아온 미라 비룡.

하는 수 없지. 얘기만이라도 들어줄까.

그런데 말이야. 천룡의 비보라면 국가 레벨로 위험한 아이템일 텐데…….

"그래서, 천룡의 비보의 정체는?"

"『천룡 브란샤르카의 알』."

세계 레벨로 위험해 보이는 아이템이다.

"천룡은 죽기 전에 이 계곡에 알을 남겼다. 시간이 지나고 알이 부화 직전의 상태가 될 때까지 내게 관리하도록 명했다. 그리고 부화가 가까워진 지금, 나는 계곡을 열고 신뢰할 수 있는 자들을 이곳에 들이기로 했다……."

"그러니까, 그쪽은 계속 여기서 알을 관리해왔다는 얘기지."

"그렇다."

"천룡도 못된 놈이네."

수백 년 동안 알을 지키라니, 그런 블랙한 일을 명령하다니.

"아니. 나는 인간이 서로 사랑하는 것과 의심암귀에 빠져서 서로 싸우는 것을 구경하는 걸 좋아하니까, 기꺼이 이 사명에 지원했다만."

"그렇구나……."

괜히 동정했네.

"보라…… 이것이『천룡의 알』이다…….."

미끌, 미라 비룡의 몸이 상자 위에서 떨어졌다.

봉인돼 있던 상자가 천천히 열린다.

안에 들어 있는 것은 딱 손바닥 위에 올라갈 정도의 순백색 구체였다.

예쁘다.

표면이 살짝 빛나고 고동치고 있다.

"부화할 때까지 지켜주면 된다. 보수는 그 알의 껍질이다. 상질의 마력 결정체이니 써도 좋고 팔아도 좋다. 집 하나를 살 정도의 가치는 될 것이다."

그렇게 말한 미라 비룡은 이미 목이 돌아가서 위아래가 반대로 된 머리를 삐걱거리며 말하고 있는 상태.

언데드지만 슬슬 한계인지도 모르겠다.

"이것을 건네면 나는 이 계곡을 닫고 편안히 잠들 수 있다"

미라 비룡 라이지카는 조용히, 그렇게 말했다.

"……『천룡의 알』이란 말이지."

세계 수준으로 중요한 아이템, 소위 말하는『월드 아이템』이다.

솔직히 나한테는 분에 넘치지만―

"나기 님……." "오빠……." "마스터……."

나는 세실, 이리스, 라필리아의 몸에 흐르는『옛 피』에 이끌려서 여기까지 왔다.

목적은 라필리아의 기억에 관한 단서를 찾는 것이고, 이 동굴에 도착한 것도 우연에 가깝다.

"『안개 계곡』을 공략한 것도 너희들의 스킬이 잘 맞물린 덕분이니까."

"무슨 말씀이세요, 그 방법을 생각하신 건 나기 님이잖아요."

"저희의 힘을 이끌어낸 것도 오빠잖아요?"

"저는 마스터가 같이 있어서 여기까지 올 수 있었어요오!"

물론 그게 전부가 아니다.

리타와 아이네가 계곡 밖에서 우리의 등 뒤를 지켜주고 있다.

그렇게 해서 우리는 흘러 흘러 여기까지 왔다.

"알았어. 다음 세대『천룡의 알』은 내가 맡을게."

그렇게 말했다.

『옛 피』가 이끌어줬다면 내가 받아들이는 게 도리겠지.

세실의『마족의 피』에 대해서는 내가 미래로 이어주기로 약속했다.

해룡 케르카톨은 이리스를 부탁했고.

라필리아도 내 노예가 되면서 새로운 길을 찾았다.

"하지만 교섭은 할 거야. 그래도 되겠어? 미라 비룡 라이지카."

이건 양보할 수 없다. 주인으로서 모두의 안전이 최우선이니까."

"얼마든지."

미라 비룡은 붉은 눈을 빛내며 대답했다.

"일단 말해두는데『계약』은 안 해. 우리는 이 일에 얽매이고 싶지 않아."

"알았다. 나는 너희를 구속하지 않겠다."

"그리고 알은 어떤 조건에서 부화하는 거야? 부화하면 거대한 천룡이 나오는 건가?"

"천룡은 천지의 마력을 흡수해서 부화한다. 장소는 자신이 죽은 장소가 가장 상성이 좋다. 마법 실험 도시나 휴양지에 놓아두면 될 것이다. 부화할 때까지의 기간은 몇 주에서 일 년. 부화한 천룡은 인간 아이 정도의 크기다. 단독으로 살아갈 수도 있다."

"또 하나. 누군가가『천룡의 알』의 마력을 탐지할 가능성은?"

"없다. 그런 일이 가능하다면 용은 이미 오래전에 사멸했다."

"알았어. 그럼, 비보를 우리한테 주면 그쪽은 어떻게 되는 거야?"

"계곡을 무너트리고 잠들 것이다. 마지막으로『옛 피』와도 만났다. 미련은 없다."

"마지막으로, 한마디 해도 될까."

"뭐든 듣겠다."

"그쪽은 왜 나를 그렇게까지 믿어주는 거지?"

처음부터 이상했다.

이 녀석의 천룡의 관계자라면 세실과 다른 사람들을 믿는 건 이해할 수 있다. 하지만 이 녀석은 그런 사람들을 노예로 삼은 나하고도 아무렇지도 않게 말을 나눴다. 질문에도 대답해줬다.

"이『안개 계곡』은 서로의 신뢰를 시험하는 곳이다. 그런 상대가 아니라면『천룡의 알』을 맡기지도 않지. 너희는 거기에 합격했다. 단지 그것뿐이다."

"그래도 난 이 사람들을 노예로 삼았잖아."

"노예라고 해도, 어차피 동의를 얻은 것이 아닌가."

"어떻게 알아?"

"『용의 피』는 네 등에 딱 달라붙어 있고, 『고대 엘프의 레플리카』는 네 팔을 끌어안았고, 『마족』은 내가 적대했을 때를 위해 네 앞에 서 있지 않은가. 이게 노예라니, 우습지도 않군. 됐으니까 너희들 그냥 빨리 결혼해버려라."

라이지카가 웃는 것처럼 안구의 빛을 깜박거렸다.

세실은 어째선지 두근거리는 얼굴로 날 보고 있다. 『결혼은 안 했지만 혼약(魂約)은 했어요』― 라고 말하고 싶겠지. 하지만 그건 비밀이니까 참아줘.

"그럼 이 『천룡의 알』은 우리가 맡을게. 그러면 되겠지?"

나는 미라 비룡을 보면서 말했다.

"감사한다."

땅바닥에 있는 미라 비룡이 고개를 끄덕였다.

나는 보물 상자 안에 있는 순백색 알을 집었다.

"정보 제공에 감사해, 미라 비룡 라이지카."

"이쪽도. 반가운 얼굴을 보게 해줘서 감사한다. 『고대 엘프의 레플리카』여. 이리로."

"예?

"얼굴을 다시 한번 보여다오."

"이런 얼굴이라도 좋다면, 얼마든지요오."

라필리아는 그 자리에 웅크리고 앉아서 땅바닥에 쓰러져 있는 미라 비룡에게 얼굴을 들이댔다.

"너는, 행복한가?"

"예! 정말 좋아하는 마스터를 만났으니까요!"

"그런가. 그렇다면, 이것을 가져가라."

그렇게 말하고, 미라 비룡은 날개를 움직여서는 보물 상자 옆에서 뭔가를 긁어냈다.

작은 수정 구슬— 스킬 크리스탈이다.

"하나는 네게, 하나는 네 주인에게. 『천룡의 알』을 맡아주는 대가다."

"……이렇게 친절하게 대해준 건, 마스터랑 여러분들 외에 처음이거든요?"

"이것은, 내 미련을 해소하는 것이기도 하다. 붙잡았으면 좋았을 것을. 여기 있었던, 그것을."

미라 비룡의 머리가 동굴 안쪽에 있는 관 쪽으로 향했다.

여기 있던 그것…… 라필리아와 같은 『고대 엘프』 레플리카 말인가.

"지키는 이로서 알을 지켜 왔던 내게, 그것은 좋은 말 상대였다. 가브리엘라가 『안개 계곡』을 조정하고 기동하는데 일 년— 이 년 가까이 걸렸던가. 그 녀석은 부화한 천룡과 만나는 것을 기대했다. 천룡에게 내 이야기를 전해주겠다고…… 그렇게 말했었지."

"사이가 좋았군요."

라필리아는 하얀 손가락으로 가브리엘라 그레이스의 관을 만졌다.

"만약에…… 만약에 말이죠. 여기 있던 『복제품』 분이 저랑 똑같은 사람이었다면, 라이지카 씨를 가족처럼 생각했을지도 몰라요."

"어떻게 아는가?"

"왜냐하면 제가 마스터와 동료분들이랑 가족이 되고 싶다고 생각하니까요."

라필리아는 기도하는 것처럼 손을 맞잡고 눈을 감았다.

"기억도 없고 만들어진 존재인 저이지만, 지금 여기 있는 마음은 진짜예요. 가브리엘라 씨― 제가 만나지 못한 언니랑 라이지카 씨가 사이가 좋았다면, 언니한테도 그 마음은 진짜였을 거예요…… 그러니까."

예쁜 목소리로, 노래하는 것처럼 말하고, 라필리아는 곤란하다는 듯이 고개를 갸웃거렸다.

"죄송해요. 제가, 말을 잘 못 하겠어요."

"아니…… 됐다. 하고 싶은 말은 알겠다."

미라 비롱 라이지카는 말라붙은 날개를 흔들었다.

"그렇다. 나도 그것을 가족처럼 생각했다. 지금도 미련이 남을 만큼."

"……라이지카 씨."

"허나, 너와 만난 덕분에 그 미련도 사라졌다. 이봐, 거기 주인이여."

미라 비롱의 안구에 있는 불빛이 내 쪽을 봤다.

"가브리엘라 그레이스는 권력자에게 이용당해서 죽었다고, 동료 비룡에게 들었다. 이 자가 같은 운명을 걷지 않도록, 그대가 지켜줬으면 싶다."

"알았어. 라이지카."

고개를 끄덕였다.

"원래 우리는 권력자 가까이 갈 생각이 없거든.『천룡의 알』을 안전한 곳에 놓아둔 뒤에는 다시 속 편하게 여행을 계속할 거야."

"그리고, 저는 마스터랑 다른 노예분들이랑 사이좋게 지낼 생각밖에 없어요."

라필리아가 탁, 하고 가슴을 두드렸다.

"천룡 씨가 태어나면 라이지카 씨랑, 마스터와 다른 분들 얘기를 매일매일 해줄 거예요오. 저랑 다른 분들이 마스터를 얼마나 좋아지는지."

"이제 됐으니까 너희들 전부 빨리 결혼이나 해라."

그렇게 말하고, 미라 비룡 라이지카는 이도 없는 입을 흔들며 웃었다.

"……월드 아이템이 손에 들어와 버렸네."

『천룡의 알』의 효과 때문인지 돌아가는 길에는『현혹의 안개』의 영향을 받지 않았다.

하지만 일단 맡았으니 이걸 안전한 곳에 놓아둬야만 한다.

우리는 소위 말하는 천룡의『키워준 부모』가 되는 건데.

"천룡의 타임 테이블은 인간과 다르니까, 우리 같은 건 금세 잊어버리겠지."

"그럼 많이 말을 걸어줘요, 나기 님. 빨리 태어날 수 있도록."

"역시 대단하네요 세실 님. 태교라는 거군요."

"조금 다른 것 같기도 하지만…… 즐거워 보이니까 이리스도
참가할게요!"

그런 이야기를 하며, 우리는 똑바로 계곡을 빠져나왔다.

계곡 밖에서는 아이네가 혼자서 우리를 기다리고 있었다.

아이네는 난처해하면서 좌우를 둘러보고—

"귀족 병사들이 다가오고 있어. 리타 양이랑 합류해서, 빨리 돌
아가지 않으면 위험해."

평소보다 아주 조금 당황한 목소리로 그렇게 말했다.

제9화 「『천룡의 알 수송 퀘스트』와 『안개 계곡 방위 이벤트』」

"계곡 주위를 뒤지고 있던 병사를 발견했어. 나 잘했어?"

뿅뿅, 리타가 동물 귀를 흔들면서 말했다.

우리 앞에는 병사 세 명이 있었다. 정신을 잃은 사람이 둘, 의식이 있는 사람이 하나.

병사들은 리타와 아이네가 순찰하고 있는데 무작정 공격했다는 것 같다. 어쩔 수 없이 리타가 반격을 했고, 아이네가 대걸레로 얼굴을 문질러서 기절시켰다.

한 사람만 의식을 남겨둔 것은 상대의 정보를 알아내기 위해서.

그리고 겁먹은 병사가 가르쳐 준 것은,

"……백작 영애가 『안개 계곡』을 공략하려고 와 있단 말이지."

어쩔 수 없지. 쫓아내자.

우리는 아까 비룡 라이지카와 이런 얘기를 했으니까.

"이것은 『천룡의 알 수송 퀘스트』라고 생각해줬으면 싶다."

우리가 동굴에서 나오기 전에 미라 비룡 라이지카가 말했다.

『천룡의 알 수송 퀘스트

목적 : 『천룡의 알』을 안전한 곳까지 운반할 것.

보수 : 보석(추정 가치 25,000아르샤. 필요 경비 포함)

주의 : 『천룡의 알』은 주위의 마력에 영향을 받기 쉽다. 가능한 환경이 좋은 곳에 둘 것.』

"한 가지 더 부탁한다. 나는 곧 이 계곡을 무너트리고 잠들 것이다. 그때까지 이곳을 지켜주기를 바란다."

"사람들이 계곡에 못 들어오게 하면 되는 거야?"

"음. 밖에 나간 『천룡의 알』은 주의의 마력에 영향을 받는다. 마지막에 내가 누군가를 죽여버리면 좋지 않은 것을 배우게 될 터이니."

"그렇구나.

『천룡의 알』이 그런 것이라면, 이리스한테 부탁해서 필요 경비로 별장 하나를 일 년 정도 빌리는 게 좋으려나. 알을 놔두고 한동안 아무도 다가가지 못하게.

"알았어. 그렇게 할게. 수백 년 동안의 블랙 노동에 경의를 표해서."

고개를 끄덕였다.

"그런데, 하나 부탁할 게 있어. 계곡을 닫는 동안 무슨 일이 일어날지도 모르니까."

나는 이리스의 어깨를 붙잡았다.

깜짝 놀란 이리스를 미라 비룡 라이지카 앞으로 내밀었다.

그리고, 말했다.

"계곡을 제어하는 시스템의 권리 권한을, 우리가 쓰게 해주지 않겠어?"

계곡을 닫는 데는 한 시간 정도 걸린다는 것 같다.

라이지카가 있는 곳이 계곡을 관리하는 중추고, 마력을 폭주시키면 계곡 전체를 무너지게 할 수 있다는 것 같다.

원래 이 계곡은 대지와 대기에 있는 마력이 모이기 쉬운『마력 포인트』다. 계곡은 그 마력을 이용해서 만들었고, 가동하고 있다. 시스템을 제어하기 위한 마력 라인도 계곡 전체에 깔려 있다는 것 같고.

라이지카는 우리한테 그 제어기구가 있는 곳과 마력의 흐름에 대해 가르쳐줬다.

사용 조건이『용의 권속일 것』이니까, 이리스가 그것을 지배하는 건 간단하다.

이제는 라이지카가 작업을 끝낼 때까지 아무도 계곡에 다가오지 못하게 하면 된다.

미라 비롱 라이지카한테 정보와 스킬 크리스탈을 받았으니까, 그 정도 소원은 들어주고 싶다. 그리고 동굴에는 라필리아의 언니가 잠들어 있던 관도 있으니까. 그걸 귀족들이 건드리게 하고 싶지는 않다. 추도라는 의미에서도.

"그렇게 됐으니까. 후딱 백작 영애 일행을 쫓아내자."

『……정말이지, 주인님은 솔직하지 못하구나.』

등에 있는 마검 레기가 중얼거렸다.

『주인님은 처음부터「천룡의 알」도 말린 비룡도 도와줄 생각이었지?』

"왜 그렇게 생각했는데?"

『주인님과 제일 오랫동안 붙어 있는 것은 이 몸이 아닌가.』

레기는 마검 모습 그대로 크큭큭, 하고 웃었다.

『주인님 성격상「휴가 중에 노예들을 일하게 하는 건 싫다」든지「비보를 받는 건 다른 사람들이 긴장하니까 싫다」고 했을 게 아닌가.』

시끄러, 정답이야.

마검 레기를 콕콕 찔러서 입 다물게 하고, 다시 정찰병 쪽을 봤다.

"이쪽으로 오고 있는 건 백작 영애 카르미나 리길타였지."

"…………그렇다."

정찰병이 고개를 끄덕였다.

"그런데, 그 사람이 여기 오는 건 좀 더 지난 뒤라고 들었는데?"

"…………다른 귀족이 선수를 친다는 소문이 들려와서, 아씨가 급하게—."

"한마디로 라이벌 귀족한테 뒤처지기 싫어서 그랬다는 얘긴가?"

내가 묻자, 병사는 일그러진 얼굴로 고개를 끄덕였다.

"그런데 대체 어쩌려고? 계곡은 오감을 이상하게 만들잖아?"

"이, 이건 아씨가 아니라 최근에 들어온 참모의 제안인데—."

병사는 떨떠름한 표정으로 고개를 돌리고서 말했다.

"손해를 각오하고 노예들을 보내서 싸우게 한다. 그렇게 해서 계곡의 마물을 최대한 줄인다."

병사의 이야기를 들어보면 이랬다.

일단 처음에 노예들과 『안개 속에서 적을 쓰러트리면 주종계약을 해소할 만큼의 보수를 주고 자유롭게 풀어주겠다』라는 『계약』을 맺는다. 그리고 노예들을 몇 명씩 계곡에 들여보낸다.

그들은 자유를 손에 넣기 위해서 필사적으로 마물과 싸울 것이다.

자기들끼리 싸우게 돼도 상관없다. 아무튼 계곡의 마물들을 가능한 줄이고 정보를 손에 넣는 것이 백작 영애의 작전이라는 것 같다.

"제발 부탁이다. 살려다오! 나한테는 6살 된 큰 아이를 비롯해서 열두 명의 아이가―!!"

"괜찮아, 죽이진 않으니까. 자고 있어."

내가 말하자, 아이네가 대걸레로 병사의 얼굴을 문질렀다.

정찰병은 기절하고, 종료. 필요한 정보는 얻었다.

백작 영애의 이름은 카르미나 리길타. 메테칼에 있던 리길타 백작의 딸이다.

전력은 병사 24명과 노예 12명.

적의 목적은 노예들을 차례로 들여보내서 계곡의 정보를 얻는 것.

비룡 라이지카는 침입자들이 서로 싸우게만 하고 마지막에는 쫓아냈으니까 죽을 리는 없겠지만…… 이번에는 상황이 좀 다르다.

라이지카가 이대로 계곡을 무너트리면 그 안에 들어와 있던 노예들이 전부 사망한다. 그리고 『천룡의 알』도 그 영향을 받는다고 했지.

"모두에게 부탁할 게 있어."

나는 세실과 노예들 쪽을 봤다.

다들 전투 준비를 하고 있다. 세실은 소매를 걷고. 리타도 「덤벼보라고」라는 느낌으로 팔을 돌리고 있다. 아이네와 라필리아는 제각기 무기를 들었고, 이리스는 내 손을 잡고 날 쳐다보고 있다. 그 얼굴에는 의욕이 넘치고 있다.

"휴일을, 하루 미뤄도 될까?"

"당연히 되지 않아? 이건 일이 아니라 취미니까."

리타가 대표로 말했다.

"주인님의 바람을 이뤄주는 건 우리가 『하고 싶은 일』이니까."

"고마워, 리타."

그나저나…… 이쪽 세계 귀족들은 원래 세계에 있던 블랙한 고용주들이랑 똑같네.

남의 말은 듣지도 않고, 무모한 짓을 하고, 민폐는 생각하지도 않고.

마왕 대책은 다른 세계에서 소환한 『내방자』한테 맡기고, 제멋대로 굴고 있다.

이런 상태에서는 『일하지 않아도 먹고 살 수 있는 스킬』을 만든다고 해도 평온하게 살 수가 없다. 치트 스킬로 그 놈들을 어떻게 하는 쪽을 생각해봐야겠는데.

최소한 우리 주위에 있는 놈들만이라도.

―어떻게 해야 귀족들을 막을 수 있을까?

예를 들자면, 그놈들이 무서워하는 뭔가가 있으면 좋다.

귀족에게 대항할 만한 건 마왕인데. 그 녀석은 변경에서 용사들과 싸우고 있고 억지력으로 이용하기에는 너무 위험하다. 용사에 필적하는 존재면서 똑똑하고 귀족들을 억누를 수 있는 존재라면…….

"……저기, 천룡 브란샤르카."

나는 하리에 찬 자루에 넣어둔 『천룡의 알』을 만졌다.

"귀족들이 블랙 노동을 강요하는 걸 막기 위해서 그쪽 이름을 빌려도 될까?"

『천룡의 알』은 대답하지 않았다. 아주 조금, 고개를 끄덕인 것처럼 떨렸을 뿐이다.

"그 대신에, 널 환경이 좋은 곳에 놓아줄 테니까."

『천룡의 알』이 또다시 흔들렸다.

납득해준 건지 아닌지는 모르겠지만, 나쁜 느낌은 아니다.

어쩔 수 없네, 한 번 해볼까.

"자, 리타는 정찰 부탁해. 선행한 병사들이 또 있을지도 몰라."

"알았어."

"아이네는 리타랑 같이 가주고. 병사를 발견하면 정보를 알아낸 뒤에 『기억 청소』로 잠들게 해줘."

"그래.

"세실이랑 이리스, 라필리아는 나랑 같이."

세실은 꼭 붙어 있어야 할 이유가 있고, 이리스는 『노예 소환』때문에 한동안 나한테서 떨어질 수가 없다.

"라필리아한테 확인할 게 있어. 라이지카가 준 스킬이 『선풍 방벽 LV5』였지."

"예. 사용자 주위에 작은 회오리바람을 일으켜서 화살처럼 날아오는 것들을 치워버리는 특수 마법이에요. 제가 언니…… 가브리엘라 그레이스처럼 죽지 않도록 방어마법을 줬어요."

『선풍 방벽 LV5』
『회오리바람』을 『주위』에 『만들어내는』 마법

사용자 주위에 사람 정도 크기의 회오리바람을 하나 만들어낸다.

주로 접근하는 적을 물리치는 것과 날아오는 무기를 튕겨내는데 사용한다.

이것이 비룡 라이지카가 준 마법이다.

분명히 방어에 쓸 만은 하다. 하지만 이대로는 적을 쫓아내는데는 도움이 안 된다.

이번에는 적을 죽일 생각이 없다.

솔직히 마침 좋은 기회니까 귀족님을 때려눕히고 정보를 뜯어

낼까도 싶었지만, 그러다가 죽은 사람이 생겨서 천룡이 암흑마룡이라도 되면 곤란하니까.

그러니까 합법적으로, 최대한 조용히 심문해서 있는 대로 털어놓게 만들자.

그리고 백작 영애한테는 다시는 이런 짓을 못 하게 해주고 싶다.

"라필리아. 『선풍 방벽』에 레벨4 『재구축』을 시험해 봐도 될까."

"레벨4…… 이리스 님한테 했던, 그것 말인가요?"

"응. 그거라면 이 상황을 잘 헤쳐 나갈 수 있을 것 같아."

『능력 재구축』은 레벨이 올라갈 때마다 할 수 있는 일이 늘어난다.

레벨1은 노예 한 사람과의 스킬 재구축.

레벨2는 두 사람을 동시에.

레벨3은 팔을 세 번째 팔을 이용해서 『마력 실』을 쓸 수 있게 됐다.

그리고 레벨4는 『개념 레벨』을 높여서 『4개념 스킬』을 만들 수 있다.

라필리아에게 그걸 사용하면 강력한 스킬을 만들 수 있을 거야.

"그럼 라필리아, 이리 와봐."

"알겠습니다." "알겠습니다, 오빠."

나는 나무그늘로 라필리아와―『노예 소환』의 후유증 때문에 나한테서 떨어질 수 없는 이리스를 데리고 갔다.

"괜찮아요, 이리스는 그냥 나무라고 생각하시고 신경 쓰지 마세요."

지금부터 하려는 건 『고속 재구축』이니까 순식간에 끝나겠지만.

그러고 보니 조정할 때도 이리스가 같이 있어야 하겠네…….

"그럼, 부탁드릴게요…… 마스터."

뭐든지 다 받아들이겠다는 얼굴로, 라필리아가 내 손을 잡았다.

그대로 "괜찮아요오"라고 말해서, 내 오른손을 라필리아의 왼쪽 가슴에 얹었다.

커다란 가슴에 몰캉, 하고 손가락이 들어갈 것 같다.

"여…… 역시 좀 창피하네요."

"그렇죠?"

내 앞에는 이리스가 있고 ― 두 손으로 얼굴을 가리고 있지만 ― 손가락 틈새로 이쪽을 보고 있다.

"……이리스 님이…… 제…… 창피한 모습을…… 보고…… 계셔요…… 하으으."

하으하으, 라필리아의 숨이 거칠어진다.

"제, 제 전부를, 마스터 것으로 해주셨을 때가, 생각이 나요…… 아으. 저, 만들어진, 존재지만, 괜찮겠죠? 마스터 것이 돼도, 되는 거죠?"

"당연하지. 라필리아는 내 노예니까."

"기, 기뻐요. 마스터, 좋아해요. 좋아좋아×1200, 이에요."

라필리아의 눈이 풀어졌다.

나는 『능력 재구축 LV4』를 기동. 라필리아의 스킬을 표시했다.

『선풍 방벽 LV5』

『회오리바람』을 『주위』에 『만들어내는』 마법

내 쪽에서는 『마부 LV2』를 썼다.

이리스의 『용종 초월 공감』을 만들 때 썼던 『조선 LV7』은 『개념』이 부족해진 탓에 녹아서 사라져버렸다. 되게 비쌌는데…….

『4개념 스킬』의 약점이다. 개념이 부족해진 스킬은 며칠이 지나면 사라져버리는 것 같다.

이번엔 그렇게 되지 않도록 해야지.

『마부 LV2』

『마차』를 『마음대로』 『조종하는』 스킬

개념에 마력 실을 연결한다.

나는 『능력 재구축 LV4』 창에 표시된 『개념 레벨 : 3』 숫자를 건드렸다.

손가락을 위로 밀어서 레벨을 하나 올린다.

『개념 레벨 : 4』

창이, 늘어났다.

나는 라필리아의 스킬에 개념을 하나 연결했다.

"실행! 『고속 재구축』!!"

"────────────────────────────!!"

움찔, 움찔움찔.

라필리아의 귀가 새빨개졌다. 몸에서 힘이 빠지고 휘청, 하고 쓰러지려고 한다.

나는 라필리아를 안아서 붙잡아주고, 재구축한 스킬을 확인했다.

『용종 선풍 LV1』(UR · 개념 레벨4 · 라필리아)

『회오리바람』을 『마음대로』 『만들어내고』 『조종하는』 마법

자기 주위에 회오리바람을 만들어낸다.

크기와 위력은 사용한 마력에 비례한다(모든 힘을 쏟으면 LV8 클래스 바람 마법과 동등).

최대 발생 수는 LV+1.

발생한 회오리바람의 회전 방향은 자유. 또한 사용자의 의지로 이동시킬 수도 있다.

이거, 엄청난데.

세실의 고대어 마법 정도는 아니지만, LV8 클래스의 위력이 있다.

세 번째 개념 『만들어내는』은 뒤에 붙는 개념에 맞춰서 『만들어 내고』로 변화했다. 편리하네.

그리고 또 하나의 스킬은.

『마차』를 『주위』에—

『미결정화 스킬』
개념이 부족해서 스킬로서 사용은 불가. 일정 시간이 지나면 소멸.

내 가슴에서 스킬 크리스탈을 꺼내서— 불안정하고 부드러운 덩어리 상태다.

아까우니까 사라지기 전에 쓸 방법을 생각하자.

"이번엔 이리스도 해야 할 게 있는데. 괜찮겠어?"

"예, 오빠!"

이리스는 활짝 웃으면서 작은 몸으로 내 팔을 꼭 끌어안았다.

"예상은 했어요. 라이지카 씨가 가르쳐주신 『안개 계곡』의 『마력 회선』이죠?"

"응. 이리스라면 『안개 계곡』의 기능을 이용할 수 있을 거야."

거기에 대해서는 미라 비롱 라이지카한테 확인했다.

계곡을 무너트리는 회로 외에 나머지는 마음대로 써도 좋다고.

이리스가 지배하는 것은 안개를 조종하는 회로와 바람을 조종하는 회로다. 공기 흐름을 조종할 수 있으니까, 목소리를 전할 수도 있다.

"이리스의 기억력을 얕보지 마세요. 계곡 입구 어디에 마력이 흐르고 있는지, 하나도 빠짐없이 기록해뒀어요."

"믿음직하네."

"열쇠는『천룡』이죠?"

"그래. 이 세계의 수호신─ 지금은 없으니까, 있다고 치자. 계곡과『천룡의 유산』을 지키기 위해서."

그 정도는 상관없겠지.

이곳은 천룡의 묘고, 라필리아네 언니의 무덤이다.

그리고 이리스는 용의 관계자고 라필리아는 언니의 동족.

그리고 나는 미라 비룡 라이지카에게 이곳이 어지럽혀지지 않게 해달라는 부탁을 받았다.

"그럼, 이름 좀 빌릴게. 알 씨."

나는 자루에 들어 있는『천룡의 알』을 만졌다.

반응하는 것처럼 산 위에서 바람이 불어왔다.

싸아아, 나무들이 흔들리면서 엄청난 소리를 냈다.

『·················좋············ 아·················.』

그때, 희미한 목소리가 들렸다는 사실을 알게 되는 것은 한참 뒤의 일이다.

제10화 「천룡의 대행자, 귀족의 작전과 마음을 꺾어 버리다」

병사들의 행렬이 『안개 계곡』을 향해 나아가고 있다.

그 중앙에 있는 것은 은색 가슴 갑옷을 착용한 소녀.

그녀의 이름은 카르미나 리길타. 백작 가문의 외동딸이다.

"열심히 하세요, 노예 여러분. 목숨을 걸고 자유를 손에 넣는 겁니다."

카르미나는 심홍색 망토를 펄럭이며 말했다.

행렬 선두에서 걸어가는 것은 사슬인 노예들.

그 뒤에서는 창을 든 병사들이 매섭게 노려보고 있다.

카르미나는 만족스럽게 중얼거리고, 외쳤다.

"『현혹의 안개』 속에서 적을 쓰러트리면 그 자리에서 주종계약을 해제하고 자유롭게 해드리겠습니다. 그렇게 『계약』했죠? 자유를 얻고 싶다면 열심히 일하세요, 여러분."

"카르미나 님. 정말로 노예들을 계곡으로 보내실 생각이십니까?"

옆에서 걸어가는 수염 난 병사가 물었다.

어린 시절부터 돌봐주던 자로, 카르미나는 「할아범」이라고 부른다.

"그 진언을 한 참모는 신참입니다. 너무 믿는 것도 좋지 않다고 봅니다만."

"예, 알고 있습니다. 그래서 그 사람이 없을 때 온 것이 아닙니까?"

"허나…… 이런 책략을 취한 것이 다른 귀족들에게 알려진다면…….

"무슨 문제라도 있습니까?"

이해할 수 없다는 것처럼, 카르미나가 어깨를 으쓱거렸다.

"할아범도 들었죠? 노예들에게는 『안개 속에서 마물을 쓰러트리면 주종계약을 해소할 만큼의 보수와 자유를 주겠다』고 『계약』한 것을. 아무도 불만은 없지 않았습니까?"

"실제 전장은 상상대로 되는 곳이 아닙니까, 아가씨."

"그치만 왕자님이랑 결혼하고 싶은걸."

카르미나는 천진난만하게 웃으면서 선언했다.

"실패해도 좋아. 왕가 사람들한테 노력했다, 열심히 했다고 말할 테니까."

마침내 샛길이 끝나고 좌우가 깎아지른 절벽으로 된 계곡이 나타났다.

카르미나는 계곡 약간 앞에서 대열을 멈추게 했다.

"그럼, 노예 여러분께 준비를 시켜주세요. 제대로 된 무기를 들려주고."

"정찰병이 돌아오지 않는 것이 신경 쓰입니다. 아가씨."

"알고는 있지만…… 무서워하는 사이에 다른 귀족들한테 뒤처지면 분하잖아?"

카르미나는 왕가에서 주최하는 티파티에서 만났던 귀족들의 얼굴을 떠올리고 있었다.

왕가와 혼인하기를 바라는 것은 모두 마찬가지다.

그것을 최대한 유리하게 추진하려면 유적이나 용에 관한 것을 손에 넣을 필요가 있다. 정보라도 좋고 유물이라도 좋다. 그것을 진상하면 왕가와의 혼인에 우선권을 주겠다는 말이 나온 것이다.

"……크라비스 리그나달 왕자님은 정말 멋진 분이셔."

카르미나는 빨개진 볼에 손에 얹었다.

"자, 계곡으로 들어가세요, 노예 여러분. 최대한 많은 정보를 가지고 오세요. 싸울 때는 치명상을 피하고. 죽는 건 계곡에서 나와 말을 한 다음에 해야 합니다?"

카르미나의 말에 대답하는 것처럼, 선두에 있는 병사가 노예들의 등을 떠밀었다.

노예의 연령은 십대 전반. 남녀가 섞여 있다. 시간이 없어서 건강한지만 보고 골랐다.

"예……. 카르미나 님."

노예들이 계곡 입구를 향해 걸어갔다. 빠른 걸음— 뛰어서.

그 발이, 갑자기 멈췄다.

"오오, 두려움을 모르는 어리석은 자들이여. 이제 곧 이 계곡이 무너진다는 것도 모르는가."

목소리가 들려왔다.

"이곳은 천룡이 잠든 곳이며, 천룡은 잠을 방해하는 것을 꺼린다. 그렇기에 이 계곡을 무너트리기로 했다. 경고한다. 즉시 이곳을 떠나라. 이곳에 너희가 바라는 것은 아무것도 없다."

『안개 계곡』 입구에 사람이 서 있다.

설치해둔, 철책 너머에 있다. 숫자는 네 명. 안개 때문에 얼굴이 보이지 않는다.

"왜 모험자가 있는 거야? 우리가 여길 공략한다는 걸 알고 있잖아? 모험자 길드 사람들, 분위기 파악도 못 한 거야? 정말이지!"

카르미나가 쿵, 쿵 발을 굴렀다.

"이렇게 됐으니 명령입니다! 노예 여러분! 싸우세요!"

카르미나가 소리치자, 대열 안에 있던 마법사가 노예들이 들고 있는 몽둥이에 강화 마법을 걸었다.

이어서 발사된 공격 마법이 계곡으로 가는 길을 막고 있는 철책을 파괴했다.

"저 적과 싸워서 제게 그 정체를 가르쳐주세요! 진심으로, 죽을 각오로, 열심히 싸우세요!!"

이런 방법을 가르쳐 준 것은 최근에 고용한 참모다.

노예들을 소모해서 정보를 얻는 방법이라는 것 같다.

카르미나의 지식으로도 유효할 것 같다는 정도는 알 수 있었다. 해볼 가치는 있다.

"노예 여러분이 흘리는 피가 저희들의 즐거운 미래로 이어집니다! 아, 하지만 죽는 건 제 할 일을 다 한 뒤에 하세요! 제게 봉사한 뒤에 죽으세요!!"

"그것이 타인을 고용한 자가 할 말인가—?"

계곡 안쪽에서 안개가 움직였다.
흐릿한 하얀 연개 같은 것이었지만 모이고, 뭉친다.
그것이 하나의 모습을 만들었다.
긴 목을 가진— 용의 모습.
신성할 정도로 아름다운— 안개가 뭉쳐서 만들어낸 순백의 용.
두 눈 위치에는 마법 같은 빛이 있고, 그것이 카르미나 일행을 내
려다보고 있다.
한쪽 날개를 펼친 그 모습은—

"—천룡— 브란샤르카—"

안개가 뭉쳐서 만들어진 거대한 용의 모습— 아니, 천룡이란
원래 새하얀 모습이었을 것이다. 저것은 정말로 그림자일까?
설마— 천룡이 태어나려 하는 것인가?!
"병사들은 화살을 쏘세요! 저 영문 모를 그림자만 노리세요!"
명령하자 병사들이 화살을 메기고. 쐈다.
수천 개나 되는 화살이 계곡 입구에 있는 그림자를 향해 날아
갔다.

"부하들에게 더러운 일을 시키고, 자신은 안전한 곳에서 구경
이나 하다니."

『순백의 용』이 말했다.
"부끄러운 줄을 알아라."

새하얀 이를 드러내고, 외쳤다.
바람이 떨린다. 목소리가 계곡을 흔들고 있다.

"타인에게 일을 떠넘기려면, 자신이 그것을 할 수 있다고 증명한 뒤에 하도록 하거라!"

휘잉, 바람이 울부짖었다.
계곡 입구에 작은 회오리바람이 생겼다.
"마법『선풍 방벽』입니다. 아가씨."
"뭐? 딱히 경계할 필요 없거든? 저런 낮은 레벨의 마법으로 이만큼 많은 화살을 막을 리가── 어? 어? 어어어어어어어어어────?!"

휘잉
휘이이잉
휘이이이이이이이이이이잉──────────────!!

계곡 입구에 발생한 회오리바람이 거대해져 갔다.
사람 크기였던 것이 골렘 정도 크기로, 거리고 계곡 입구를 뒤덮을 정도로.

"뭐야 이거—?!" "처, 천룡의 분노인가?!" "이 정도 마법은, 궁정 마술사 정도는 돼야—?!"

얼굴을 때리는 강렬한 마파람에, 병사들이 소리를 질렀다.

그들이 쏜 화살은 튕겨 나갔다. 마법조차 저 바람을 돌파하지 못하고 소멸된다. 주위의 나무들이 삐걱거리는 소리를 낸다. 나뭇잎이 날린다. 가지가 부러진다. 그야말로 천룡의 권위라고 할 만한 폭풍이다.

"아, 앞으로 가세요, 노예 여러분——! 『명령』입니다!"

엄청난 마파람 때문에 앞으로 나아갈 수가 없다. 자신도, 병사도.

그래도, 반지의 강제력이라면—

"힘내세요! 지지 마세요! 목숨을 걸고 열심히 한 사람에게는 확실하게 예를 표할 테니까! 카르미나가 진심으로 감사할 테니까! 그러니까 앞으로 나아가세요! 제가 왕자님과 결혼하기 위해, 방해하는 수상한 사람들을 해치워요! 정보를 가지고 오라고요——!!"

카르미나가 계약의 반지를 꽉 쥐고 노예들을 향해 외쳤다.

예상 밖의 일을 보는 게 두려워서, 두 눈은 꼭 감고 있었지만.

"이걸로 돌아가 주면 일이 편해질 텐데 말이야."

백작 영애의 병사들은 계곡 바로 앞에서 열심히 노력하고 있다. 노예들은 필사적으로 이쪽을 향해 다가오고 있지만 상당히 무리하고 있다. 공포 때문에 얼굴이 일그러졌다.

"어쩌다 일이 이렇게 됐는지……."

"사람 다루는 방법이 잘못됐습니다. 한심하기는."

바위벽에 손을 대고 있던 이리스도 화를 냈다.

이리스의 손끝이 창백하게 빛나고 있다. 거기에 공명하는 것처럼 벽에 창백한 줄이 그어졌다.

미라 비룡 라이지카가 가르쳐 준『마력 회선』이다.

이 계곡에는 곳곳에『용의 권속』만이 다룰 수 있는 시스템이 깔려 있다. 구조는 복잡하지만『기억술 LV6』를 가진 이리스는 몇 분 만에 그것을 기억했다.

남은 건 거기에 손을 대고『용종 초월 공감 LV1』으로『용의 피』를 기동하기만 하면 된다.

그 분노가 안개 용을 만들어냈다.

계곡을 전부 메워버릴 정도로 안개를 모으고, 뭉쳐서, 진짜와 똑같은『가짜 천룡』─ 안구만은 세실의 통상판『등불』로 연출했다.

"『아아, 귀족이란 참으로 어리석은 것이 되었구나!!』"

계곡을 가득 메운 안개에 간섭하고 공기까지 뒤흔들면서, 이리스는 거대한 고함소리를 연출했다.

이리스도 무녀로서 갇혀 있었고, 억지로 일을 했었다.

그 탓에 억지로 이쪽을 향해 다가오는 노예들을 보고 엄청나게 화가 난 것 같다.

"『좋다! 이 몸의 잠을 방해하는 자에게 저주와 죗값을 내려주마─!」"

이리스는 팔을 치켜들고 점프.

몸에 부담이 가는지 온몸이 땀으로 흠뻑 젖었지만 아주 신이
났다.

안개로 만든 유사 천룡은 우리 머리 위를 뒤덮는 것 같은 자세
로 큰소리로 외치고 있다.

이『안개 천룡』에게는 공격력도 방어력도 없다.

우리를 지켜주는 것은 라필리아의『용종 선풍 LV1』이다.

크기는 8층 빌딩 정도. 계곡 밖에서 주위의 공기를 빨아들이면
서 돌고 있다.

술자인 라필리아와 주인인 나는 그 영향을 받지 않는다.

그래서 우리는 이리스와 세실을 감싸는 모양으로 딱 달라붙어
있다.

"이게 마력 소비량 40%예요. 더 키울까요?"

"이 정도면 충분해."

"마력 소비량을 80%까지 늘리면 병사들까지 범위 안에 말려들
게 할 수 있어요오."

"됐어. 목적은 저 녀석들을 죽이는 게 아니니까."

죽여 봤자 귀족들의 방식은 달라지지 않는다.

그래서 공포를 심어준다.

누군가에게「블랙 노동」을 시키려고 하면 바로 이번 일이 떠오
를 정도의 트라우마를.

그 공포가 다른 귀족들에게도 전해지면 이 세계도 조금이나마

달라질지도 모른다.

"그럼 세실, 힘을 빌려줘."

"아, 예. 나기 님."

내가 말하자 세실은 하으, 하고 새빨간 얼굴로 중얼거리고는 눈을 감았다.

"저와……『합체』해주세요."

"그건 내가 부탁할 일인 것 같은데."

"……저한테…… 나기 님이 만져주시는 건『상』이니까요."

세실은 부끄러운지 두 손으로 얼굴을 가리고 있다.

"응. 알았어. 그럼, 말해주면 언제든지 할 테니까."

"―제, 제가 부탁드릴 건, 그러니까…… 히악!"

나는 세실의 가슴에 손을 댔다.

"하으…… 아."

"조금만 참아, 세실."

나는 세실에게 마력을 공급했다. 이번에 쓰는 건 새로운 고대어 마법이다.

열쇠는 백작 영애의「안개 속에서 적을 쓰러트리면 노예를 자유롭게 해준다」는『계약』이다. 그걸 이용하자.

"마법 컨트롤은 내가 할게. 세실은 마법 영창과 유지에 집중해."

"알겠습니다, 나기 님…… 시작할게요!"

세실이「흐읍」하고 숨을 들이쉬고. 작은 입술이 영창을 시작했다.

"『그것은 정령계에서 불러오는 무쌍의 병사』"

아름다운 목소리가 고대어 마법을 잦는다.

"『—불꽃을 두른 붉은 짐승. 내가 그대들을 사역한다. 목소리를 들으라. 나와 내 주인의 목소리를. 그곳에 길이 있고 모든 것은 주인이 사역한다. 그것은 나와 주인의 유대에 의한 것—』"

내 눈앞에 창이 열렸다.

이번에는 보기만 하는 게 아니다. 나도 마법 전개에 참가해야 한다.

세실이 영창하는 고대어『화정 소환』은 **그런 마법**이다.

창에는 화정 모양의 아이콘이 18개 있고, 그 밑에 능력치가 표시돼 있다. 그리고 마력 주입량을 선택하는 미터가 있어서, 한 마리당 어느 정도의 마력을 주입할지 선택할 수 있다.

"『그대들은 나의 군대. 그대들은 나의 병사. 고대의 계약에 의해 오라, 오라, 오라!』"

세실의 아름다운 은색 머리카락이 땀 때문에 갈색 피부에 달라붙었다. 호흡도 거칠다.

최대한 부담이 가지 않게 빨리 끝내야겠다.

그러려면…… 그래. 원래 세계의 게임에서도 금지된 수단이었던 그걸 이용하자.

저지르면 백퍼센트 쓰레기 게임이 돼버리는 수단이다. 이걸로 귀족님들을 혼내줘야지.

"『하급이라 해도, 그대들은 고대의 말에 의해 최강이 되리니—입니다! 화정 소환』!!"

우리 주위에 18마리의, 날개 달린 불꽃 도마뱀—『샐러맨더』가 나타났다.

다가오는 샐러맨더 무리를 보고, 노예들은 새파랗게 질렸다.

그 사람들은 『안개 계곡』을 탐색하기 위해 팔려온 노예들이다. 안개 속에서 마물을 한 마리라도 쓰러트리면 자유롭게 풀어준다는 『계약』을 했다.

그들의 마음속에 있는 것은 오로지 ― 절망뿐이었다.

오감이 엉망이 되고 사람과 데미 휴먼이 마물로 보이는 계곡에서 싸우라는 것은, 서로 싸우라는 말이다. 『계약』때문에 거역할 수 없는 그들에게 다른 선택지 따위는 없다.

『크, 크아아아아아―!!』

날개 달린 불꽃 도마뱀이 달려온다.

나무 몽둥이를 든 노예 소녀는 생각하는 걸 멈췄다.

몽둥이를 치켜들고, 불꽃을 두른 샐러맨더의 머리를 노리고 내리친다.

당연히 그딴 것이 통할 리가―

"당했다~"

푸식, 소리가 나고 얻어맞은 샐러맨더가 소멸했다.

"⋯⋯⋯⋯어라?"

딸랑.

맑은 소리가 났고, 소녀의 몸에서 『계약의 목줄』이 벗겨졌다.

주인님은 『안개 속에서 마물을 쓰러트리면 주종계약을 해제할 만큼의 보수를 주겠다』고 말했다. 그것이 무조건 실행된 것이다.

어느새 발밑에 안개가 고여 있다. 이것 때문에 조건이 충족된 것이다.

"안개가 그들을 삼켜버리기 전에, 가거라."

고개를 들어보니 『순백의 용』이 소녀를 보고 있었다.

"너는 주어진 일을 다 했다. 잔업은 할 필요 없다. 원하는 곳으로 가도록 하거라."

"……천룡님."

소녀는 자기도 모르게 손을 맞잡았다.

주위에서는 다른 노예들이 샐러맨더와 싸우고 있다. 모두들, 똑같다. 샐러맨더는 툭, 하고 맞기만 해도 소멸했고 노예들의 주종계약은 차례로 해제됐다.

"이 은혜는 잊지 않겠습니다, 천룡님!"

소녀는 백작 영애와 병사들 쪽을 향해 뛰어갔다.

"─어? 잠깐만?!"

백작영애는 무슨 일이 벌어진 건지 이해하지 못한 것 같지만.

소녀와 다른 노예들은 산기슭을 향해 뛰어갔다.

"뭐야, 샐러맨더 따위는 그냥 겉모습만 멀쩡한 거끄악?!"

샐러맨더를 공격했던 병사가 검을 붙잡고 소리를 질렀다.

샐러맨더는 그대로 슬라이딩. 이번에는 병사의 다리를 끌어안았다. 철제 정강이 보호대가 적당히 달궈졌고, 병사는 땅바닥에서 데굴데굴 굴렀다.

나는 창을 열어서 샐러맨더의 능력치를 다시 확인했다.

미안해. **그쪽은 속도 중시로 설정한 녀석**이다.

계곡 앞에 있는 우리들도, 병사들이 엄청난 혼란에 빠진 걸 알 수 있다.

병사들이 있는 곳에서 마법사가 나타났다. 마법으로 샐러맨더를 없앨 속셈인가.

"영창─『얼음 화살』!"

피융!

후위의 마법사가 날린 화살이 다른 샐러맨더에게 맞았다.

화살에 몸 일부를 잃었지만, 그래도 샐러맨더는 활동을 멈추지 않았다. 똑바로, 적을 향해 돌진한다.

그쪽은 방어력 최대로 설정한 녀석이거든.

"……역시 금지될 만했어. 『똑같이 생겼지만 능력이 전혀 다른 적』은."

자작 게임에서 시험했을 때, 모니터를 부숴버리고 싶었으니까.

기본적으로 게임은 똑같은 타입이면서 능력이 다른 적은 이름이나 색이 다르다.

그 약속을 깨기 위해서 완전히 똑같이 생기고 능력만 완전히 다른 적을 만들어보고는─ 약속의 소중함을 뼈저리게 느꼈다. 나도 구별할 수가 없었으니까.

이번에는 그것을 세실이 소환한 『화정』에게 사용해봤다.

『고대어 마법 화정 소환』

샐러맨더를 최대 18마리까지 소환할 수 있다.

능력과 행동 패턴은 마력을 공급한 자가 자유롭게 설정할 수 있다.

세실은 강력하지만 컨트롤하기 힘든 마법이라고 했다.

그것은 마법 영창과 유지, 그리고 샐러맨더 조작을 동시에 해야 하기 때문에.

그래서 조작은 내가 맡기로 했다.

18마리의 샐러맨더를 네 종류로 나눠서, 각자 전투 루틴을 부여했다.

(1)HP 1. 노예 해방용. 당하는 역할 12마리.

노예들이 쓰러트리라고 불러낸 녀석이다.

『안개 속에서 적을 쓰러트리면 노예 해방』이니까, HP를 1로 설정했다. 구체적으로는 돌멩이만 맞아도 사라질 정도로 약하다.

HP가 없어지면 화정은 소환이 해제된다. 쓰러질 거라고 생각하기는 했는데, 성공한 것 같네.

약한 만큼 할당하는 마력을 줄였으니, 나머지는 다른 세 종류에게 몰아줬다.

(2)속도 중시형 세 마리.

마력으로 속도를 한계까지 높였다.

이 녀석들에게 내린 명령은『계속 공격을 피하고 히트 앤 어웨이』.

(3)탱커. 체력, 방어력 중시형 두 마리.

HP와 방어력을 높여서 탱커 역할을 맡도록 설정했다.

(4)공격력 중시. 섬멸형 한 마리.

강한 검사가 있을 때를 위한 대책. 탱커 뒤쪽에서 일격필살로 적을 다운시키기 위한 녀석이다.

공격력만 한계까지 높였다.

그리고 이 네 종류의 샐러맨더는 전부 완전히 똑같이 생겼다.

창을 보지 않으면 **나조차도 구분할 수 없을 정도로**.

그래서 적도 싸워보기 전에는 알 수가 없다.

게다가 샐러맨더들은 내 지시에 따라서 대열을 바꿔가며 싸우게 되어 있다.

그래서—

"이쪽은 마법으로 검을 강화했는데, 단단하잖아?!"

"단단한 게 아냐, 빠른 거야. 따라잡을 수가 없어—"

"무슨 소리야!? 가까이 가지 마. 한방에 갑옷이 타버— 끄아아아악."

병사들은 타버린 검을 떨어뜨리고, 뜨겁게 달궈진 갑옷을 벗어던지고 땅바닥에서 뒹굴었다. 조금 거칠게라도 무장을 해제해두지 않으면 **지금부터 위험해지니까.**

"그럼, 슬슬 마무리해볼까."

적의 전투능력은 빼앗았다. 충분히.

슬슬 안개가 저 녀석들 주위도 감싸기 시작했고.

"─돌아가라."

『순백의 용』이 외쳤다.

"돌아가라! 이 계곡의 주인은 조용히 잠들기를 바라신다."

"돌아가.""돌아가.""돌아가!""돌아가!"

샐러맨더들도 입을 맞춰 소리쳤다.

"카르미나 님, 철수하시죠!"

「할아범」이 소리쳤다.

"어? 어라? 어라? 어? 뭐야?!"

카르미나의 입에서는 제대로 된 말이 나오질 않았다.

머릿속이 새하얘졌다. 무슨 일이 일어났는지 알 수가 없었다.

"뭐야 이거?! 어? 어? 뭐냐고 이거?! 대체 뭐냐고───?!"

지금 당장 도망치고 싶다. 하지만, 움직일 수가 없다.

좁은 산길에서 계약이 해제된 노예들과 병사들이 서로 부딪쳐서 큰 혼란이 벌어졌다. 몸이 가벼운 노예들은 병사들을 뛰어넘어서 산기슭을 향해 도망쳤다.

"꾸물거릴 시간 없는데…… 아, 안개가!"

백작 영애 주위가 하얗게 물들기 시작했다.

저 회오리바람 때문이다.

계곡 입구에 배치된 회오리바람들이 계곡 안에 있는 『현혹의 안개』를 빨아내고 있었다.

거기에 따라서 『순백의 용』도 사라져간다.

마치 용 자체가 안개로 변해서 카르미나와 병사들을 덮치는 것처럼—

"—안개에 휘말렸다."

어느새 『현혹의 안개』가 카르미나와 병사들을 완전히 집어삼켰다.

제11화 「이세계의 노동 환경에 대해 약간 항의를 해 봤다」

"이만하면 됐겠지."

나는 라필리아한테 『용종 선풍 LV1』을 해제하게 했다.

계곡에서 흘러나간 안개는 백작 영애와 병사들을 완전히 감쌌다. 이만하면 충분하다.

원래 백작영애는 계곡을 공략할 생각이었으니까, 안개에 휩싸여도 불만은 없겠지.

"도망치라고 경고했는데 말이야."

역시 내 능력으로는 무리였나. 위엄 같은 게 없으니까.

미안해 『천룡의 알』. 이름과 천룡 같은 모습은 빌렸지만, 별 효과는 없었네…….

"어쩔 수 없지. 직접 가서 겁을 주자. 미안하지만 같이 가줘."

"예, 나기 님." "알겠습니다." "알겠습다아."

우리는 『현혹의 안개』 속으로 들어갔다. 하지만 오감에는 영향이 없다.

『천룡의 알』의 효과는 안개의 무효화. 우리에게는 병사들의 모습이 확실하게 보인다.

자, 그럼. 마무리다.

노예들에게 블랙 노동을 시킨 놈한테 살짝 주의를 주러 가볼까.

"히익――――――――――――――――――!"

백작 영애 카르미나가 비명을 질렀다.

머리를 감싸고 몸을 웅크렸다. 그러면서도 주위 상황에서 눈을 뗄 수가 없다.

시야는 엉망진창. 발이 분명히 땅바닥에 닿아 있기는 한데, 그 감촉조차도 어렴풋하다.

걷는 것도 자세를 바꾸는 것도 무섭다.

몰랐다. 알아차리지 못했다. 오감이 틀어진다는 것이 이런 일이라는 것을.

"GIGIGAAAAAAAAA!"

카르미나 옆에서 거대한 오거가 검을 휘두르고 있다.

저건 「할아범」?

그렇다면 저쪽에 있는 리저드맨은? 샐러맨더? 인간?

이제는 누가 적이고 누가 적인지도 모를 지경이다. 들려오는 것은 짐승 같은 고함소리 뿐.

"누가――! 누가――! 도와줘――!!"

눈물을 줄줄 흘리면서, 카르미나가 소리쳤다.

"할아범! 할아범 맞지! 부탁이야, 지금 당장 여기서 데리고 나가줘――!!"

"GUGOAAAAAAAA!"

오거의 검을 누군가가 빙글, 하고 흘려내는 모습이 보였다. 그리고 질척질척한 것이 오거의 얼굴에 달라붙는다. 오거는 얼굴을 쥐어뜯으며 데굴데굴 굴렀다.

오거를 쓰러트린 것은 배배 꼬인 뿔이 달린 괴물— 마신이었다.

등에는 녹색 날개가 있다. 배 부분이 은색이고 부풀어 있다. 왼팔이 기묘하게 굵은 건, 거기에만 근육이 붙었기 때문일까.

"HIIIA, AAA."

마신이 손에 쥐고 있던 뭔가를 내밀었다. 카르미나는 자기도 모르게 손을 뻗었다.

부드러운 것. 생긴 건 다르지만, 육포? 인간 세상의 먹거리?

오감이 틀어진 탓일까. 카르미나는 지기도 모르게 그 육포를 씹고 말았다.

"—발동 『생명 교섭 LV1』

……백작 영애 카르미나 리길타 님이 맞으십니까?"

『현혹의 안개』때문에 마신 같은 모습을 하고 있지만 이 자는 인간— 같은 편이다.

"예, 맞습니다. 제가 카르미나 리길타입니다. 잘 찾아내셨군요."

"아가씨가 맞으십니까? 정말로?"

"적당히 하세요! 지금 느긋하게 말할 때가 아니잖아요?! 지금 당장 저를 여기서 데리고 나가주세요! 그리고, 여기서 일어난 일은 비밀로. 그러면, 진심으로 감사할 테니까—"

"—당신을 구해주지는 않아."

무서울 만큼 차가운 목소리로, 마신 모습의 **누군가**가 말했다.

톡, 하고. 칼 같은 뭔가가 카르미나의 목에 닿았다.

"지금 당장 여기서 두 번 다시 노예나 부하들을 박해하지 않겠다고 맹세해. 그러면 여기서 도망치는 걸 허락해 주지. 그렇지 않으면, 여기서 끝장이다."

카르미나의 얼굴이 새파래졌다.

눈앞에 있는 마신은 계곡 입구에 있던 그 사람. 카르미나의 적이다.

"어째서?"

자기도 모르게, 카르미나의 입이 움직이고 있었다.

"난, 왕자님이랑 결혼하고 싶었을 뿐인데! 그래, 맞아. 이 계획을 생각해낸 건 내가 아냐! 새로 온 참모가 진언했어! 난 시키는 대로 했을 뿐이고! 난 잘못 없어!!"

"노예를 쓰고 버리려 한 건 당신이잖아?"

마신의 팔이 카르미나의 살갗에 파고들었다.

"작전을 누가 생각했는지는 상관없어. 당신은 그 작전에 찬성하고 실행했다. 이쪽의 경고를 무시하겠다고 결정한 것도 당신이다. 모든 책임은 당신에게 있다. 아닌가?"

"몰라!! 난, 노예한테 일을 줬을 뿐이잖아!!"

"주위를 봐라. 카르미나 리길타."

마신이 말했다.

카르미나는 시키는 대로 안개가 가득 찬 공간을 둘러봤다.

어느샌가 싸우는 소리가 작아졌다. 움직이는 자도 거의 없다.

그 이유를 짐작하고, 카르미나는 자기도 모르게 비명을 질렀다.

"전부…… 죽은 거야?"

"글쎄."

마신은 또다시, 카르미나의 목에 무기 같은 것을 들이댔다.

"이것이 당신이 노예들에게 시키려고 했던 짓이다. 사람을 이상한 공간에 던져 넣고 억지로 싸우게 하려고 했다. 당신이 원했던 일을 본인이 하게 됐을 뿐이다. 불만은 없겠지?"

"아…… 아아."

"그리고 지금, 당신을 상대하고 있는 것은 천룡을 대신해 이 계곡을 지키는 자— 이 계곡의 최종 보스다. 귀족님한테는 충분한 상대겠지? 자, 싸워라. 카르미나 리길타."

"으, 아아아, 아아아아————!!"

카르미나는 머리를 쥐어뜯으며 웅크렸다.

몰랐다. 아무것도 몰랐다.

이것이 전장이고 이것이 현실. 자신은 천룡의 대행자에게 싸움을 걸었고 벌을 받고 있다. 그리고 죽는다. 그 누구도 그 마지막을 돌봐주지 않는다. 그것이 원했던 일이자, 저지른 일의 결과——

"싫어——! 죽고 싶지 않아! 으아아아아아아————!!"

"살아남을 방법이 딱 하나 있다."

마신이 살짝 한숨을 쉬는 기척이 느껴졌다.

"『계약』하라. 카르미나 리길타."

"……『계약』을?"

"네 목숨과 바꾸기에는 너무나 값싼 『계약』이지만."

마신이 커다랗게 찢어진 입으로 웃은 것처럼 보였다.

카르미나의 다리가 부들부들 떨린다.

속옷이 젖은 것처럼 느껴지는 건 틀림없이 이 안개 때문이다.

틀림없다.

"계약의 조건은 다음과 같다. 『너는 이곳을 떠나고 두 번 다시 노예와 부하를 박해하지 않을 것을 맹세한다. 그리고 해방한 노예들에게도 위험수당으로서 적절한 보수를 지불한다. 그렇게 하면 이쪽은 너를 이곳에서 도망치도록 해주겠다』."

"······겨우, 그거면 되나요?"

"또 하나 있다. 『만약 이 계약을 위반한 경우, 너는 바로 지금 이 공포를 떠올리게 된다』까지."

"아, 알겠습니다. 『계약』할게요."

카르미나는 고개를 끄덕였다., 망설일 틈은 없었다.

"저는 노예를 괴롭히지 않겠습니다. 제대로 된 일을 시키겠습니다!"

"그럼 『계약』이다. 나는 너를 여기서 도망치게 해주겠다."

"저, 저는 부하와 노예를 다치게 하는 일, 박해하지 않겠습니다. 보수도 지불할게요! 한다고요!"

"『계약』.""

소녀와 마신이 딱, 메달리온을 부딪쳤다.

"그러고 보니······ 넌, 육포를 먹었지."

그 말을 듣고, 카르미나는 입안에 남아 있는 소금 맛을 알아차렸다.

공포 때문에 배가 고팠겠지.

마신이 내민 육포를, 어느샌가 먹어버렸다.

"그렇다면 『생명 교섭』이 성립된다. 하는 김에 묻겠다. 너는 『천

롱을 자처하는 자』를 공격했다. 그것은 우리가 가짜라고 생각했
기 때문인가, 아니면 진짜라도 상관없다고 생각한 것인가?"

"그, 그건……."

"해룡도 천룡도, 인간도 데미 휴먼의 편이다. 그런데, 그것을
제거하려 하는 자가 있는 것 같다. 너라면, 뭔가를 알고 있지 않
은가?"

"……."

"대답하라!"

"그…… 그게, 왕가의 방침이기 때문입니다!"

카르미나는 쥐어짜는 목소리로 말했다.

"이 나라를 올바르게 운영하는데, 용의 유산이나 유물이 방해
가 된다고. 내가 알고 있는 건 그것 뿐— 그게 전부야. 정말로! 정
말이에요, 믿어주세요———!!"

백작 영애 카르미나는 목을 손으로 붙잡고 절규했다.

"……좋다. 네게는 살아남을 기회를 주겠다. 허나, 앞으로 같은
짓을 한 경우, 그 즉시 죽음의 벌이 찾아간다는 것을 알아둬라."

안개가, 흐릿해지고 있다.

땅울림이 거세졌다.

"또 하나 가르쳐주마. 『안개 계곡』은 이제 곧 무너진다. 죽고 싶
지 않으면 지금 당장 떠나라."

"어, 어째서. 그런 걸…… 제게?"

"정보료 대신이다. 그리고, 너는 더 이상 자신보다 신분이 낮은
상대를 박해할 수 없으니 살아 있어도 문제가 없다. 열심히, 다른

귀족들과 싸우도록 해라……."

"자, 잠깐만…… 아, 아아아아아아아아!"

공포와 존경, 그리고 두려움.

지금까지 맛본 적 없는 감각이 회오리치고, 카르미나의 몸이 떨렸다.

마신의 모습은 금세 안 보이게 됐다. 하지만 오감은 아직도 뒤틀려 있어, 전혀 움직일 수 없다.

"…………왕가에…… 이 사실을……."

말해서 어쩔 거지?

몰래 계곡을 공략하려다가 천룡의 사자의 노여움을 샀다고?

"말 못 해…… 그런 말을, 어떻게 하겠어……."

시간이 흐르자 카르미나 주위의 안개가 서서히 옅어져 갔다. 그제서야 병사들의 모습이 제대로 보이게 됐다.

그들은 하나같이 무기를 손에서 놓고 있었다.

손발에 화상을 입은 자가 있기는 하지만 경상이다. 죽은 사람은 고사하고 중상자조차도 없다.

그리고―

쿠구구구구구구구구구구구구구구구구구구구구구구구!

굉음을 올리며, 계곡이 무너졌다.

골짜기에 있던 좁은 길이 묻히고, 사람 머리만한 바위가 발밑까지 굴러왔다. 귀를 막아야할 정도의 소리가 한참 동안 울리고,

바위가 방패를 때리는 충격이 카르미나의 다리를 흔들었다.

한참 지나서 소리가 사라지고 보니—『안개 계곡』은 무너진 바위로 완전히 묻혀 있었다.

마신이 여기서 붙잡지 않았다면, 카르미나 일행은 깔려 죽었을 것이다.

"그 마신은…… 언제든 날 죽일 수 있었어…………"

생각만 해도, 온몸이 마비될 것 같은 공포가 카르미나의 온몸을 휘감았다.

그릇이 너무 다르다. 그 마신한테는…… 이길 수 없다.

"여러분, 돌아가죠! 있는 힘껏 산기슭을 향해 가세요!"

카르미나는 『안개 계곡』에 등을 돌렸다.

"걸을 수 없는 사람은 그냥 두세요! 죽어버린 사람에게는, 제가 진심으로 감사를——."

갑자기 숨이 막혔다. 그 마신이 뒤쪽에서 노려보고 있는 것 같은 감각.

흐릿해져 가는 의식을 간신히 붙잡고, 병사들을 둘러봤다.

"——감사를…… 죽은 사람에게 해봤자, 의미가 없겠죠? 걸을 수 없는 사람들은 도와주세요. 모두 무사히, 돌아가도록 하죠. 보수는 꼭, 드릴 테니까……."

이상할 정도로 뜨거운 숨을 토하며, 카르미나는 그 말을 입에 담았다.

우리는 좀 떨어진 곳에서 『안개 계곡』이 무너지는 모습을 지켜보고 있었다.

"퀘스트는 달성했어. 그동안 수고했어, 미라 비룡 라이지카."

무너진 계곡을 내려다보며, 나는 라이지카의 명복을 빌었다.

우리는 『현혹의 안개』가 사라지기 전에 병사들 사이를 빠져나와 오솔길로 들어섰다. 산 위쪽으로 간 것은, 하산하면 백작 영애와 마주칠 가능성이 있기 때문이다.

"아마, 산 위쪽에 오래된 동굴이 있을 거예요."

라필리아가 가르쳐줬다.

그곳은 『고대 엘프』와 마족이 머물면서 『안개 계곡』을 만들었을 때 사용했던 곳이라는 것 같다. 오늘은 거기서 묵도록 하자.

"모두들 수고했어."

이리스는 내 등에 업혀서 잠들어 있다. 세실은 리타의 등에서 자고 있고. 업고 있는 리타가 싱글싱글 웃는 걸 보면 힘이 넘치는 것 같네. 아이네는 『동체 관찰』로 모두의 상태를 체크. 문제가 없다는 걸 확인했는지 손가락으로 동그라미를 만들어 보이며 웃고 있다. 라필리아는 맹한 얼굴이라서 피곤한지 아닌지도 모르겠다. 괜찮으려나.

"『천룡의 알』도…… 수고했어."

그 뒤로 허리의 자루에 들어 있는 알에서 아무런 반응도 없는데…… 괜찮으려나.

그렇게 해서, 우리는 라필리아의 지시에 따라서 숨겨진 길을 따라 걸어갔고—

조금 지나서 산 정상 부근에 있는, 은신처 같은 동굴을 발견했다.

제12화 「『4개념 치트 스킬』에는 안전장치가 걸려 있었다」

동굴 입구는 키가 큰 나무들에 가려져 있었다.

라필리아의 (어렴풋한)기억에 의하면, 이 동굴도 「안개 계곡 프로젝트」의 일환으로 만든 곳이라는 것 같다. 목적은 계곡을 만드는 데 관여한 고대 엘프와 마족의 「복리후생」을 위해서. 주위의 마력을 흡수해서 청정한 상태를 유지할 수 있도록 만들어진 휴게실이라나.

그리고 부속 시설로, 조금 더 위쪽에 목욕 전용 동굴이 있다는 것 같다.

"그럼 잠깐 쉬었다가 야영 준비를 하자."

동굴 입구에서 짐을 내려놓은 우리들은 각자 할 일을 정했다.

리타는 동굴 주변 정찰.

아이네는 식사 준비.

세실은 동굴 입구 감시. 보조 역할로 마검 레기도 놓아뒀다.

그리고 내가 할 일은—

"그, 그럼, 저를…… 마스터가 원하는 대로 해주…… 세요."

"그럼…… 이리스는, 견학할게요."

내 할 일은 동굴 안쪽 방에서 라필리아를 『재조정』하는 건데…….『노예 소환』을 쓴 탓인지 이리스는 아직 나한테서 떨어질 수 없는 것 같다.

그래서 이리스가 보고 있는 앞에서 라필리아의 스킬을 안정화해야 한다.

라필리아한테는 잘 설명했고, 납득해줬다.

아직 어린 이리스의 교육상 좋은지 아닌지는 모르겠지만.

"마…… 마스터랑 같이 있으면…… 처음 겪는 일들…… 투성이네요."

쑥스러운지 가슴에 손을 얹고, 속옷만 입은— 노예의 상태를 알기 쉬운 모습이 되어 있다.

"아아…… 저는 지금부터 이리스 님이 보는 앞에서 『재조정』을 받게…… 되는군요……."

"여, 열심히 배우겠습니다. 어, 언젠가는 이리스한테도 해주실 테니까."

내 등에 매달린 이리스가 주먹을 꽉 쥐어 보였다.

"눈도 깜박이지 않을 거예요. 예, 절대로."

그런데 이리스가 기합을 넣어서 어쩌자는 거야.

지금 상태를 구체적으로 설명하자면, 라필리아가 벽에 기대서 내가 손을 대주길 기다리는 상태.

이리스는 내 등에 매달려 있는데 어째선지 숨결이 뜨겁다.

『재구축』도 『고속 재구축』도 안 했으니까, 이건 『용의 피』를 각성시킨 탓이겠지. 아까부터 계속 「뜨겁다」는 말을 했고, 결국 라필리아와 마찬가지로 속옷 바람이다.

라필리아 님이 창피하지 않도록, 이라는 이유 같은데…… 내가 꽤 창피한데 말이야.

"그럼, 시작할게. 라필리아…… 이리스도."

"……옝…… 해주세요…… 마스터어…… 응."

"……두근두근, 하네요…… 오빠."

두 사람의 대답을 듣고, 라필리아의 가슴에 손을 댔다.

크고 커다란 가슴에 손가락이 빨려들 것 같다.

나는 그 상태에서 스킬 개시를 선언했다.

"…………응. 아흐. 가슴…… 찌릿찌릿…… 해요."

라필리아의 등이 움찔, 하고 떨리고—『능력 재구축』창에 『용종 선풍』의 상태가 표시됐다.

『용종 선풍 LV1』

『ⅢⅢ회회오오오리리리바바바람람람』을 『ⅢⅢ마마마음음음대대대로로로ⅢⅢ』『조종하는』

　　　　　　　　　　『ⅢⅢ만만만들들들어어어내내내고고고ⅢⅢ』
마법

"……엄청나게 자유로운 상태가 돼 있네."

『고속 재구축』하고 시간이 지난 탓인지 『개념』이 불안정해지기 시작했다.

라필리아는 땀에 흠뻑 젖었다. 몸에서 김이 올라올 정도로 뜨겁다. 예쁜 입술을 뻐끔거리면서, "마스터어…… 마스터어……"
라는 말만 반복한다.

『용종 선풍』의『개념』은 진동을 거듭하는 중이고, 딱, 하고『개
념』이 부딪칠 때마다 라필리아가 "하으"하면서 하얀 등을 뒤로 젖
히고 있다.

그럴 때마다 라필리아의 가슴이 흔들렸고, 딱딱해진 끝부분이
내 손바닥을 밀어냈다.

"라필리아…… 괜찮아?"

"괜찮…… 아요…… 오히려…… 행복…….'

라필리아가 멍하니 중얼거렸다.

"…………대단해요…… 건드리기만 했는데………… 저…… 마
스터가 찔러대는 것처럼…… 느껴져요."

"구체적으로, 어떤 가요, 라필리아 님?"

"그, 그건…… 창피해요오…….'

"이리스한테 공부가 되게, 가르쳐주세요."

이리스가 내 어깨너머로 얼굴을 내밀고 라필리아에게 물었다.

이리스도 몸이 뜨겁고, 내 뒤에서 몸을 바들바들 떨고 있는 상
태지만.

"…………마스터가아…… 가슴을…… 만져주시는 것…… 같아
요…….'

새빨개진 얼굴을 돌리고, 라필리아가 말했다.

"그때마다…… 제 배 속…… 깊은 곳을…… 찌르는 것 같
고…… 머릿속이…… 찌릿찌릿해요…… 하으으."

"알겠습니다."

"아셨나요오."

"이리스도『해룡의 성지』에서 오빠가 해주셨거든요."

그때 일을 떠올렸는지, 이리스가 황홀한 얼굴로 중얼거렸다.

"그때는…… 머릿속이 새하얘져서…… 못난 소리를 냈었죠…… 그렇군요…… 이리스만 그렇게 되는 게 아니었군요……."

"마스터께서 해준 노예는, 모두 그럴 것 같아요."

"오빠가 만져주시기만 해도 몸도 마음도 행복해지는 거죠?"

"예…… 저…… 행복해요……."

풀어진 눈으로, 라필리아가 날 봤다.

"마스터어…… 해주세요."

"응. 알았어."

"제…… 깊은 곳………… 만져…… 빙글빙글…… 꼬물꼬물…… 해주세요…… 못난 저를…… 마스터 마음대로 해주세요……."

"부디 이리스는 신경 쓰지 마세요."

이리스는 내 등 뒤에 숨어서 하으, 하고 뜨거운 숨을 내쉬었다.

가끔씩 어깨너머로 얼굴을 내밀고 라필리아의 상태를 보고 있지만.

"……라필리아 님께…… 여러모로 배우겠어요. 부디, 스승님이라고 부르게 해주세요."

"……좋아요오. 이리스 님께, 창피한 모습을, 보여드리게 되니까…… 그런데요오."

라필리아는 애절하게 눈썹을 찌푸리며 중얼거렸다.

"그 대신…… 나중에 이리스 님 귀여운 모습도, 보여주세요오."

"……아으. 야, 약속할게요."

내 어깨를 꼭 붙잡고, 이리스가 말했다.

얘기가 다 됐으니.

"시작한다. 라필리아."

"예…… 부탁드려요오. 마스터께서 해주시는 거, 좋아, 좋아좋아좋아…… 아으!!"

내가 스킬을 건드리자 라필리아의 등이 움찔, 하고 경직됐다.

제일 불안정한 건 새로 추가된『마음대로』와『조종한다』.

그걸 손가락으로 문질러서 흔들리는『개념』을 잡아준다.

"…………앙. 너무, 세……. 진동…… 내 안이…… 대단……."

움찔움찔, 움찔!

라필리아의 발끝이 도리질 치는 것처럼 떨린다.

새하얀 발끝이 쭉 뻗고— 그리고 툭, 하고 힘이 빠진다.

내가『개념』,『조종한다』를 건드렸더니—

"앙! 또…… 또…… 느껴져…… 욱신욱신…… 하으…… 앙."

"어떤 느낌인가요…… 라필리아 님."

"…………으…… 으으."

라필리아는 고개를 옆으로 돌린 채, 눈물을 글썽이며 라필리아의 질문에 대답했다.

"…………다리를…… 마스터가, 만져주시는 것, 같아요오……."

"다리를, 말인가요?"

라필리아가 고개를 끄덕였다.

"마스터가, 개념…… 만질 때마다…… 발가락, 하나하나, 안 보이는 촉수가…… 들어오는 것처럼…… 저…………… 이런 걸로— 기분…… 좋아지는, 여자가 돼버리겠어요오…… 아우."

"…………오오~"

이리스는 감탄한 것 같은데— 다리라니?

지금까지 이런 일은 없었다. 나는 제일 아래에 있는 개념 『조종한다』를 건드리고 있을 뿐인데.

그렇다면…… 어쩌면 이게 라필리아의 몸 일부에 대응하는 걸까?

그렇다면 말이야, 위에서 두 번째인 개념 『자유』를 건드리면—?

"히앙?!"

라필리아의 상반신이 움찔, 했다.

"거기…… 마스터어…… 제…… 가슴……."

"……그래?"

"그래요. 아앙! 지금, 엄청나게 욱신욱신한 데에요오! 항. 앙. 아! 아아아앙?!"

몸에 전류를 흘린 것처럼, 라필리아의 몸이 몇 번이나 움찔거렸다. 커다란 가슴이 출렁이고, 땀에 젖은 속옷이 밀려난다. 상기된 살갗을 보면서 이리스가 "……라필리아 님…… 예뻐요"라고 중얼거렸다.

"이리스도…… 라필리아 님처럼…… 훌륭해질 수 있을까요……."

"아흐응. 너무 보지 마세요오…… 저…… 이상해요…… 마스터 손이랑, 시선…… 만으로…… 엄청나게, 느껴요오. 저…… 이상한 여자가 돼버려요오."

"괜찮아. 난 신경 안 쓰니까."

애당초 라필리아가 이런 상태가 된 건 우리를 지켜줬기 때문이니까.

주인으로서 어떤 라필리아도 받아들이고, 원한다면 뭐든지 해줄 생각이다.

"……계속할게, 라필리아."

나는 다시 손가락으로 더듬었다.

불안정해진『개념』에 밀려서 흔들리는 놈이다. 이쪽은 바로 안정화할 수 있을 것 같으니까, 조금 세게― 꾸욱, 하고.

"―――!!"

"좀 더 세게 해도 돼?"

"예, 예에. 그쪽이…… 상…… 저…… 이상한 여자…… 니까…… 저는……."

라필리아는 숨을 빠르게 쉬면서, 더듬거리는 목소리로 말했다.

나는 라필리아가 진정되고 다음 말을 할 때까지 기다렸다.

"마스터…… 저, 만들어진 존재거든요? 고대 엘프, 레플리카거든요……?"

『개념』의 진동에 맞춰서 허리를 들썩이며, 라필리아가 말했다.

"너무 신경 쓰지 말라고. 아까도 말했잖아?"

"예. 마스터는 그렇게 말씀하셨어요오. 다른 분들도…… 하지만, 그래도, 마스터어."

라필리아는 커다란 눈에 눈물을 글썽이면서 나를 쳐다봤다.

"저, 가족을, 몰라요. 아이를 낳을 수 없을지도, 몰라요."

"……라필리아."

"……라필리아, 님."

"마스터랑…… 이리스 님이랑, 다른 분께 아이가…… 생기고, 큰 가족이 됐을 때…… 저, 거기 있어도 되는지, 불안해요. 『천룡의 알』을 본 뒤로, 계속, 그래요. 가족을 모르는 제가, 만들어진, 제가, 천룡의 알에게 이상한 영향을 끼치진 않을지…… 진짜 가족이 된 분들께………… 폐를, 끼치지는…… 않을지."

라필리아는 떨고 있었다.

내가 흘려 넣는 마력…… 때문만이 아니다.

본 적이 없을 정도로 힘이 없고, 쓸쓸해 보인다.

당장이라도 눈앞에서 사라져버리는 게 아닐까 싶을 정도로 작아보였다.

"저기, 라필리아."

나는 라필리아의 분홍색 머리카락에 손을 얹었다.

"나도 제대로 된 가족은 모르거든?"

"……예?"

"말 안 했던가. 나는 원래 살던 세계에서 부모님한테 버림받았고, 친척 집을 오가면서 살았거든. 그리고 혼자 살게 된 뒤로는 계속 아르바이트만 해서, 가족은 고사하고 친구를 사귈 틈도 없었어. 그래서 제대로 된 가족이 어떤 건지, 하나도 몰라."

"그러…… 셨나요?"

"응. 그리고, 우리 파티에서 평범한 가족생활을 알고 있는 건…… 세실이랑…… 아이네 정도려나? 하지만 그 두 사람도 어릴 적에 부모님이 돌아가셨거든."

"이리스도, 평범한 가족이 어떤 것인지 전혀 모르거든요?"

이리스가 라필리아의 손을 잡고 상냥하게 말했다.

"그리고, 아이를 낳을 수 있는지 아닌지도 해본 적이 없어서 몰라요."

"하지만…… 전…… 저는……."

"그럼 내가 『소마 나기는 다른 세계에서 온 사람이니까 제대로 된 가족이 될지 아닐지 몰라. 그런 내가 너희들과 같이 있어도 될까?』라고 말한다면?"

"꼭 안고서 『당연히 되죠』라고, 이해해주실 때까지 계속 말할 거예요!"

"이리스도요. 오빠는 무슨 웃기지도 않는 얘기를 하시는 건가요!"

"그치?"

나는 라필리아의 머리를 쓰다듬었다. 하는 김에 이리스도.

"라필리아는 여기 있어. 따뜻해. 내 마력에 반응하고 있어. 만들어졌어도, 상관없어. 아이를 낳을 수 있을지 아닐지는…… 한참 뒤에 생각할 일이고."

"마스터어……."

"애당초 말이야, 하다 보니 그렇게 되기는 했지만 내가 모두를 노예로 삼아버렸으니까『평범한 가족』이 되려고 해도 소용없잖아?『천룡의 알』이라는 월드 아이템까지 받았으니까…… 최대한 느긋하게, 가족 같은 파티로 해나가면 되지 않을까?"

"……제가, 거기 있어도, 되나요오."

"응. 있어 줬으면 좋겠어."

"이리스도, 라필리아 님과 함께 있고 싶어요."

"…………마스터어…… 이리스 니임."

라필리아의 파란 눈동자에서 눈물방울이 떨어졌다.

이리스한테도 옮았는지, 내 등에 매달려서 훌쩍거리기 시작했다.

"그리고 라필리아는 이미『과거에 만들어진 것』이 아니야. 내가 스킬을 바꿨잖아. 그래서 이미『만들어진 것』에 집착할 필요 없어. 그런 얘기야."

라필리아를 만든 고대 엘프가 무슨 생각을 했는지는 모른다.

하지만 그 놈들이 만든『불운 초래 스킬』은 파괴했다. 여기 있는 라필리아는 이미 다른 존재다. 자기 의지로 생각하고 움직인다. 블랙한 사명에서 해방된 새로운 라필리아다.

"마스터어…… 고맙…… 습니다."

"무슨 소리를."

나는 다시 라필리아의 가슴에 손을 댔다.

심장 고동이 아까보다 빠르다. 그리고, 뜨겁다.

하지만 라필리아는 속이 후련하다는 듯이 웃고 있다.

"저는…… 마스터가 새로 만들어주신…… 새로운 라필리아 그레이스예요…… 마스터가 원하는대로…… 해주세요."

라필리아가 내 목을 끌어안고 속삭였다.

"……이제, 이대로 어떻게 되건…… 상관없어요. 새하얘져서…… 그저…… 마스터랑 이어져서 계속 기분이 좋기만 한 생물이 돼도…… 좋으니까아…… 마스터가…… 마음대로."

"그러면 내가 라필리아를 고쳐 만든 의미가 없잖아?"

나는 라필리아의 이마를 콕 찔렀다.

살짝 찔렀는데, 라필리아는 마치 깊은 곳이라도 건드린 것처럼 "하으" 소리를 내며 몸을 뒤로 젖혔다.

"기껏 라필리아가 자유롭게 살 수 있게 스킬을 고쳤는데."

"그, 그치만~"

"그렇게 생각한다면 그만둘까? 불안정해진 스킬은 그냥 파기하고."

라필리아가 너무 끈질겨서, 나도 모르게 말해봤다.

그랬더니 라필리아가 새빨개지더니—

"……싫어요………… 그거………… 궁극적으로 못됐어요!"

다리가 만나는 부분을 두 손으로 누르며, 내 가슴에 얼굴을 들이댔다.

"……그만두지…… 마세요…… 제발…… 끝까지…… 해주세요…… 마스터어."

"오빠, 그건 정말…… 여자로서 용서할 수 없는 말이에요."

뒤에서 이리스가 삐친 것처럼 말했다.

"라필리아가 이상한 소리를 하니까 그렇지."

"라필리아 님은 오빠께서 스킬을 만져주셨으면 싶은 거죠?"

이리스가 내 어깨에 턱을 얹고 라필리아를 봤다.

어깨에 닿은 부분이 묘하게 따뜻하고 숨결도 뜨겁다. 이리스의 몸도 희미하게 떨리고 있다.

"그렇게 해서…… 오빠랑 이어진 걸 느끼고 싶은, 그런 거죠?"

"예에…… 이리스 님 말씀이 맞아요오……."

라필리아는 안타깝다는 듯이 가슴에 손을 얹었다.

새하얀 살갗이 온통 분홍색으로 달아올라 있다. 목에서 가슴 계곡까지 땀에 흠뻑 젖었고, 내 오른손 너머로 두근, 두근 고동이 전해져 온다.

라필리아는 참을 수 없다는 것처럼 내 손 위에 자기 손을 얹었다. 눈을 감고, 그것을 조금씩 움직이기 시작했다. 마력이 통하기 쉬운 곳을 찾는 것 같은데, 그때마다 손이 닿는 부분이 움직여서 커다란 가슴이 움찔, 하고 반응했다.

"라필리아 님, 오빠께 제대로 부탁하는 쪽이 좋지 않겠어요?"

이리스가 말하자 라필리아가 살짝 고개를 끄덕였다.

"…………마스터어……『개념』을…… 만져주세요."

"좀 더 구체적으로."

"…………제…… 여기랑………… 여기에………… 대응하는 곳…… 진정시켜주세요. 저…… 여기에…… 마스터를…… 원해…… 요."

"이유도 말하는 게."

"⋯⋯⋯⋯아기를⋯⋯ 만들 수 있을지⋯⋯ 모르니까아⋯⋯ 여기⋯⋯ 여자⋯⋯ 기분 좋아지는 건⋯⋯ 아기⋯⋯ 만들기 위해서⋯⋯ 그러니까⋯⋯ 저도⋯⋯ 똑같은지⋯⋯ 알고 싶어요⋯⋯."

"고맙습니다. 이리스가 할 때 참고할게요."

딱히 너한테 가르쳐주려고 하는 건 아닌데 말이야.

왜 그렇게 만족스러운 표정으로 만족스러운 표정을 보고 있니, 이리스. 뭔가 교육상 아주 좋지 않은 짓을 하는 것 같아서 가슴이 아프거든⋯⋯?

"⋯⋯마스터어⋯⋯."

라필리아는 촉촉한 눈으로 날 보면서, 몸 몇 군데를 가리켰다.

구체적으로는 두 번째와 세 번째『개념』에 대응하는 곳.

그래서 나는『4개념 치트 스킬』의 비밀을 알게 됐다.

『4개념 치트 스킬』을 구성하는 네 개의 개념은 각각 노예의 머리, 상반신, 하반신, 두 다리에 대응한다. 건드리고, 마력을 주입하면 노예의 그 부분에 자극이 가는 것 같다.

마치『4개념 치트 스킬』이 노예의 분신이 된 것처럼.

즉, 그것을 잘 사용하면 노예 자체를 완전히 지배할 수 있다는 뜻이다. 아마도 너무 강력한 스킬을 손에 넣은 노예가 폭주하지 않도록 하기 위한 안전장치 같은 것이겠지.

하지만 우리한테는 필요 없다.

주종관계를 맺고 있는 것은 살아남기 위해서고, 실제로는 가족 같은 사이니까.

나는 노예 모두를 신뢰하고 있다. 아마도 모두가 나를 신뢰하는 만큼은.

"알았어. 그럼 계속할게, 라필리아."

"……………기뻐…… 요오……."

몸 전체를 나한테 기대고, 라필리아가 말했다.

이리스는 완전히 관찰 모드로 들어가서, 내 옆에 무릎 꿇고 가만히 앉아있다. 더운 건지 땀에 흠뻑 젖어 있다. 비치려는 속옷을 손으로 누르고, 나와 라필리아를 빤히 바라보고 있다.

"먼저 불안정해진 『개념』을 진정시킬 거야. 시간이 걸리면 힘드니까 빨리할게."

"예………… 마스터어…… 와주세요………… 아, 아, 아아아아 아아아아아앙!!"

라필리아의 가는 몸이 활처럼 휘었다.

눈을 한껏 뜬 라필리아는 물 밖으로 나온 금붕어처럼 입을 뻐끔거린다.

하지만 그 손은 내 옷 목덜미를 꽉 붙잡고, 잡아당기고.

그래서 나는 라필리아의 개념에 『마력 실』을 이어서 마력을 잔뜩 흘려 넣었다.

"아, 아앙! 안 돼. 힘이…… 와요…… 마스터가아, 제 안쪽………… 찔러대는…… 아웅."

라필리아의 몸이 위아래로 흔들리기 시작했다.

커다란 가슴이 나와 라필리아의 몸 사이에서 눌리고, 쓸린다.

"히앙…… 아, 아아. 안이랑…… 밖………… 움찔움찔…… 거려요………… 히앙…… 아웅…… 흐앙…… 아, 앙…………

제…… 안…… 질척질척…… 대고…….”

　진정되기 시작한『개념』을 아래에서 찌르고―

　“크윽! 아…… 또………… 아응. 새하얀…….”

　『개념』의 틈새에 손가락을 넣어서 누르고―

　“……멈추지…… 않아요………… 저………… 힘이…… 멈추질…… 저…… 어디까지…… 가는…… 건가요………… 하, 아응. 앙앙앙…… 아―――!!”

　조금 부풀어 있는『개념』을 집어서 세게 힘을 주고―

　“……거, 거기는…… 제 창피한 곳…… 인데…… 기분…… 좋…… 아…… 이건, 아기…… 만들 수 있…… 마스터어………… 좋아………… 좋아요좋아요좋아요좋아요좋아요―――”

　눈물을 글썽이며 필사적으로 머리를 흔들어대는 라필리아의 목소리는 더 이상 말이라고 할 수도 없다.

　나를 통째로 받아들인 라필리아의 몸은 온통 뜨겁고―

　몸을 가리는 역할을 못 하는 속옷이 찰박, 찰박하는 물소리를 내고―

　“아아아아아아아아아아. 안 돼…… 해주세요………… 무서워………… 와줘………… 마스터어…… 제………… 기분 좋은…… 곳…… 창피한 곳………… 싫어…… 좋아, 좋아요좋아요좋아요…… 아앙―――!!”

　필사적으로 내 마력을 받아들이는 라필리아 안에 있는 스킬은―

『회오리바람』을 『마음대로』 『만들어내고』 『조종하는』 마법

불안정해졌던 『개념』이 원래 위치로 돌아왔다. 지금이다—

"라필리아. 마무리에 들어가니까 조금만 더 참아—"

"아흐…… 예, 예엥, 마스터어…… 좋아요좋아요좋아요…………."

바들바들 떠는 라필리아의 몸을 받치며, 『능력 재구축』 창으로 손을 뻗었다.

"치트 스킬을 『재조정』한다. 실행 『능력 재구축 LV4』!!"

"—아아아아아아아아아아아아아아아아아아아아아앙!!"

한계라고 생각했던 라필리아의 몸이 움찔, 움찔, 하며 경직됐다.

그리고는 김이 피어오를 정도로 상기된 몸을 살짝, 나한테 기댔다.

"……잘 했어, 라필리아."

"……새로운 저를 발견해써여…………."

라필리아는 땀에 젖은 머리카락이 달라붙은 볼을 내 어깨에 얹으며,

"…………여러 의미로."

"……되도록이면 좋은 얘기에서 끝내자. 알았지."

"…………하으."

안 듣고 있네.

나는 바닥에 모포를 깔고 라필리아를 눕혔다. 부드러운 몸을

덮은 속옷은 축축하고, 꼬여서 끈처럼 돼 있다. 일단 스킬을 안정
시켰으니까, 잠시 이대로 쉬게 해주자.

"············하으으."

그런데 왜 너까지 뜨거운 숨을 내쉬는 걸까, 이리스?

"············오, 오빠. 저기, 저기요?"

내 시선을 느꼈는지, 이리스가 웬일로 당황한 얼굴로,

"라, 라필리아 님은 이리스가 보고 있을게요. 오빠는 쉬세요. 꼭."

"괜찮긴 한데, 이리스도 얼굴이 빨간데 말이야? 괜찮아?"

"그건 뭐라고 할까요. 이리스도, 새로운 세계를 엿보고 말았다
고 할까요·······."

어째선지 이리스가 어색한 표정으로 고개를 돌렸다.

『해룡의 성지』에서는 알몸으로도 괜찮았었는데, 어째서 지금은
몸을 가리려고 하는 거지.

"그, 그치만, 그치만. 역시, 『4개념 치트 스킬』을 만드는 건 힘
든 일이네요······ 이리스도······ 경험했지만············ 그건—"

그렇게 말하던 이리스의 얼굴이 펑, 하고 새빨개졌다.

"이리스, 정말 괜찮아?"

"괘, 괜찮다고 말씀드리고 있어요! 이리스는 『4개념 치트 스킬』
작성도 뛰어넘은 어른이에요. 오늘도 많은 경험을 했으니까 완전
히 어른이에요! 라필리아 님보다 먼저 『4개념 치트 스킬』을 받았
으니까요."

"아니, 라필리아의 경우에는 『고속 재구축』을 했기 때문에 자극
이 더 강했을 것 같은데."

"……………예?"

이리스의 눈이 휘둥그레졌다.

"…………이리스가 경험한 그것보다………… 더, 위가 있다는
건가요?!"

"응. 그러니까 이리스한테는 최대한 부담이 가지 않게——."

"아뇨아뇨아뇨아뇨, 아뇨, 아뇨!!"

그러니까 왜 그렇게 필사적인 얼굴이냐고.

"필요하다면, 이리스는 언제든 받아들이겠어요! 그렇군요……
이리스는 어른이 됐다고 생각했었는데…… 아직 멀었던 건가
요…… 이건 작전을 짜는 보람이 있겠네요."

"그리고 말이야, 이리스도 옷을 입는 게"

"지, 지금 일어나면 이리스도 이런저런 곳들이 젖어서— 아니!
여러모로 문제가 있으니까, 아무튼, 오빠는 쉬고 계세요. 『노예
소환』의 구속도 풀린 것 같으니까요! 꼭!"

뭐, 이리스가 그렇게까지 말한다면.

엄청나게 필사적인 얼굴이고, 눈물까지 글썽이고.

이리스는 라필리아를 걱정해줬으니까, 맡겨도 되겠지.

"그럼, 무슨 일 있으면 불러."

"예. 수고하셨어요, 오빠!"

그렇게 말하고, 이리스는 앉은 채로 나한테 손을 흔들었다.

내가 등을 돌리고 방에서 나왔을 때—

"—그렇군요, 이리스는 아직 어설펐어요. 오늘은 여러모로 많
이 배웠으니까…… 다음 단계로 나아갈 준비를—."

―그게 대체 무슨 작전인지 궁금하기는 하지만.

그리고 내가 방에서 나온 뒤에―

데굴.

뭔가가 발에 닿았다.
딱딱하고 둥근 물건―『천룡의 알』이었다.
"…………너, 아까 짐이랑 같이 세실 있는 데 두고 왔었잖아? 어떻게 된 거야?"
알은 대답이 없다.
"혹시 보러 온 거야?"
역시 대답이 없다.
이거 괜찮으려나. 나쁜 느낌은 아니고, 싫어하는 것 같지도 않지만.
"난 지금부터 주위를 보초를 서고 순찰하러 갈 건데, 어쩔 거야?"
내가 걸어가자…… 따라온다. 데굴데굴 굴러서.
"알았어. 하지만 같이 있는 건 널 별장에 안치할 때까지만이다."
그렇게 말하고 『천룡의 알』을 집어 들었다.
"그 대신에, 네가 성장하면 우리 편이 돼 줄래?"
그렇게 말했더니 『천룡의 알』이 아주 조금 따뜻해졌다.

알았다는 뜻이려나.

"이놈~ 주인님아~ 날 두고 가다니, 이게 무슨 짓이냐~."

"수고하셨어요, 나기님~."

동굴 입구에서는 세실과 사람 모습을 한 레기가 감시하고 있었다.

가위바위보를 하고 있던 건 심심풀이와 피곤해서 잠들지 않으려고 그랬으려나. 작게 자른 나뭇가지를 칩처럼 주고받은 것 같은데, 지금까지는 세실이 압승인 것 같다.

"아까 리타 언니가 잠깐 왔었어요."

세실이 내 쪽으로 몸을 내밀고서 말했다.

"주위에 마물이나 사람은 없다는 것 같아요. 혹시 모르니까 좀 더 멀리까지 돌아보고 온다고 했어요."

"그리고 큰 가슴 엘프가 말했던 『목욕탕이 있는 동굴』을 찾았다는 것 같다. 나중에 가보는 것도 좋겠지…… 아니, 데리고 가라 주인님."

음~ 하고 호소하는 눈빛으로, 레기가 그런 말을 했다.

제13화 「리타와 순찰과 『완전 수화』」

"……이쯤이면 아무도 못 보겠지."

일단 세실한테 주변 상황을 보고하고 동굴에서 나와서—

거기서 조금 떨어진 나무 그늘 뒤에서, 리타는 발을 멈췄다.

『기척 감지』 발동— 위험한 반응은 없다.

느껴지는 건 동굴 입구에 있는 세실과 레기의 기척뿐. 그리고 지금 있는 여기는 저기서 안 보일 테니까. 좋았어, 괜찮겠지.

리타는 나무에 기대서 심호흡.

해는 이미 저물었고 주위는 어두워졌다.

새 울음소리도 동물 울음소리도 들리지 않는다. 아마도 자신들을 경계하기 때문이겠지.

동굴 주위가 안전한 건 분명하다.

하지만 만에 하나의 일이 일어날 수도 있으니까. 소중한 동료와 주인님을 지키기 위해서라도 좀 더 넓은 범위를 조사해두고 싶다.

"그러니까…… 나기가 준 스킬을 써볼게."

리타는 다시 한번 심호흡.

자기가 생각해도 너무 한 것 같지만, 다시 한번 『기척 감지』를 발동.

—문제없음. 오른쪽, 왼쪽…… 괜찮지? 아무도 보는 사람 없지?

어쩌지. 이런 데서…… 알몸이 돼야 한다니.

……창피하다. 나기가 보면 뭐라고 할까.

수인이라서 그런 취미가 있는 거라고 생각하려나?

싫어하지는…… 않겠지? 오히려 「굿잡」이라고 하겠지? 그치만, 그치만, 앞으로 리타는 단둘이 있을 때 그 차림으로…… 라고 하면 — 거절할 수 없지만, 없지만…….

"아, 진짜. 내가 무슨 생각을 하는 거야. 나기가 그런 소리를 할 리가 없잖아!"

도리도리도리도리!

리타는 금색 머리카락을 휘날렸다. 뭐지, 이 혼자 놀기는.

됐어. 각오했어. 모두의 안전을 위한 거니까.

리타는 옷 단추를 풀었다.

지금 입고 있는 『격투계 신관의 옷』은 움직이기 쉽게 만든 옷이다. 등의 단추를 풀고 허리띠를 풀면 툭, 하고 전부 발밑으로 떨어진다.

그다음은 그냥 기세를 타고. 가슴을 가리는 속옷을 벗고. 마지막 한 장을 스륵, 하고 발밑으로 내리고 — 밤공기 속에 속살을 드러낸다.

어렴풋한 어둠 속에서 두드러지는 하얀 피부. 아무도 보는 사람이 없다는 걸 알지만, 자기도 모르게 가슴을 가리게 된다.

"바, 발동…… 『완전 수화 LV1』……."

소리를 낸 순간. 하얀 살갗이 살짝 달아올랐다

이것은 나기와 『혼약』했을 때 만들어진 스킬 — 말하자면 자신이 미래영겁 나기 것이 된 증거 — 그 때를 떠올렸기 때문에 —

"아냐, 아냐, 아니라고! 추워서 그런 거야!"

자기도 모르게 말한 리타의 몸이 ─ 변화하기 시작했다.

순백색『신성력』이 온 몸을 감싼다.

금색 꼬리가 길어진다. 순백색『신성력』이 금색 빛으로 바뀐다.

그 빛 속에서, 마치 그림자놀이를 하는 것처럼 사람 모양이었던 리타의 모습이 네발 동물로 변했다. 하얀 몸에 금색 털이 덮인다. 몸의 감각을 확인하려는 것처럼, 리타의 실루엣이 몸을 떨었다.

마침내 빛이 사라지자, 리타는 금색 털을 가진 늑대로 변화해 있었다.

『……성공, 했나?』

짐승이 된 리타는 고개를 돌려서 자기 모습을 확인했다.

응. 잘 됐네.

뭐, 실패할 리가 없지만. 나기가 준 스킬이니까.

『완전 수화 LV1』

리타가 완전한 짐승 모습으로 변한다.

짐승으로 변화한 동안에는 근력, 순발력, 오감이 상승한다.

이동 속도는 통상의 십 수 배.

또한 이 상태에서도『신성력 장악』을 쓸 수 있기 때문에 신체 강화 효과는 계속된다. 상반신에『신성력』을 집중해서 말 그대로 탄환 같은 몸통 박치기를 날릴 수도 있다.

사용 횟수는 1일 1회.

또한 기동할 때에 옷을 입고 있으면 찢어집니다. 주의하세요.

『나기…… 안 보고 있겠지?』

기척이 느껴진다. 주인님은 동굴 안에 있는 것 같다.

다행이다…… 리타는 살짝 한숨을 쉬었다.

나기는 아직 『완전 수화』를 쓴 리타를 본 적이 없다. 정말 예쁜 짐승일 거라고…… 그렇게 말해주기는 했지만, 실제로 보면 어떤 반응을 보일지…… 조금 불안했다.

아니. 불안하다기보다는 마음의 준비가 안 됐을 뿐. 난 정말 겁쟁이라니까.

『그럼, 리타 멜페우스는 순찰하러 다녀오겠습니다. 주인님.』

마음속으로 그렇게 중얼거리고, 달려나갔다.

귓가에서 슈웅, 하는 바람 소리가 난다.

인간 모습일 때와는 비교도 안 될 정도로 빠른 속도였다.

빠르다. 지면을 한 번 박찰 때마다 주위 경치가 뒤로 날아간다.

흙의 감각. 풀냄새. 나무 냄새.

그 모든 것들이 리타에게 길을 가르쳐준다. 어디로 지나가면 되는지 알 수 있다. 나무가 우거진 산속이지만 부딪치는 일은 없다. 달리고 싶다— 그렇게 생각하기만 해도 몸이 멋대로 움직인다. 대단하다. 정말로 짐승이 된 것 같다.

찬다. 뛴다. 달린다— 그런 것이 아니다. 그저 빠르게 달린다.

온몸을 뒤덮은 체모 때문인지 춥다는 느낌은 조금도 없다.

수인은 야생 짐승과 인간의 중간에서 살아가고 있다. 나기는 아마도 리타 안에서 그 짐승의 힘을 끌어 내준 것이다. 전력 질주를 했는데 숨도 차지 않는다. 아직도 한참 여유가 있는 것 같다.

틀림없이, 이대로 계속 달려가면 어디까지든 갈 수 있다.

예를 들자면 저 산을 넘어서 어디까지고. 가도를 달려나가서 지평선 저 너머까지.

어쩌면 이 나라 경계선을 넘어서 아무도 모르는 곳까지—

『……말도 안 돼.』

짐승 모습인 채로, 리타가 웃었다.

그런 건 무리. 나도 알아.

나기한테서 조금 떨어졌을 뿐인데도 엄청나게 쓸쓸해졌으니까.

마치 안 보이는 사슬이 있는 것처럼.

자신의 깊은 곳에 매어진 그것이 팽, 하고 잡아당기는 것 같다.

돌아가고 싶다.

돌아가고 싶어. 나기를 끌어안고 싶어. 매달리고 싶어. 코를 대고 킁킁 하고 싶어.

짐승 모습이 된 탓인지 본능이 앞서고 있다.

『하지만 조금만 더. 안전 확인은 중요하니까.』

리타는 발걸음을 빙글 돌려서, 한 경사면을 달려갔다.

잠시 달려갔더니 짐승 귀가 쫑긋, 하고 다른 기척을 포착했다.

거 봐, 있잖아. 마물 발견.

『GURUUUUUU!』

시야에 들어온 것은 검은 짐승. 이글이글 타오르는 것 같은 빨간 눈동자.

저게 블랙 하운드, 였던가.

『블랙 하운드

개와 닮은 짐승. 크기는 3미터 정도. 무기는 이빨과 고속 이동에 의한 몸통 박치기.

초보자는 전투를 피하는 쪽이 무난하다』

『GUUUUUUUAAAAA!』

이 주변이 자기 영역인 것 같다. 블랙 하운드가 리타를 향해 달려온다. 나무 사이를 누비며 지그재그로. 커다란 입을 벌리고, 금색 짐승을 물어뜯겠다는 것처럼.

『……느리잖아.』

슝, 리타의 몸이 흔들렸다.

리타를 물어뜯으려던 검은 개의 이빨이 딱, 하고 허공을 깨물었다.

목표를 잃은 블랙 하운드가 주위를 둘러본다. 고개를 든다.

금색 짐승은 블랙 하운드의 **머리 위**에 있었다.

짐승 모습이 돼도 리타의 『신성력 장악』은 건재. 그 힘을 이용해서 나무를 박차고 공중으로 날아오는 정도는 어려운 일도 아니다.

『소마 나기의 노예를, 얕보지 말라고!』

『GU, GUAAA……..』

『와우우우우우우우우우우우우우우우우―――!』

블랙 하운드의 울부짖는 소리를 지워버릴 정도인, 리타의 긴 울음소리.

리타의 앞발이 자기도 모르게 경직된 블랙 하운드의 몸통을 후려쳤다. 블랙 하운드의 몸이 날아간다. 빙글빙글 돌면서 풀을 짓뭉개고, 나뭇가지를 부러트리고, 나무에 처박혔다.

『A…… GU…… Aa』

그리고 잎에서 거품을 물고 쓰러진 마물은 전투 의지를 완전히 상실했다.

블랙 하운드는 배를 드러내고 완전 복종 자세.

리타는 고갯짓으로 『가라』는 신호를 해서, 무력화한 마물을 쫓아냈다.

코에 희미한 피 냄새가 느껴진다. 싫다. 마물 피가 몸에 묻었다.

『……돌아가고 싶다…….』

왠지 엄청나게 쓸쓸하다.

안전은 확인했다.

돌아가고 싶다. 지금 당장 돌아가서 나기한테 칭찬해달라고 하고 싶다.

리타는 짐승 모습인 채로 지면을 박찼다.

금색 짐승이 산 경사면을 뛰어 올라간다. 『신성력』을 상반신에 집중. 덤벼드는 적이 있다면 무조건 날려버릴 위력. 하지만 이미 리타 근처에 있는 자는 없다. 조금 전에 블랙 하운드가 이 근처 마물들의 두목이었던 것 같다.

그것을 순식간에 쓰러트린 리타가 무서워서, 곳곳에서 마물들이 숨을 죽이고 있다.

하지만 리타는 신경도 쓰지 않았다.

생각하는 건 오로지 주인님. 일 초라도 빨리, 똑바로 돌아간다. 그것뿐.

『......어라?』

나기의 기척을 향해 달려가는 중에, 어느샌가 리타는 동굴을 지나쳤다.

이상하네. 나기, 아까 그 동굴에 없잖아?

리타는 더 위쪽으로 달려갔다.

나기 냄새가 가까워진다.

리타는 아까 라필리아가 했던 말을 떠올렸다. 분명히 여기는 마족과 고대 엘프『복리후생』을 위한 목욕탕, 이라고 했었지.

희미하게 물 냄새가 난다. 따뜻한, 수중기 냄새.

리타는 똑바로 동굴로 뛰어 들어갔다.

희미하게 밝은 구멍 너머. 주인님이 그곳에 있다—

"......어라? 리타, 순찰 끝났어?"

있다.

동굴 안쪽에 있는 샘 가장자리에 앉아서, 나기가 물을 휘젓고 있었다.

등에는 인간 모습으로 변한 레기가 달라붙어서 "아직인가, 아직 멀었나~"라고 중얼거리고 있다.

우리 집 복도 정도 길이의 동굴 안쪽에는 작은 샘이 있었다.

고대의 기술로 바위를 파내서 만든 것 같다. 주위의 벽 곳곳에는 주황색으로 빛나는 선이 그어져 있다. 나기가 그곳을 건드리자 샘에서 김이 피어오른다. 벽에서 샘으로 물이 끊임없이 흘러

들어오고, 넘친 물은 동굴 틈새를 통해서 흘러나가게 되어 있다.

마력을 이용해서『데울 수 있는 샘』이었다.

『라필리아가 말했었지. 이 샘은 마족과 고대 엘프가 목욕하기 위해 만들었다고.』

마력을 주입하면 딱 사람 체온 정도가 되는 것 같다.

『안개 계곡』은 대기 중의 마력이 모이기 쉬운 포인트니까 그런 것도 만들 수 있었던 것 같다.

『……나기는 진짜 목욕을 좋아하네.』

하지만 그게 좋다.

깔끔한 건 좋은 일이니까. 나랑 세실도 목욕할 수 있게 해주니까— 거기까지 생각했을 때, 리타는 자신이 아직 짐승 모습이라는 사실을 알아차렸다.

자기도 모르게 몸이 떨린다.

어쩌지. 나기한테 이 모습을 들키고 말았네.

『완전 수화』로 변화한, 내 짐승 모습. 금색 짐승. 적과 싸우고 숲속을 달려와서 흙도 나뭇가지도 붙어 있는데. 창피하다. 어쩌지. 이상하다고, 하면 어쩌지—

"리타, 좀 쓰다듬어도 될까?"

『……와웅?』

"정말 예뻐서, 등을 쓰다듬어보고 싶은데, 안 될까?"

손을 조물거리면서 뻗는, 리타가 너무나 좋아하는 주인님.

리타는 자기도 모르게 한숨을 쉬었다.

바보같이. 내가 무슨 걱정을 한 거야…… 라고.

소심한 자신을 떨쳐내고, 리타는『엎드려』자세를 했다.

나기가 어떻게 한눈에 리타라고 알아봤는지는 간단한 문제. 목줄이 달려 있으니까.

『주종계약』에 의해 생긴 목줄은 리타가 짐승 모습이 돼도 변함이 없다. 자유롭게 신축돼서 리타의 목을 장식해주고 있다.

나기의 손이 닿았을 때, 리타는 겨우 그것을 생각해냈다.

—바보 같아. 난 나기 것이고, 나기는 내 주인님인데. 내가 어떤 모습이건 변함이 없는데. 무슨 걱정을 했던 거야.

—난 나기 곁에서, 이러고 있기만 하면 되는데.

"그렇구나. 리타는『완전 수화』를 써서 순찰하고 왔나 보네. 수고했어."

『……아웅.』

리타의 목소리는 말로 표현되지 않았다.

짐승과 사람은 발성 기관이 다르니까. 하지만 그 목소리는 응석 부리는 소리가 됐다.

왠지, 이대로 잠들어버릴 것 같아.

"으~~ 이 몸은 더 이상 참을 수 없다~!"

첨벙.

갑자기 커다란 물소리가 났다.

깜짝 놀라서 고개를 들어보니, 알몸이 된 레기가 샘으로 뛰어든 참이었다.

동굴 안에 뭉게뭉게 김이 피어오르고 있다.

고대의『목욕 시스템』은 마력으로 기동하고, 샘물을 적당한 온도로 덥혀줬다.

"음~ 크아~ 물 좋다~!"

"레기, 너 말이야. 우리가 말하는 중에 갑자기 뛰어들지 말라고."

"무슨 소리인가~ 주인님은 『안개 계곡』에서 같이 목욕탕에 들어가 준다고 약속하지 않았던가~!"

사람 모습의 레기가 샘 안에서 첨벙첨벙 물을 뿌려댔다.

상황을 잘 이해하지 못한 리타에게 나기가 설명해줬다.

리타가 『목욕의 동굴』을 발견했다는 이야기를 들은 나기가 보러 왔다는 것 같다.

세실은 마력을 너무 써서 피곤해 보이고 아이네는 식사 준비 중. 이리스와 라필리아는 피곤해서 쉬고 있으니까, 나기의 호위는 마검 레기가 맡게 됐다.

목욕탕이 있다면 피곤한 노예들을 위해서 나기가 기동시켜주려고 하는 건 당연한 일. 자기도 목욕하고 싶다는 생각이 드는 것도 필연. 그리고 『안개 계곡』을 공략할 때 마검 레기한테 「상으로 같이 잠을 보거나 목욕」이라고 약속했던 것 같았고, 목욕을 선택한 레기가 물이 준비되자마자 알몸으로 뛰어들었다─ 그런 얘기인 것 같다.

"리타가 주위가 안전하다고 확인해줬으니까. 다른 사람들은 식사하고, 나랑 레기는 식전에 먼저 목욕하기로 했거든."

『나기답네…….』

나기의 손이 너무 기분 좋아서, 리타는 잠이 올 것 같았다.

야생의 본능은 어디로 가버린 건가 싶기도 하지만, 주인님 곁에 있으면 너무 행복하니 어쩔 수가 없다. 기분 좋게 눈을 감으려다가, "자, 자, 주인님도 빨리 들어와라~"라는 레기의 목소리에 눈을 번쩍 떴다.

"걱정하지 않아도 된다. 피곤한 주인한테 이상한 짓은 안 한다. 그리고 같이 목욕하겠다고 말한 건 주인님이 아닌가? 책임을 겨라!"

알몸으로 가슴을 당당하게 드러내고, 레기가 팔을 휘둘러댔다.

"그래, 알았어."

리타의 등을 쓰다듬던 나기의 손이 떨어졌다.

레기가 얌전히 등을 돌렸고, 리타도 나기의 알몸을 볼 수는 없어서 벽 쪽으로 고개를 돌렸다. 하지만 기척으로 나기가 뭘 하는지 알 수 있다. 지금 웃옷을 벗었다. 상반신 속옷을 목에서 쏙, 했고, 아래쪽도 벗고서— 첨벙.

"으아~"

"크어~"

목욕탕 안에서 기지개를 켜는 주인님과 마검의 이중주.

"오래된 시스템이라서 작동할지 불안했는데, 괜찮은 것 같네."

"이거, 집에 가져가고 싶다."

"시스템의 구조만 알면 말이야~"

"『목욕탕을 만드는 스킬』이라든지, 주인은 만들 수 없나?"

그 목소리를 들었더니 왠지 몸이 근질거린다.

나기와 레기가 아주 친하게. 등을 맞대고 몸을 담그고, 아주 즐거운 것 같다.

리타는 샘 쪽으로 걸어가려다가 자신이 짐승 모습이라는 걸 생각하고 멈췄다.

발에는 흙이 묻어 있다. 털에도 나뭇잎이나 가지가 엉켜 있다. 목욕탕에 들어가서 씻고 싶지만…… 창피해서 말을 꺼낼 수가 없다. 리타는 짐승 모습인 채로 「크으응~」하고 앞발로 머리를 긁었다.

"…………괜찮다면 리타도 들어올래?"

주인님의 목소리가 리타의 망설임을 날려버렸다.

사실 망설임뿐만이 아니라 이성도 날려버린 것 같지만.

『뒤, 뒤 돌아 있어! 나기.』

짐승 목소리로 짖었지만, 나기는 의미를 알아들은 것 같다.

이젠 무를 수 없다. 리타는『완전 수화』를 해제.

또다시『신성력』이 짐승의 몸을 감쌌다. 천천히, 신체 구조가 변해간다.

금색 털은 어딘가로 사라지고 하얀 살갗이 모습을 드러냈다.

리타는 분홍색 눈을 깜박. 사람 몸인지 다시 확인.

그리고 금색의 긴 머리카락이 리타의 목과 가슴에 감겼다.

레기의 "오오~" 하는 목소리는 무시하고, 나기는 착실하게 뒤로 돌아 있다. 상냥해. 너무 좋아. 아니아니, 그런 얘기가 아니고——.

리타는 샘 가장자리에 앉아서 손바닥으로 물을 떴다.

짐승 모습으로 뛰어다닌 탓에 손발에 흙이 묻어 있다. 그것을 씻어내고, 리타는 따뜻한 샘 속으로 참방, 몸을 담갔다.

"와우~. 응~."

마력으로 덥힌 물이 피곤한 근육을 풀어준다.

하얀 피부가 달아올랐다. 그것은 아마도 더운 물과 나기 때문에.

체중을 살짝 뒤쪽으로 실었더니 어깨가 나기의 등에 닿았다. 반대쪽 어깨는 레기의 머리 언저리. 그렇게 해서 주인님과 수인과 마검이 목욕물 속에서 등을 맞댄 삼각형을 그리며 앉아있다. 아무래도 다리를 뻗을 정도로 넓지는 않아서, 셋은 무릎을 끌어안고 있다.

"하으……."

어쩌지.

큰맘 먹고 같이 들어오기는 했지만, 긴장돼서 말이 나오지 않는다.

"……『상』을 받았네."

"단순하구나, 수인 계집. 이 몸은 네 그런 점이 마음에 들지만."

목 언저리까지 물에 담근 레기가 큭큭큭, 하고 웃었다.

"뭐라고~ 이 엉큼한 마검이~"

"홋. 칭찬이라고 생각하겠다!"

뒤쪽에서 레기가 음, 하고 가슴을 펴는 기척.

"그보다 주인님. 내일부터는 어쩔 것이냐? 산에서 내려간 뒤에는 이르가파 영주의 별장으로 돌아갈 것이지?"

"응. 이번에야말로 본격적인 휴가야."

참방, 물소리를 내면서 나기가 고개를 끄덕였다.

"할 일은 이리스한테 편지를 써달라고 해서, 영주님께 당분간 별장을 빌린다고 전하는 정도야. 자주 쓰지도 않는 건물이라는 것 같으니까 2, 3년 정도는 아무도 가까이 오지 못하게 할 수 있다나 봐. 『천룡의 알』은 사람들 눈에 띄지 않는 곳에다 제단을 만들어서 숨겨둘 생각이고."

"알에 대해 알고 있는 건 미라 비룡 씨 밖에 없었지."

"세실의 『마력 탐지』에도 걸리지 않았으니까. 문제없이 숨길 수 있을 거야. 부화한 뒤에는 야생적으로 살아갈 수 있다고 했으니까, 우리가 할 수 있는 건 거기까지야."

"그렇겠지."

"그러하군."

그리고 주인님과 수인과 마검은 나란히 느긋한 한숨을 쉬었다.

리타는 어느샌가 물속에서 나기 손을 잡고 있었다. 반대쪽 손에는 레기가 닿아 있고. 뭐랄까, 등을 자꾸 문질러 대서 움직이지 못하게 붙잡아뒀다. 그럼 레기의 반대쪽 손은 뭘 하고 있을까? 라고 생각했지만, 나기가 화내지 않는 걸 보면 아무것도 안 하는 것 같다. 이 아이는 의외로 나기한테는 얌전하다. 뭐, 마검이랑 같이 목욕을 해주는 주인님은 나기밖에 없으니까.

물론 이렇게 노예랑 같이 목욕해주는 주인님도 신기한 존재지만.

"······기분 좋다. 나기가 덥혀준 목욕물."

"응, 나도. 가족이랑 같이 목욕하는 건, 저쪽 세계에서도 꿈꿨

던 일이거든⋯⋯."

더운 김 속에서 조용히, 나기가 말했다.

—나기의 「가족」⋯⋯.

리타의 가슴이 찡, 했다. 말해야 해. 중요한 일. 지금이 기회니까.

자신에게 나기는 「주인님」이고 「정말 좋아하는 사람」이고, 그리고—

"하아." "후우." "흐아."

하지만 셋이 있는 곳은 따뜻한 물속.

몸도 마음도 풀어지기 시작해서 머리가 잘 돌아가지 않는다. 오늘은 일을 꽤 많이 했으니까, 복잡한 생각은 내일 하자. 왠지 셋이서 고개를 끄덕이고, 그리고 다시 목욕물 속에서 늘어지기 시작했다.

"⋯⋯따뜻하다."

"그러게."

"그렇다."

따끈따끈. 뭉게뭉게.

계속 이러고 있으면 좋겠지만, 리타도 슬슬 머릿속이 멍~ 해지기 시작했다.

"슬슬 나가자. 다들 기다리겠다."

"머, 먼저 가."

"알았어." "그럼 사양 않고——."

"레기는 나기가 옷 입은 다음에!"

은근슬쩍 같이 나가려는 꼬맹이를 두 팔로 끌어안았다.

그렇게 해서 나기가 옷을 다 입은 것을 기적으로 확인한 뒤에 사람 모습 레기를 해방.

레기는 얌전히 천으로 몸을 닦고 평소의 옷으로 갈아입었다.

자, 다음은 내 차례.

"그러고 보니까 리타, 옷은?"

목욕탕 가장자리에 손을 댄 리타에게, 나기가 문득 생각이 났다는 것처럼 물었다.

"괜찮아. 또『완전 수화』로 짐승 모습이 될 거니까……."

리타는 스킬을 기동하려다가—

『완전 수화 LV1』

사용 횟수는 **하루에 한 번**.

"아————————————!!"

"…………나기이. 이쪽 보면 안 돼에…………."

"안 볼 테니까 천천히 따라와."

—조금 전까지는 멋있게 굴었는데, 어쩌다 이렇게 된 거냐고오.

리타는 반쯤 울먹이면서 나기 뒤를 따라갔다.

동굴까지는 걸어서 10분 정도. 달빛 덕분에 발밑은 또렷하게 보인다. 하지만 잘 보이는 게 큰 문제. 리타는 눈물을 글썽이면서 허리에 감은 천을 붙잡았다.

『완전 수화』를 쓸 수 있는 건 하루에 한 번. 오늘은 더 이상 못 쓴다.

그리고 옷은 스킬을 기동했을 때 동굴 근처에 두고 왔다.

그래서 지금 리타가 입고 있는 건 나기한테 빌린 헐렁헐렁한 속옷(위쪽)뿐. 하지만 길이가 부족해서 허리에는 나기와 레기가 몸을 닦는데 썼던 천을 감았다. 그걸로 소중한 부분만 아슬아슬하게 가렸다. 그런데 엄청나게 걷기 힘들다. 아까까지 산을 뛰어다녔던 게 거짓말 같다.

"이제 와서 뭘 창피해하고 있나."

나기와 손을 잡고 걸어가며, 레기가 "흐흥~" 하고 콧소리를 냈다.

"너, 아까까지는 알몸으로 산을 뛰어다니지 않았던가?"

"그, 그건 다른 얘기거든! 다른 모습이거든! 똑같지만 다르거든!"

웃는 레기한테 메~롱 하고 혀를 내밀고, 다시 불안한 걸음걸이로 걸어갔다.

아, 진짜. 너무 꼴사나워.

"이젠 안 쓸 거야. 정말 위험한 때가 아니면『완전 수화』같은 건 안 해."

"에~ 진짜 예뻤는데 말이야."

"나기 못됐어."

어쨌거나 나기가 스킬을 써달라고 하면 거절할 수 없으니까,

다시 수화하는 건 확정된 일이나 마찬가지. 이번에는 옷 있는 곳까지 돌아올 때까지 계속 짐승 모습으로 있을 거야. 리타는 그렇게 다짐했다.

하지만 마음이 들떠 있는 것은 입고 있는 옷과 허리에 감은 천 때문에.

둘 다 조금 전까지 나기가 쓰던 것이라서, 아직 냄새가 잔뜩 남아 있다.

짐승이 돼서 뛰어다니던 때의 「쓸쓸함」은 저~ 멀리 어딘가로 날아가 버렸지만, 그 대신에 물리적인 압력을 지닌 「두근두근」이 리타를 집어삼키려 하고 있다. 얼굴은 새빨갛고 심장은 쿵쾅쿵쾅. 게다가 깊은 부분이 욱신욱신해서 걷기도 힘들다.

"어쩔 수 없지."

나기가 멈춰 서서 앉았다.

"……업히라고?

"창피해도 참아— 가 아니라, 안 볼 테니까."

지금 참으라고 했지. 틀림없이 했지.

"그리고 『완전 수화』를 하루에 한 번 밖에 못 쓴다는 사실을 깜박했던 건 둘 다 마찬가지잖아."

"와웅…………."

리타는 결심한 것처럼 나기 등에 몸을 기댔다. 영차, 나기가 일어났다. 온몸이 나기한테 딱 달라붙는다. 자기도 모르게 목덜미 냄새를 맡고 "오늘은 나기의 날이거든……" 하고, 영문 모를 소리를 중얼거리고 말았다.

설령 완전한 짐승 모습이 돼도, 밤중에 산속을 달릴 수 있어도, 결국 리타는 이곳으로 돌아오게 된다. 안심할 수 있는, 같이 있고 싶은 사람이 있는 곳으로.

하지만, 그걸로 됐다. 그게 좋다.

우리 파티가 앞으로 어디를 향해 가더라고, 설령 눈앞에서『천룡의 알』이 부화해서 거대한 용이 하늘을 뒤덮어도, 리타가 있을 곳은 여기니까.

"……어라?"

문득, 나기가 허리에 차고 있는 자루가 리타의 다리에 닿았다.

둥글고 단단한 것. 따뜻한 것. 이건?

"나기 말이야, 왜『천룡의 알』을 가지고 다니는 거야?"

"멋대로 따라오거든. 왠지 내가 마음에 들었나 봐."

"그렇구나……."

리타는― 거부할 것 같지는 않다는 기분이 들어서―『천룡의 알』을 만져봤다.

언제 부화할지는 모르겠지만, 여기서 태어날 천룡은 리타네보다 훨씬 오랫동안 살아갈 것이다. 크고, 강하고, 저 멀리까지 날아간다. 신화적인 존재. 리타와 나기가 여기 있다는 것 따위는 사소하고, 금세 아무런 관계도 없는 일이 돼버리겠지만―

"…………나, 리타 멜페우스는, 주인님이 정말 좋아요."

아주 조금만이라도 기억해줬으면 싶어서,『천룡의 알』에 입술을 대고 속삭여줬다.

"내가 아무리 강해져도, 이 충성심은 변하지 않아.『천룡의 알』

씨가 나기를 좋아한다고 해도, 나보다는 못할 거야. 그것만은, 기억해둬……."

『천룡의 알』은 대답이 없다. 그나저나 내가 왜 알한테 말을 하고 있는 거야.

얼굴이 새빨개져서 고개를 들었더니, 어느샌가 동굴 바로 앞까지 와 있었다.

"다 왔어~" 나기가 그렇게 말해서, 리타는 따뜻한 등에서 내려왔다.

리타는 차려자세로, 자신을 여기까지 데려다준 주인님을 똑바로 바라봤다. 왠지 쑥스럽고 심장이 마구 뛰는 게 느껴지지만, 고맙다는 말은 해야겠지.

옆에서 실실 웃는 레기는 무시하고, 리타는 가슴에 손을 얹고서 한 마디.

"고맙습니다. 주인님."

그리고 깊이 고개를 숙였다.

동물 귀는 쫑긋쫑긋, 꼬리는 파닥파닥.

수인의 몸이, 온몸으로 충성과 감사를 표현하고 있다.

"저, 저기. 그리고, 같이 목욕해줘서 고마워. 아, 앞으로『완전 수화』는 조심해서 쓸 테니까. 그리고, 그리고──."

아직도 부족하다. 계속 이렇게 얘기하고 싶다.

자기도 모르는 사이에 꼬리가 더 빨리 움직이고 있다. 스스로 제어할 수 없을 만큼.

그 기세가 엄청나서 나기한테서 빌린 속옷(위쪽)을 배 위까지 올라가게 만들었고, 허리에 감은 천은 엉뚱한 방향으로 날려——

"""——————아.""""

나기, 리타, 레기 셋이 동시에 말했다.

제이 먼저 알아차린 것은 누구였을까— 하반신이 썰렁한 리타였을까, 정면에 서 있는 나기였을까, 옆에서 「꽤 하는데」라는 표정을 짓고 있는 레기였을까…….

정신을 차린 리타는 몸을 끌어안고 웅크리고 앉았다.

나기는 "어쩔 수 없네"라는, 리타가 정말 좋아하는 말을 중얼거리고는 나무 밑에 놓아뒀던 리타의 옷을 가져다줬다.

그런데, 봤지. 분명히 눈에 새겨뒀지. 다 알거든.

내가 주인님 시선을 얼마나 신경 쓰고 있는지, 몰랐지?

"와우우우우우우우웅. 이제 다시는 『완전 수화』 같은 건 안 쓸 거야아아아아아!"

아무리 대단한 스킬을 손에 넣어도, 『치트 캐릭터』가 돼도—

주인님 곁에서는 응석장이에 얼간이.

리타는 그런 자신을 재확인했다.

제14화 「나기와 누나 메이드의 정보 수집. 그리고 아이네의 싸움」

"내일은 노동을 금지하겠습니다."

다음날.

『안개 계곡』을 나와서 별장으로 돌아온 뒤에 모두에게 말했다.

"휴가를 준다고 했는데, 하나도 쉬질 못했으니까."

그래서 내일은 강제로 쉬는 날.

내 동료들은 기본적으로 열심히 일하니까, 억지로라도 쉬게 해줘야지.

단, 나는 빼고. 나 자신은 정보 수집이라든지 이래저래 할 일이 있으니까.

"……하, 하지만, 나기 님."

"반론은 허락하지 않습니다. 주인님 권한을 발동하겠습니다."

"……아으."

세실도, 다른 사람도 뭔가 할 말이 있는 것 같지만.

하지만 이쪽 세계에 「올바른 휴가」를 정착시키기 위해서라도 이것만은 양보할 수 없다.

"나는 아주 조금 일을 하겠지만, 다른 사람들은 휴가를 즐길 것. 쇼핑이라든지 관광이라든지. 아, 여기 휴양지는 바다가 아름답다고 하더라고. 특히 석양이 지는 장면이 절경이라던가. 그리고 커다란 사우나 시설도 있다고 하던데. 다 같이 가보지 그래?"

"……나기 님이 없으면 의미가 없어요."

"……와우웅(얼굴이 새빨개져서 눈도 못 마주치는 리타)."

"……아이네한테는 비책이 있어."

"……다 같이 가는 게 좋아요오."

"……그렇다면 같이 작전을 짜요. 라필리아 님."

"…………뭔가 불온한 얘기들을 하고 있네.

헛기침을 하고 한 마디. 다시 한번 주인님 권한— 이라고 할까, 파티 리더 권한으로.

"다들, 알았지?"

""""""……예!"""""

그렇게 해서, 내일 하루 24시간 동안은 「일하면 안 되는 날」이 됐다.

"그럼 같이 외출하자. 나 군."

그런데 다음날— 나와 아이네가 같이 외출하게 됐다.

어째선지 다른 사람들이 「일이 아니라 주인님이랑 같이 산책하는 거라면 문제없죠?」라고 논파 당했고, 그 뒤에 다 같이 모여서 가위바위보를 하게 됐다. 격렬한 싸움에서 승리한 것은 아이네였다(참고로 리타는 나랑 눈을 마주친 순간에 도망쳐버려서 부전패).

"아이네, 오늘은 『일하면 안 되는 날』이라는 건 알고 있지?"

"알고 있어. 이건 아이네한테 상이야."

"모험자 길드에 가서 정보 수집을 하고 시내를 돌아다니면서 잘 팔리는 상품 등을 조사하고, 그리고 주변 지리도…… 이게 내

예정이거든.”

“걱정 안 해도 돼.”

아이네는 내 귀에 대고 살짝 속삭였다.

“오늘의 아이네는 『모든 것을 걸고서 일하지 않도록』할 테니까. 주인님의 명령은 지킬 거야.”

우리가 처음으로 간 곳은 휴양지 미슐리라의 모험자 길드.

하지만 대단한 정보는 얻지 못했다.

귀족들이 하려던 『안개 계곡 퀘스트』가 중지됐다는 것. 계곡이 붕괴한 것과 천룡 같은 것이 나타났다는 정도였다.

그렇게 해서 나와 아이네는 길드에서 차를 마시면서 모험자들의 이야기에 귀를 기울었다.

퀘스트 보드에도 정보는 나와 있지만, 귀족님들의 압박이 없어진 탓인지 일을 찾는 모험자들로 붐비고 있다. 사람들이 빠지면 보러 갈까도 싶지만, 그렇게 되면 아이네가 할 일이 없어지는데 말이야. 기껏 쉬는 날이니까, 역시 아이네도 즐길 거리가 필요한데 말이야.

……좋았어.

“아이네, 수영복 사러 가자.”

“……수영복?”

아이네는 고개를 들고 이상하다는 표정으로 날 쳐다봤다.

"휴가 중에 해수욕하러 가기로 약속했잖아. 그렇다면 수영복이 필요하겠지?"

"하지만, 수영복은 이리스 양이 영주 가문에서 잔뜩 가지고 왔을 텐데."

응. 분명히 그렇긴 한데.

이번 여행은 해수욕을 전제로 했기 때문에, 이리스가 집에 부탁해서 수영복을 준비했다. 사람 숫자만큼. 하지만 그건 이리스와 영주 가문에 잠입해 있는 라필리아한테 사이즈를 맞춘 것들이니까.

"아이네한테 맞는 건 없지 않을까?"

이리스용은 세실과 레기도 입을 수 있다.

라필리아용은 리타도 어떻게든 입을 수 있고.

하지만 아이네는 딱 그 중간 정도의 체형 — 즉, 어느 쪽도 맞지 않는다.

그런 이유로 아이네의 수영복은 따로 사야 한다.

"저기…… 나 군."

내가 설명을 마치자, 테이블 너머에 있는 아이네가 나를 빤히 쳐다봤다.

"나 군은, 누나 체형을 그렇게 열심히 관찰하고 있었어?"

"……………………………………아."

아니, 그러니까, 『재구축』도 했고, 같이 목욕도 했고.

그리고 아이네는 은근히 나한테 밀착하니까, 나도 모르게.

"그, 그렇게 자세히 본 건 아니거든?"

"그치만, 사이즈를 알 수 있을 만큼은 봤잖아?"

"응……. 그건, 주인님이니까."

"그렇구나…… 다행이다."

아이네는 메이드복 가슴에 손을 얹고 푸근하게 웃었다.

그리고는 어째선지 고개를 갸웃거리면서.

"어라라? 다행이 아닌가? 지금은 『나 군 엉큼해』라고 화를 내야 했나? 누나를 그렇게 보면 안 된다고 해야 했나? 하지만, 아이네…… 기뻐. 어라, 어라라?"

어째선지 이마에 땀을 흘리면서 팔을 마구 휘둘러대고 허둥대기 시작하는 아이네.

"잠깐만. 시간이 필요해. 아이네는 잠시 이대로……."

아이네는 두 손으로 머리를 감싸고 나한테서 고개를 돌렸다.

나도 따라서 옆을 보니— 퀘스트 보드 앞에 있던 사람들이 빠지기 시작했다.

"아이네, 잠깐 정보 좀 수집하고 올까 하는데. 괜찮을까?"

"괜찮아. 아이네는 혼란에 빠졌으니까 이 싱거운 차를 마시고 진정할래……."

"알았어. 금방 올게."

그렇게 말하고 자리에서 일어났다.

괜찮으려나. 아이네.

"……곤란하게 됐어."

아이네는 긴 한숨을 쉬었다. 그리고 몸에서 힘을 뺐다.

그랬더니 갑자기 얼굴이 빨개졌다.

조금 전까지는 어떻게든 넘겼지만, 『나 군』이 자리에서 일어난 타이밍이 한계였다.

안 돼, 안 돼. 아이네는 누나인데.

"하지만…… 나 군, 아이네를 잘 보고 있었어……."

소리를 낸 순간, 심장이 두근, 하고 뛰었다.

지금부터 수영복을 사러 간다는 건, 나 군한테 수영복 차림을 보여준다는 뜻인데.

나 군, 아이네를 생각해줬으니까, 보여줘야겠지.

확실하게 누나 노릇을 할 수 있을까. 얼굴, 새빨개지지는 않을까…….

"괜찮아……. 아이네는 누나. 나 군은 동생."

그렇게 말하고, 아이네는 심호흡.

그리고— 알아차렸다.

어느샌가, 스스로에게 그런 말을 해야만 하게 됐다는— 그 사실을.

이런 생각을 하게 된 것이 언제부터였을까.

나 군과 리타 양이 『혼약』 했을 때의 목소리를 들었을 때려나…….

"…………아이네, 어느새 이렇게 약해진 걸까……."

레티시아가 있었다면 뭐라고 할까.

『이제야 알았습니까?』라면서 웃으려나.

아니면 『열심히 밀어붙이세요』라면서 등을 두드려주려나.

누군가한테 말하고 싶어……

"……어라?"

덜컥덜컥, 나 군이 앉아있던 의자 위에서 소리가 났다.

지갑이나 소품들을 넣어둔 가죽 자루가 움직이고 있다.

마치 나 군을 쫓아가려는 것처럼.

"안 돼, 떨어지겠다."

아이네는 자루를 손에 들었다. 만져보니 안에 둥근 것이 들어 있다.

—『천룡의 알』이야.

그리고 보니 나 군, 알이 자기를 좋아하는 것 같다고 했었지.

자꾸 따라와서 이렇게 가지고 온 걸까.

"나 군은 금방 올 테니까, 얌전히 기다리자?"

아이네가 속삭이자, 『천룡의 알』이 말을 알아들은 것처럼 움직임을 멈췄다.

자루 너머로도 알 수 있다. 아주 살짝 따뜻한. 마음이 놓이는 온기.

천룡은 사람 편이고, 여행자의 수호신.

틀림없이 상냥한 용이었을 거라고, 아이네는 그렇게 생각했다.

"………………아이네 이야기를 들어줄래요?"

어느새 아이네는 가죽 자루에 입술을 대고, 소리를 내지 않고 속삭였다

알이 고개를 끄덕이는 것처럼 어렴풋이 떨리는 것이 느껴졌다.

"아이네는, 나 군 누나야. 하지만, 또 다른 것을 바라는 아이네가 있어."

말로 표현하니 확실하게 알고 말았다.

아이네에게 있어 『나 군』은 주인님이고 아이네와 동료들을 이 끌어주는 사람. 어떤 형태든 좋으니까 계속 같이 있고 싶은 사람.

그 마음이, 어느새 『누나』의 틀에서 벗어나려 하고 있다.

"……아이네는, 자신이 이렇게 욕심이 많은 줄 몰랐어."

나 군의 『누나』가 되기를 바랐던 것은 자기 자신인데.

그것만으로 행복하다고 생각했는데.

어느샌가…… 그것만으로는 부족하다는 생각을 하고 있다.

지금은 아직 모른 척하고 있지만. 내일은…… 모레는, 어떻게 될지 모른다.

가슴이 뜨겁다. 두근두근이, 멈추질 않는다. 어쩌지— 어쩌지, 그런 생각을— 하지만—

"그래도…… 이 마음을 모르는 것보다는, 행복해."

누구에게도 보이지 않게, 짐을 안고 있는 척.

소리 내지 않고, 그저, 자신을 달래는 것처럼.

"당신은, 틀림없이 아이네보다 오래 살 테니까. 기억해줘. 아이네가 너무나 좋아하는 주인님도. 그 사람을 이렇게 생각하는, 못난 노예도……."

시끄러운 길드의 홀.

그래도 나 군의 발소리는 금세 알 수 있다.

아이네는 바로 『누나』의 얼굴로 돌아와서는 돌아온 주인님에게 짐을 내밀었다.

"뭐야~ 이러면 안 되지. 이 자루, 중요한 게 들어 있잖아?"

"……뭔가 알— 이 아니라, 자루 내용물이 고동치는 것 같은데.

아이네, 뭔가 했어?"

짐을 받은 나 군이 이상하다는 표정을 지었다.

"…………아이네는 그냥 보기만 했어."

이건 정말이다. 목소리를 내지는 않았으니까.

"나 군 손에 돌아간 게 기쁜 거야. 틀림없이."

"그건 아닐 것 같은데."

"아이네였다면 『이얏호~』야."

이것도 정말. 나 군한테서 떨어졌다가 돌아오게 되면 춤을 추게 될 거야.

틀림없이, 마음이 넘쳐날 거야.

그러니까, 최대한 떨어지지 말아야지.

아이네가 제대로 나 군의 『누나』로 있을 수 있도록.

"그럼, 수영복 사러 가는 거야. 나 군이 누나한테 잘 어울리는 수영복을 골라줄 수 있을까?"

두근거리는 가슴을 손으로 누르며, 아이네가 일어섰다.

나 군에게 짐을 넘기고, 빈손을 잡고.

자, 그럼.

—『누나』만 두근두근하는 건 불공평하니까.

—주인님을 두근두근하게 만들, 최고의 수영복을 골라 달라고 할 거야.

그런 생각을 하며, 아이네는 나 군의 손을 잡고 걸어갔다.

누나 메이드 아이네의 휴가는 지금 막 시작됐다.

제15화 「노예의 수영복을 칭찬했더니 옆에서 누가 듣고 있었다」

시내 산책과 쇼핑이 끝났을 때는 해가 저물어가고 있었다.

피곤한 걸까, 아이네는 얼굴이 살짝 발그레해져 있었다.

휴양지의 모험자 길드에 들르고, 시장에서 장을 보고, 하는 김에 시장 경향을 살피고, 수영복은 마지막에 사러 갔다. 예산 관계상 선택지가 그렇게 많은 것도 아니었고, 아이네도 딱히 고집하는 건 아닌 것 같아서, 수영복은 쉽게 고를 수 있었다.

"아이네가 수영복 입은 모습을 보고 싶었는데 말이야."

"안 돼…… 그건…… 응. 지금은 안 돼."

바닷가 길을 나란히 걸어가며, 아이네는 짐을 끌어안았다.

"누나는 나중에 해도 돼. 아이네 수영복은, 다른 사람들 다음에…… 알았지."

아이네는 만족스레 고개를 끄덕였다. 평소의 온화하게 웃는 얼굴로.

그리고, 우리는 별장에 돌아와 보니ㅡ

다락방에 『천룡의 알』을 모실 제단이 완성돼 있었다.

"……취미예요."

"……일한 거 아니거든."

"그냥 심심해서요."

"놀이예요~."

아니, 그런 변명을 해도 말이야.

제단을 만든 사람은 세실, 리타, 이리스, 라필리아.

이르가파 영주 가문 별장은 석조 2층 건물이고, 복도에 사다리를 세우면 다락방으로 올라갈 수 있다.

높이는 사람이 간신히 서서 걸어갈 수 있을 정도고, 벽에는 작은 창도 달려 있다.

세실과 다른 사람들은 거기에『천룡의 알』을 놓아둘 제단을 만들었다.

물론 그렇게 대단한 것은 아니고,『안개 계곡』에서 회수해온 작은 보물 상자 속에 부드러운 천을 깔아서 알이 굴러떨어지지 않게 했을 뿐.

그리고 꽃병에 바다 근처에서 따온 꽃을 꽂았고, 보물 상자 앞에는『당신을 환영합니다』라고 적은 판을 놓아뒀다. 이쪽 세계에서 아이가 태어났을 때 제일 먼저 해주는 말이라는 것 같다.

"어떤가요…… 나기 님."

나랑 같이 다락방으로 올라온 사람은 세실.

리타와 다른 사람들은 각자 방으로 돌아갔다. 지금부터 수영복을 서로 보여주기로 한 것 같다. 가능하다면 내가 돌아갈 때까지 계속했으면 싶은데―『천룡의 알』은 미라 비룡 라이지카가 부탁한 일이니까 말이야. 할 수 있는 일은 해둬야지.

나는 제단 주위를 체크했다.

상자는 제대로 된 물건이다. 뚜껑은 가볍고 안쪽에서 열 수 있게 되어 있다.

천 덕분에 『천룡의 알』이 굴러다니지도 않고.

"그러고 보니 부화한 천룡은 인간 아이 정도 크기라고 했었지?"

"예. 그 뒤에 마력을 흡수해서 점점 커진다고, 라필리아 언니가 말했어요."

천의 위치를 조정하며, 세실이 대답했다.

"그러니까, 부화하면 스스로 뚜껑을 열고 밖으로 날아갈 수 있을 거예요."

"그렇구나."

톡, 세실의 머리에 손을 얹었다.

"잘했어. 지금은 이 정도면 될 것 같아."

"……다행이네요."

내가 머리를 쓰다듬어주자 세실은 안심한 것처럼 한숨을 쉬었다.

『천룡의 알』이 부화할 때까지 몇 주에서 일 년 정도 걸린다고, 미라 비룡이 말했다.

그러니까 일시적으로 둘 곳은 이 정도면 된다.

가능하다면 침입자를 막기 위한 트랩도 설치해두고 싶지만, 그건 라이지카한테 받은 보석을 돈으로 바꿔서 전용 스킬을 만든 뒤에 해야겠다.

바닥에 알을 감추기 위한 공간을 만드는 방법도 괜찮겠네. 아무도 알아차리지 못하고, 부화한 비룡이 간단히 지상으로 나올 수 있도록. 다락방이랑 어느 쪽이 좋은지 검토해야겠다.

그렇게 해서.

"그럼, 당분간 여기 얌전히 있어."

나는 『천룡의 알』을 천 위에 올려놨다.

"그럼, 저는 잠깐 여기서 『천룡의 알』 씨를 보고 있을게요."

"쉬어도 되는데. 세실도 수영복 입어보고 싶잖아?"

"…………그, 그건 괜찮아요. 미리 다 챙겼거든요!"

그렇게 말하고, 세실은 노예복 옷자락을 꽉 쥐었다.

살짝 고개를 숙이고서 날 보며. 입을 꾹 다물었다.

그리고는 눈을 감고, 옷을 단숨에 치켜 올리고, 뿅, 하고 머리 위로 벗어버리고—

"이, 이런 일도 있을까 싶어서, 저는 미리 입어봤어요!"

갈색 피부와 하얀 천이 눈으로 날아 들어왔다.

세실이 입고 있는 건— 하얀 비키니였다.

정확히 말하자면 하얀 비키니풍 이세계 수영복이었다.

기세를 타고 훌렁, 하고 옷을 벗어던진 세실은 창피한지 가슴을 손으로 가리— 려다가, 각오한 것처럼 차려 자세를 했다.

"저…… 저기…… 나기, 님. 어떤, 가요……?"

음…… 좋아. 아~주 좋아.

엄청나게 잘 어울린다.

전부터 생각했는데, 세실의 갈색 피부에는 하얀 옷이 잘 어울린다. 무구한 색이 세실의 귀여움을 두드러지게 해준다. 신비한 분위기도 평소보다 50% 정도 증가했다. 이거 대단한데.

"역시…… 안 어울리나요? 저, 수영복은 처음이라서…………."

세실은 창피한지 손으로 얼굴을 가렸다

하지만 창피한 건 내 쪽이다.

정말이지, 어떻게 된 거냐고. 내 상상력이 부족하다는 걸 이제야 알아차리다니.

원래 세계에서는 나름대로 귀여운 게임 캐릭터도 디자인 했었는데, 눈앞에 있는 세실한테는 도저히 당해낼 수 없다. 인정하자. 내 상상력은 아직 한참 멀었다.

그보다 중요한 건…… 수영복 입은 세실을 밖에 내놔도 되는 지다. 그리고 다른 사람들도. 수영복 차림으로 다른 사람들 앞에 내놓기에는 너무 예쁘고 눈에 띈다. 차라리 수영복을 입은 동안에는 외출 금지…… 아니, 그러면 의미가 없지.

그렇다면…… 사람들이 없는 시간대를 골라야 하려나. 세실이랑 다른 사람들을, 아무도 못 보게.

"…………나, 나기 님. 뭐라고 좀 해주세요……."

"『최고야』 말고 무슨 말을 하라는 거야?"

"──?!"

"한마디로 표현하자면 『순백의 옷을 걸친 요정』─ 이려나. 『마족』이라는 이름의 의미를 이제야 알았어. 그 매력이 무시무시하다는 의미로 『마』의 『일족』인 건가. 아~주 잘 알았어. 그 후예인 세실한테는 모든 매력이 응축돼 있구나. 솔직히 이 정도일 줄은 몰랐는데."

"나기 님…… 저기, 그게."

"만에 하나, 원래 세계로 돌아가게 된다면 세실도 데려갈 생각이었는데…… 다시 생각해야겠는데. 이 모습의 세실은 파괴력이 너무 엄청나. 밖에서 수영복 차림이 되면 국지적인 공황상태가 발생할지도 모르겠어. 하지만 세실한테 평생 해수욕을 금지시킬 수도 없고…… 이거 어려운 문제인데. 어떻게 해야 하지……?"

"나기 님…… 저기…… 잠깐, 잠깐만 기다려주세요."

"이쪽 세계에서 스마트폰은 못 가지고 왔는데 말이야. 옷 말고는 아무것도 없었으니까. 아깝다…… 정말 아깝다. 스마트폰이 있었다면 이 모습의 세실을 바탕화면으로 삼아서 들고 다녔을 텐데……."

"…………죄송해요 나기 님…… 이제 한계에요. 용서해주세요……."

…………어라?

어느샌가 세실이 두 손으로 얼굴을 가리고 웅크리고 앉아 있었다.

손가락 틈새로, 촉촉하게 젖은 새빨간 눈동자가 원망스럽다는 듯이 날 보고 있다.

"…………나기 님, 못됐어요."

그렇게 말하고, 세실은 조금 전에 벗은 노예복을 꼭 끌어안았다.

"굳이 가릴 건 없잖아."

"나기 님이 이상한 말을 하니까 창피하잖아요……."

"생각한 그대로 말했을 뿐인데."

"……진짜. 몰라요. 몰라!"

획. 세실은 고개를 돌리고는 볼이 빵빵해졌다.

"저 정도로 그런 소리를 하시다간, 다른 분들 수영복 차림을 보면 정말 깜짝 놀랄 걸요? 나기 님은 정말……."

세실은 안고 있는 노예복으로 가슴과 얼굴을 눌렀다.

"자꾸 그런 소리를 하시면 『천룡』 분이 태어나셨을 때 이를 거예요?"

"초월 존재한테 뭘 직소하겠다는 거야?"

"그, 그치만, 나기 님하고 만난 뒤로 행복한 일이 너무 많단 말이에요. 저는 마족의 마지막 한 명이고, 이해해줄 사람은 없을 거라고 생각했는데…… 어느새 너무너무 좋아하는 사람이 생기고, 가족 같은 동료도 생기고…… 정말로, 매일매일 꿈만 같아요. 저는 『천룡』 씨한테 그 행복을 가르쳐주고 싶어요. 나기 님과 이어지면 정말 행복하다고, 말이죠."

그렇게 말하고, 세실은 목을 장식한 목줄을 쓰다듬었다.

"제가 노예상인한테 있었던 게, 바로 얼마 전 일인데…… 왠지 생각도 안 날 만큼 옛날 일인 것 같아요."

그러고 보니 그랬지.

나도 아주 오랫동안 다 같이 여행을 했던 것 같은 기분이 들지만, 사실은 이쪽 세계에 온지 두 달도 안 됐으니까.

왕도에서 뛰쳐나왔을 때는 별장에서 느긋하게 쉴 수 있으리라고는 생각도 못 했었지.

"저는 쭉, 세상이 무서운 곳이라고만 생각했어요."

살짝 울먹이는 눈으로, 세실이 말했다.

"이렇게 나기 님이랑 리타 언니네랑 같이 살고, 여행하고……
나기 님이랑 만난 뒤로 매일매일 너무너무 즐거운 일들이 넘쳐날
정도예요. 아마도, 지금 당장 나기 님을 위해서 죽는다고 해도 후
회는 안 할 거예요."

"세실이 죽으면 내가 후회할 테니까, 그건 안 돼."

"예. 그러니까 저는 살아서 나기 님 곁에 있을 거예요."

그렇게 말하고, 세실이 웃었다.

"천룡 분한테도 가르쳐주고 싶어요. 세상은 무섭지 않아요. 나
기 님이 있으니까, 무슨 일이 일어나건 괜찮아요― 라고."

『……정말?』

"예. 정말이에요. 저는 나기 님 덕분에 세상이 무섭지 않게 됐
어요."

『…바깥세상, 안 무서워……?』

"예. 제가 무서운 건 나기님이랑 헤어지는 것 뿐이에― 어라,
잠깐?"

"세실!"

나는 세실의 팔을 잡아당겼다.

『천룡의 알』과 세실 사이에 끼어 들어서 가느다란 몸을 끌어안

았다.

뭐야 이거.

이상하다. 『천룡의 알』이 고동치기 시작했다.

두근, 두근, 하고 흔들린다.

떨리고, 흔들리고, 나도 알 수 있을 정도의 마력이 감돈다.

『안 무서워?』

작은 아이 같은 목소리가 들린다.

『나쁜 짓, 안 해?』

『태어나도…… 괜찮아?』

알에서 빛이 흘러나온다. 눈앞이 새하얗게 물들었다.

쭉, 하고 뭔가가 나오는 것 같은 소리가 들린다.

……너무 일러.

『천룡의 알』은 지난 번 천룡이 죽은 토지에서 마력을 흡수해서 부화한다고 했는데.

하지만 우리는 이제 막 여기에 내려놨는데.

이렇게 일찍 부화하다니…… 그렇게 되면.

…………어라? 딱히 곤란할 것도 없나……?

오히려 편하고 좋네.

이대로 태어나서 날아가 주면 우리 일은 완전히 끝나는 거잖아?

빛이 사라지고, 그 생물이 우리 앞에 모습을 드러냈다.

축축한 소리를 내며, 천천히 일어났다.

"……시로?"

첫 인상은 그것이었다.

새하얗다.

얼굴도, 목도, 등도, 팔다리도.

부화한 천룡이 인간 아이 정도 크기라는 정보는 맞았다.

그 작은 알에서 그런 크기의 생물이 태어나다니 — 대단하네. 역시 이세계야. 내 상상 따위는 간단히 초월해버리네.

갓 태어난 천룡은 하늘색 눈으로 날 보며 —

"…………시로? 그거, 이름?"

플래니타 블론드의 머리카락을 흔들며, 힘없는 얼굴로, 미소를 지었다.

몸에는 비늘도, 날개도 없다.

있는 것이라고는 귀 뒤쪽에 있는 집게손가락 크기의 뿔 정도.

99% 정도는 — 사람 모습이다.

날개가 있는 도시 『샤르카』에서 봤던 하얀 사람의 환영을 그대로 어리게 만들어 놓은 느낌이다.

"…………정말이네. 안 아프네…… 안 무섭네?"

작은 사람 모양 천룡은 나와 천룡을 향해 손을 내밀었다.

반사적으로 그 손을 잡았더니, 천룡은 내 손을 꼭 잡았다.

"만져도………… 괜찮아…… 상냥한 느낌."

새하얀 손. 둥그스름한, 다섯 손가락.

사람 어린아이의 손이었다.

"잠깐만. 너 정말로…… 천룡이야?"

"시로는, 시로인데?"

그렇게 말하고, 작은 소녀는 내 손에 볼을 문질렀다.

"당신이, 그렇게 불렀으니까."

……………………………………뭐요?

"다른 사람들이 시로한테 『주인님 너무 좋아』라는 마음을 전해
줘서…… 여기 있는 사람들은 무섭지 않을 것 같아서…… 시로는
태어나기로 했는데?"

잠깐만. 무슨 말인지 모르겠는데.

마음을 전했다니, 누가?

"……세상은 무섭지 않다고, 시로한테 가르쳐줘."

시로라고 말한 하얀 소녀, 나를 보며—

"억지로 일하지 않아도 된다고, 가르쳐줄래? 선대 천룡의 마력
따위는 없어도 되니까……."

울먹이며, 그런 말을 했다.

제16화 「초월 존재가 인사하러 왔다. 그리고 그대로 돌아갔다」

"아, 아까는 당황해서 미안해. 천룡 유생체, 시로야."

아까와는 전혀 다른 차분한 말투로, 시로가 말했다.

어째선지 내 무릎 위에 옆으로 앉아서.

그 뒤에 나는 세실과 함께 시로를 다락방에서 데리고 나와서 옷을 입혔다.

우리가 있는 곳은 별장 거실.

세실, 리타, 이리스, 라필리아는 제각기 의자에 앉아서 흥미진진한 눈으로 우리를 보고 있다.

참고로 아이네는 차를 준비하고 있다.

"이거…… 차? 냄새 좋다. 따뜻해……."

시로는 잔을 만져보고─ 손가락으로 찌르려고 해서 황급히 말렸다.

불만스레 「뚱~」한 표정을 지었지만, 위험하니까.

"갓 태어난 시로의 『호기심』을 방해하는 건 좋지 않을 것 같은데?"

그렇게 말하고, 시로는 완전히 평평한 가슴을 활짝 폈다.

"물론, 시로로 그쪽의 호기심을 채워도 됩니다만?"

"그럼 물어볼게. 시로는 천룡이지."

"맞아. 유생체이기는 하지만."

"어째서 천룡이 사람 모습으로 태어난 거야?"

"뭐라고 해야 할까. 시로는, 태어나기는 했지만 진짜는 아니니까."

"진짜가 아니라고?"

"시로의 몸은 『천룡의 알』에 문제가 생겼을 때 깨어나는, 일시적인 것."

가느다란 손을 내 앞에서 펼치고, 닫으며, 시로가 말했다.

일시적인 것이라고 했지만 실체는 있다.

"그러니까, 만질 수 있는 유령 같은 거야?"

"맞아 그거야. 이 몸은 긴급시를 위한 것이고, 마력이 떨어지면 알로 돌아가거든!"

그러더니 자기 말투가 어린애 같았다는 것을 눈치챘는지, 시로가 황급히 고개를 저으며 말하길.

"시로는 천룡의 『의사 형태(疑似形態)』이며, 이 신체가 『마력 소모』가 적기에, 그런 연유로."

"억지로 어른처럼 말하지 않아도 되니까."

"이, 인간 앞에서, 어린아이처럼 말하면 처, 천룡의 권위가──."

"이미 늦었으니까."

알몸으로 알에서 나온 데다 응석 부리며 안긴 시점에서 권위고 뭐고 없으니까.

"그렇다면 시로의 본체는 알 속에 있고, 지금의 시로는 마력으로 만든 임시 모습이라는 거야?"

"그러하다. 훌륭하군."

정답인 것 같네.

시로의 허리에 사슬이 감겨 있고 『천룡의 알』이 거기에 매달려 있는 건 그런 이유 때문인가.

"시로가 나타난 것은 눈뜨게 해준 모두에게 인사하기 위해서."

시로는 세실, 리타, 아이네, 이리스, 라필리아를 차례로 돌아보고 정중하게 인사했다.

"다시 인사할게, 시로야. 모두 덕분에 시로는 밖에 나올 수 있었어."

진지하게 인사하는 꼬마에게, 다른 사람들도 답례했다.

"저기, 시로. 나고 물어볼 게 많은데 말이야……."

리타가 앉아 있던 의자에서 일어나 우리 쪽으로 걸어왔다.

"일단 말이야…… 쓰다듬어도 될까?"

"해도 될 것 같지만, 하악하악은 하지 마라, 리타."

리타는 두 손을 조물조물, 게다가 동물 귀는 쫑긋쫑긋하면서 시로를 보고 있다.

시로는 그런 리타를 보며 햇님처럼 환하게 웃는 얼굴로,

"상관없어. 리타 양은 시로의 『엄마』 같은 존재니까."

"엄마~?!"

"시로는 모두의 『주인님 너무 좋아』라는 마음에 반응해서 태어났거든? 그러니까, 말하자면 『리타 엄마』야."

"하윽!"

리타는 가슴을 누르면서 몸을 뒤로 젖혔다.

"뭐, 뭐야 이 파괴력. 작은 아이가 날 『엄마』라고 불렀을 뿐인데……."

"시로, 알일 때 다 들었거든?"

"들었다니…… 뭘?"

"아무리 강해져도 리타 씨의 충성심은 변함이 없고, 시로가 나기 아빠를 아무리 좋아한다고 해도, 리타 엄마한테는 못 당할 거라고 했잖아?!"

"와우우우우우우웅!"

아, 도망쳤다.

그렇구나, 리타는 『천룡의 알』한테 말을 걸었구나…….

그런데, 왜 아이네도 조용히 멀리 떨어지고 있지? 둘 다 『알』한테 무슨 소리를 했던 거야?

"그래서, 천룡의 긴급 사태라는 게 뭐야. 시로?"

"마력 부족, 이려나?"

시로는 내 가슴에 등을 기댔다.

팔다리는 가늘고 새하얗다. 플라티나 블론드의 머리카락은 허리까지 내려올 정도로 길어서, 세실이 간단하게 찐빵 모양으로 묶어줬다. 겉보기로는 이리스보다 조금 어린 정도.

용 같은 구석은 딱 하나. 귀 뒤쪽에 있는 짧은 뿔.

"천룡은 태어난 뒤에 선대 천룡의 마력을 이어받거든. 그런데, 지금은 그 마력이 들어오질 않아. 그래서 시로는 이 몸으로 태어났어."

시로의 말에 의하면 천룡은 죽은 뒤에 다음 세대에게 모든 능력을 물려준다는 것 같다.

먼저 죽을 때를 깨달은 천룡은 좋은 토지를 고르고 거기서 죽는다.

그리고 알은 그 토지의 마력을 천천히 흡수해서 용의 모습으로 부활한다.

그렇게 해서 다음 천룡이 되고 인간과 용의 수호신이 된다.

하지만 지금은 선대 천룡의 마력이 시로 안으로 들어오지 않는 상태라는 것 같다.

"그러니까, 그런 얘기에요. 나기 님."

세실이 나와 이리스, 라필리아를 위해서 설명해줬다.

"천룡이 용의 신체를 유지하려면 선대 천룡의 마력이 필요해요. 하지만 지금은 어떤 이유 때문에 그것을 얻을 수가 없고. 그래서 시로 씨는 마력 소모가 적은 지금의 모습으로 태어났다는, 그런 얘기에요."

"지금 모습이 연비가 좋다는 뜻인가."

"『연비』가 뭔지는 잘 모르겠지만, 그런 뜻인 것 같아요."

하긴, 그 큰 덩치를 유지하려면 상당한 에너지가 필요하겠지.

"라필리아의 기억 속에는 이런 사태도 상정돼 있어?"

"그건 없네요오."

"그렇겠지."

"애당초 천룡은 신 같은 존재니까, 신께서『제대로 태어나지 않는다』는 일은 예상 밖이라고요오."

"이리스의『용종 초월 공감』에는 시로가 반응해?"

이리스 쪽을 보면서 말했다.

"예. 이분은 용의 일족이 틀림없어요."

"그렇구나."

"이렇게 있으면 동료라고 느껴져요. 오히려 친구가 되고 싶을 정도로."

"이리스는 해룡의 후예니까. 천룡하고는 친척 같은 건가."

시로 쪽도 이리스를 흘끗흘끗 보고 있다. 뭔가 느껴지는 게 있는 것 같다.

"시로. 하나 더 물어봐도 될까."

"예.『아빠』!"

시로가 두 팔을 벌리고 나를 봤다.

음. 진짜 파괴력이 대단하네.『아빠』라고 부르니까.

"……『아빠』는 일단 그렇다 치고, 시로는 태어났을 때『밖이 무섭다』『억지로 일한다』는 말을 했었지. 그건…… 미안, 억지로 생각하지 않아도 되니까!"

내가 그렇게 물은 순간, 시로의 눈에서 눈물이 뚝뚝 떨어지기 시작했다.

하얀 손바닥으로 눈을 훔치며 훌쩍, 훌쩍 소리를 내고, 시로는 필사적으로 할 말을 생각하고 있다.

"저기, 저기."

"응."

"무서우니까, 만져줄 수, 있어?"

"괜찮아."

나는 떨고 있는 시로의 등을 쓰다듬어줬다.

"시로는 태어나기 전에 꿈을 꿨어."

"……꿈?"

"새하얀 용의 몸에 커다란 말뚝을 박아서 움직이지 못하게 하는 거야. 무서운 사람이 말했어. 『인간의 수호신이라면 보다 효율적으로 일하게 해주마. 자, 일해라』라고. 선대의 마력을 되찾으려고 하면 그 꿈을 꿔. 무서운 게, 시로 안으로 들어오려고 해."

그것이 『봉인』 같은 것인지도 모른다고, 시로가 말했다.

"사실은 시로고 선대의 마력을 흡수하고 싶거든? 그런데, 함부로 다가가면 시로까지 봉인될 것 같고 무서워서…… 그런 게 있는 세상이 무서워서…………."

"시로?"

"……하지만, 리타 엄마랑 아이네 엄마가 『좋아좋아』라고 하는 말을 들었더니, 아주 조금 안 무서워졌어. 같이 있으면, 안 무서운 것…… 같아서."

작은 몸이 흔들리기 시작했다.

"시로는 그 『무서운 것』을 어떻게든 해서 마력을 되찾고 싶어?"

"…………응."

시로가 살짝 고개를 끄덕였다.

"……시로를 낳아준 엄마의 마력이니까…… 사명 같은 거랑 상관없이…… 되찾고 싶어……."

시로는 눈을 감고 잠들어버렸다.

하얀 빛이 가느다란 몸을 감싸고— 그것이 사라지자 시로는 알로 돌아가 있었다.

사람 모습이 됐던 것은 우리에게 인사하기 위해서.

그리고「같이 있게 해달라고」부탁하기 위해서, 라는 건가.

"유생체 분은 마력이 부족하면 알로 돌아가는군요······."

세실이 가르쳐줬다.

내 지식으로 번역하자면 지금의 시로는 기본 OS가 작동하지 않는 안전 모드고, 게다가 전력 부족.

이대로는 천룡의 힘을 얻을 수도 없고 완전히 태어날 수도 없다.

"게다가 무서운 꿈을 꿔서 무섭다고, 했지."

『효율적으로 일하게 해주겠다』니. 그게 대체 무슨 꿈이야.

그러고 보니 나도 꿨었지. 원래 살던 세계에서.

블랙 아르바이트 때문에 완전히 지쳤던 날 밤에.

그것 때문에 밤에 잠자리에 누워서도 꿈속에서 전화 응대와 접객, 클레임 대응을 했었지. 그 덕분에 다음날 일어났을 때는 잠을 잔 것 같지도 않았고. 잠꼬대로 떠들어댄 탓인지 목도 갈라져 있었다.

시로는 알 상태에서 그런 꿈을 꾸고 있는 건가.

끔찍하다. 진짜 싫다~.

그리고 시로가 꾸고 있다는 꿈의 내용도 신경 쓰인가.

『효율적으로 일해라』는 목소리와『봉인』이 라필리아한테 걸려 있던『불운 초래』스킬과 겹쳐진다. 그것도 라필리아에게 사명을 다하도록 하기 위한 저주 같은 것이었으니까.

시로에 꿈에 대해서도 사제한 내용을 알게 되면 대처할 수 있을지도 모른다.

"모두에게 상담할 게 있어. 리타도 아이네도 이쪽으로 와봐."

리타와 아이네는 아직 얼굴이 빨갛지만, 일단 의자에 앉았다.

"나는 치트 스킬을 써서 천룡한테 걸려 있는 봉인에 대해서 알아보고 싶거든. 모두도 힘을 빌려줬으면 싶어."

"그렇군요. 잘 생각하셨네요, 오빠."

이리스는 빙긋, 미소를 지었다.

"악몽을 꾸고 있는 시로 씨를 도와줘서 천룡을 완전히 저희 편으로 만들 생각이신 거죠?"

"뭐?"

"……예?"

아…… 그랬었지.

『안개 계곡』에서 천룡을 우리 편으로 만들어서 귀족들을 막겠다고, 그렇게 말했었지.

음, 그래. 시로를 돕는 건 우리들의 목적을 위해서.

위험했다.

블랙한 꿈을 꾸고 있는 시로가— 어릴 적에 친척집을 돌아다니면서 불안하고, 무서워서— 매일 밤 악몽을 꾸던 내 꼴 같았다는 게 들키면…… 창피하니까. 위험해, 위험했다.

"응, 맞아. 천룡을 우리 편으로 만드는 건 중요해. 아주 중요해."

"저, 저기, 오빠?"

"이리스 말이 맞아. 천룡 유생체를 도와주면 우리가 용의 유산을 손에 넣을 수 있을지도 몰라. 그렇게 되면 『일하지 않고 먹고 사는』데 도움이 될 거야. 모두는 휴가 중이니까 이번 일은 내가 거의 다 하겠지만, 조금만…… 도와줘."

어라? 다들 왜 따뜻한 눈으로 날 보고 있는 거지?

세실이랑 리타는 서로 마주보면서 고개를 끄덕이고 있고, 아이네는 말없이 내 앞에 찻잔을 내려놓고. 이리스랑 라필리아는『천룡의 알』을 쓰다듬으면서 뭔가 상냥한 표정을 짓고 있다.

"알겠습니다. 옛 피를 지닌 마족으로서 저도 협력할게요."

"이 리타 멜페우스가 작은 아이의 위험을 못 본 척 할 수는 없잖아."

"시로 씨를 돌보는 건, 아이네한테도 장래의 예행연습이 되니까."

"이리스는 용의 권속으로서 도울게요."

"제 지식도 도움이 될 거예요!"

전원 의견 일치.

이번에는 내가 모두에게 의뢰하는 퀘스트라는 형태다.

목적은 천룡의 트라우마 해소와 원인 특정.

『천룡의 유생체 구제 퀘스트

목적 : 시로의 악몽 원인 규명.

기한 : 『천룡의 알』과 같이 있는 동안.

담당 : 뭔가 대책이 생각났을 때 대응하는 스킬을 가진 사람.

보수 : 소마 나기가 부탁을 들어주는 권리(노예 한 사람당 1
　　　회씩)』

"그럼 이리스, 바로 내일부터 도와줄래?"

"예! 알겠습니다, 오빠!"

이리스가 벌떡 일어나서 손을 들었다.

"그럼, 이리스는 뭘 하면 되나요?"

"나랑 같이 자자."

"예, 기꺼이………… 예?"

"이건 이리스만 할 수 있는 일이야. 나랑 끌어안고, 딱 붙어서 잤으면 싶어."

시로의 꿈이 이리스에게 어떤 영향을 주게 될지 모르니까, 가능한 나하고의 접촉 면적이 많은 쪽이 좋다. 서로 안고 자는 게 제일이다.

이리스한테는 용과 의사를 소통하는 능력이 있으니까 그걸 빌리자.

"아, 알겠습니다. 이리스는 『해룡의 용사』의 말에 따르겠습니다."

이리스는 각오한 것처럼 주먹을 꽉 쥐고 천장을 향해 내질렀다.

왠지 미안하네. 저렇게 작은 이리스한테. 너무 힘들지 않게 조심해야지.

내 주인님으로서의 그릇을 시험받는 일이 되겠지.

"물론 『천룡의 유생체 구제 퀘스트』는 휴가와 동시에 진행할 거야. 다시 말하지만 이번 퀘스트는 거의 내가 할 테니까. 다른 사람들은 조금씩만 도와줘."

제17화 「『천룡의 알』을 돕기 위해, 무녀에게 키스하고 안아주고 같이 잤다」

"마, 많이 모자란 몸이지만, 잘 부탁드립니다. 오빠."

이리스가 방바닥에서 큰절을 했다.

여기는 내 방.

지금은 그때부터 하루가 지난 밤.

하얀 잠옷을 입은 이리스가 바닥에 앉아서 긴장한 얼굴로 날 보고 있다.

별장에 있던 잠옷은 원래 살던 세계의 가운과 비슷한 것이다.

날씬한 체형의 이리스에게 잘 어울린다. 그래도 너무 답답한 건 싫은지, 가운 허리띠를 살짝 풀어놨다. 그 탓에 쇄골 아래쪽, 활짝 열린 곳이 다 보이는 데 말이야.

"지금부터 나랑 이리스가『천룡의 알』에 간섭해서 시로가 악몽을 꾸는 원인을 찾아볼 거야."

나는 침대 베갯머리에 놓아둔『천룡의 알』을 건드렸다.

"방법은 아까 설명한 대로인데, 괜찮겠어?"

"예. 이리스가, 오빠랑 이, 입을 맞추고, 안고서 잠들고…… 그 다음엔, 오빠한테 전부 맡기면 되는 거죠?"

"구체적으로는 이리스의『용종 초월 공감』과 내『의식 공유』를 쓰는 거거든."

"표현이 너무 사무적이면 이리스 안에 있는 소녀가 울거든요?"

이리스는 불만이라는 것처럼 양쪽 손가락을 콕콕 부딪쳐댔다.

그리고 잠옷 허리띠를 다시 묶고, 옷깃을 바로잡고, 준비 완료라고 고개를 끄덕였다.

나는 이리스의 가느다란 팔을 잡아서 일으켜 세웠다.

이리스는 이젠 마음대로 하라는 것처럼 팔다리를 쭉 뻗고 있는데, 빤히 쳐다보는 게 창피한지 잠옷 옷깃을 붙잡고 고개는 옆으로 돌렸다.

"이건…… 이리스만 할 수 있는 일, 맞죠?"

귓불까지 새빨개진 이리스가 조용히 중얼거렸다.

"이리스는, 저만 용의 피를 이어받은 게 창피하다고…… 그렇게 생각했었어요. 하지만 그 덕분에 오빠 것이 됐어요. 그러니까 이 힘도, 오빠가 쓰기 위한 것……."

"고마워, 이리스."

"너무 남 같잖아요? 이르가파에 이런 속담이 있어요.『같은 배를 타고 풍랑을 뛰어넘는 자는…… 조, 좀 더 가까운 존재이자, 사랑하는 가족과도 같은 존재……』."

홱.

한계인지, 이리스가 고개를 돌린 채 손으로 얼굴을 가렸다.

"뭐, 우리 파티는 가족 같은 거니까."

"아으. 오빠……."

"그러니까, 무리하게 할 생각은 없어. 한계다 싶으면 참지 말고 얘기해."

내가 묻자 이리스가 고개를 끄덕였다.

지금부터 우리는『용종 초월 공감』을 써서 알 상태인 시로와 링

크한다.

그 이리스와 내가 『의식 공유』로 연결돼서 시로가 악몽을 꾸는 원인을 확인하는 것이다.

『천룡의 알』은 침대 베갯머리에.

두 사람이 같이 벨 수 있는 베개 옆에, 쿠션 위에 올려놨다.

"그럼 이리스, 이 상태의 시로와 링크할 수 있는지 시험해봐."

"예. 기동할게요 『용종 초월 공감』."

이리스는 『천룡의 알』을 만지며 스킬을 기동했다.

"느껴져요. 시로 씨, 이 안에서 꿈을 꾸고 있어요. 여기까지 접근하면 알 수 있어요. 같이 자면 같은 꿈을 꿀 수 있을 것 같아요."

"알았어. 나도 꿈을 꿀 수 있게 『의식 공유』를 부탁해."

"아, 예."

이리스는 잠옷의 가슴께를 꼭 붙잡고 눈을 감았다.

"발동 『의식 공유 LV1』."

"……하으. 하~ 아흐, 하으."

서로의 입술이 떨어진 순간, 계속 숨을 참고 있던 이리스가 가슴에 손을 얹고 숨을 쉬었다.

"이, 이제 오빠랑 같이 자기만 하면 되겠네요."

"자는 건 이리스뿐이야. 나는 이리스의 꿈을 관찰해야 하니까."

"……예?"

이리스가 땡, 하는 느낌으로 눈을 크게 떴다.

어라? 설명 안 했던가?

"오빠는, 깨어 있는 건가요?"

"응. 나는 꿈을 관찰하는 입장이니까."

"자는 건, 이리스만?"

"같이 안 자면 불안해?"

"그런 얘기가 아니에요—! 오빠아아아아!"

팡, 팡팡.

작은 손바닥으로 베개를 두드리는 이리스.

"이리스는 자는 얼굴도, 꿈도, 전부, 오빠한테 일방적으로 보여
주기만 하는 건가요?"

"맞아."

"새, 생각했던 거랑 달라요——!!"

이리스는 눈물까지 글썽이지만, 그래도.

"내가 잠들면 시로의 꿈에 간섭할 사람이 없잖아?"

다 같이 무의식상태에 빠질 수는 없으니까.

"……아으."

"이상한 짓은 안 할 테니까."

"그건 괜찮지만…… 오빠."

일어난 이리스가 꽉, 내 어깨를 붙잡았다.

"이리스가 아무리 창피한 잠꼬대를 해도, 어떤 얼굴이 돼도, 어
떤 꿈을 꾼다고 해도, 실제 이리스랑은 아무 관계없고, 전부 가상
의 일이라고 생각해 주시겠어요?"

말도 안 되는 소리를.

그래도 뭐…… 어쩔 수 없겠네.

이번 『천룡 유생체 구제 퀘스트』는 내가 의뢰한 일이니까.

이리스의 바람은 최대한 들어주자

"알았어, 이리스."

"어쩔 수 없는 일이잖아요. 이리스도 잠을 자야, 시로 씨와 꿈을 공유하기 쉬울 테니까."

이번에는 『용에게 말을 거는』 것이 아니라 『용과 같이 꿈을 꾸는』 것이 목적이니까.

그래서 이리스도 잠드는 쪽이 의식을 링크하기 쉬워지는 것 같다. 이리스도 거기엔 납득했지만.

고개를 돌리고 입을 다물고 있는 게, 왠지 마음에 안 드는 것 같다.

『──그치만, 어떻게 하죠.』

이리스는 침대 시트를 꼭 쥐었다.

『─이리스의 잠버릇이 나쁘다는 걸, 오빠가 알게 될 텐데. 땀 때문에 비늘이 나타나면 잠옷이 쓸리는 게 싫어서 벗어버리는 것도. 어쩌면 베개에 「나기 오빠」라는 이름을 붙이고 안고 자는 것까지?!』

……음, 역시. 좀 그런 것 같네.

『아, 그리고. 이리스가 어릴 적에 어머니가 해주셨던 것처럼 머리를 쓰다듬어주면 편하게 잠드는 것도…….』

"알았어."

쓰담쓰담.

"오, 오빠."

쓰담쓰담, 쓰담쓰담.

"아, 이런! 지, 지금은『의식 공유』중이었죠. 아, 안 돼요, 오빠. 이리스는 오빠 앞에서 창피한 모습을 보일 수는─ 아, 안 돼……."

쓰담쓰담, 쓰담쓰담쓰담쓰담쓰담쓰담……

"…………코오."

이리스는 그대로 푹, 하고 잠들어버렸다.

이걸로 제1단계는 완료.

『천룡의 알』을 이리스의 몸에 대고.

이제 혹시 모르니까 이리스의 손을 잡고, 나도 누워서 눈을 감으면─ 틀림없이 이리스와 시로가 꾸고 있는 꿈속에─

『──그가아아아아아아아아────!』

보인다.

이미지가 직접 머릿속으로 흘러들어온다.

어두운 세계다. 하늘은 검은 구름에 뒤덮였고, 멀리서는 천둥소리가 들린다.

"오, 오빠아아아아!"

먼저 꿈속에 들어와 있던 이리스가 날 끌어안았다.

"괜찮아, 이리스?"

"이리스는 오빠가 있으니까 괜찮아요. 그런데, 이게 『천룡의 알』이 꾸고 있는 꿈……?"

땅바닥에 누워서 발버둥 치는 새하얀 용에게 거대한 말뚝이 박혀 있다.

긴 목과, 뿔과, 거대한 날개. 진주색 뿔은 시로의 귀 뒤쪽에 있는 것과 같은 색.

이것이 『천룡 브란샤르카』― 아니, 선대 천룡의 마력인가.

마법사가 아닌 나라도 강력한 마력이 찌릿찌릿하게 느껴진다. 그야말로 초월 존재다.

"……시로는?"

있다. 하얀 용한테서 떨어진 곳에서 무릎을 끌어안고 잠들어 있다.

주위는 바위로 둘러싸여 있다. 그것이 용의 목소리와 마력을 가로막고 있는 것 같다.

"이리스는 전설이라든지 잘 알지. 이 꿈에 어떤 의미가 있는 것 같아?"

"그, 그러니까요."

이리스는 내 가슴에 안긴 채 고개를 들었다.

"예전에 같은 전설을 들은 적이 있어요. 꿈속에서 신과 이어진 사람의 이야기예요. 그 사람은 마력으로 초월 존재와 이어져서 힘을 빌렸다는 것 같아요. 그것과 비슷하다고 생각하면 시로 님은 현실에서도 선대 천룡의 마력과 이어져 있고, 이 꿈은 이어져 있는 선대 천룡의 마력과 연결돼 있고, 이 꿈은 그 의식…… 잔류 사념 같은 것이 흘러들어오고 있는 것이겠죠."

"그리고…… 미라 비룡 라이지카의 의견을 더해보면……."

알은 천지의 마력을 흡수해서 부활한다.

우리가 정해진 장소에『천룡의 알』을 운반해서 선대 천룡의 마력과 연결됐다.

그리고 그것이 또렷한 꿈이 돼서 나타났다는 건가.

그런데, 이상하다. 천룡은 사람과 용의 수호신이었는데…… 이래서는 악룡이 봉인된 것 같잖아.

『너는 천룡』『인간의 편』『그렇다면 영원한 마력 공급원이 되어라』

목소리가 들려온다.

천룡에게 박혀 있는 말뚝에서.

거기에서 꿈틀거리는 검은 뱀이 나타나서는 천룡에게서 뭔가를 빨아들이고 있다.

『너는 천룡』『인간의 편』

『도구가 되어라』『모든 것을 바쳐라』『효율적으로, 일할 수 있도록』

귀를 막고 싶어지는 목소리가.

나는 이리스와, 이리스는 시로와 이어져 있어서 블랙한 사념이 직접적으로 전해져 온다.

나는 안고 있는 이리스의 등에 손을 대고, 쓰다듬었다.

무리라고 생각하면 『구심 포옹 LV1』으로 『수면 상태 해제』를 해 줄 준비는 하고 있다.

하지만 이리스는 「해룡의 무녀로서 천룡과 시로 씨는 그냥 둘 수 없어요」라고 말해줬다.

"천룡 브란샤르카에게 고한다!"

그래서 내가 쓰러진 천룡을 향해 외쳤다.

"이쪽은 해룡의 용사와 해룡의 후예인 무녀다! 사연이 있어서 비룡 라이지카로부터 『천룡의 알』을 맡게 됐다!"

끼익, 천룡이 눈을 떴다.

천룡의 눈동자. 시로와 같은 색이다.

"그리고 유생체로부터 악몽 이야기를 듣고, 구제하기 위해 꿈 속으로 들어왔다. 이야기를 들려줬으면 싶어!"

『…………해룡………… 그 작은 뱀과 인연이 있는 자………… 입니까.』

이쪽을 알아차렸다.

그나저나 해룡 케르카톨이 작은 뱀이라니.

『……내 아이를………… 옛 피를 지닌 이가…… 맡아…… 줬 다니.』

"당신이 천룡 브란샤르카가 맞나?"

『……나는 천룡의 마력에 깃은 잔류사념일 뿐. 천룡은 이미 사 라졌고, 땅으로 돌아갔다.』

"하지만 당신은 아직 여기에 존재하고 괴로워하고 있잖아."

『내가 죽은 뒤에 마력을 깃들인 땅을, 누군가가 봉인했습니다.』

그것이 몸에 박힌 말뚝의 정체라는 것 같다.

천룡은 수백 년 전에 날개가 뜯어진 상태로 지상에 떨어졌다. 날개는 『샤르카』에, 몸은 지금의 『마법 실험 도시』라는 곳에. 육체가 사라진 뒤에 그 잔존 마력은 그대로 알이 이어받아야 했다.

하지만, 그러지 못했다.

천룡은 초월 존재지만 죽은 뒤에는 빈틈이 생긴다.

그 빈틈을 노리고 누군가가 천룡의 마력에 봉인을 설치했다.

그것이 시로에게 흘러 들어가야 할 『선대 천룡의 마력』을 고정해서 움직이지 못하게 하는 것이다.

현실에서는 모노리스나 오브제가 되어 있을 것이고.

봉인한 마력을 누군가가 멋대로 쓰고 있는 건 아닐까, 라는 얘기다.

"그 누군가는……?"

『모르겠습니다.』

당연한 얘기겠지. 천룡은 죽었으니까.

『천룡은 예정했던 곳과 다른 장소에서 죽었습니다. 심복인 라이지카에게 알을 맡기고, 마지막으로 세계를 둘러보기 위해 날아오른 뒤에…… 날개가 잘려나간 것은 기억합니다. 그 뒤에, 무슨 일이 있었는지는…… 모릅니다.』

"어쩌죠…… 오빠."

이리스가 내 손을 쥐었다.

"이리스는, 동료 용이 이렇게 된 모습을 보고 싶지 않아요."

"나도 그래."

죽은 뒤에도 억지로 일하게 하지 말라고.

천룡은 인간 편을 들어주려고 하는데, 왜 효율까지 생각해야 하는 거냐고.

『……어째서 이런 일이. 나는 인간이 귀여워서 도와줬을 뿐인데…….』

천룡이 투덜댔다.

『인간은 작고, 귀엽고, 그냥 둘 수가 없어서, 그래서 수호신이 되어줬는데. 어째서 죽은 뒤에도 효율적으로 일하라는 말을 들어야 하는 걸까요…… 다음 세대의 천룡은…… 지키고 싶으면 사람을 지키고, 그러고 싶지 않으면 그냥 두겠지요. 그런데 마력으로 사용하고, 강요하다니…… 영문을 모르겠습니다.』

"나도 그렇게 생각해."

『특히…… 이 검은 뱀이…… 기분 나쁩니다.』

천룡은 고개를 들고 말뚝에서 새 나오는 검은 뱀을 노려봤다.

『이것은 용에 기생하는 생물「아즈루가의 검은 뱀」을 본뜬 것입니다. 그것이 제 마력을 빨아들이고 있습니다. 가장 싫어하는 생물을 본뜬 봉인이라니…… 악취미로군요.』

이게 이 세계의 수호신한테 할 짓이냐고.

『저는…… 가능한 화를 내지 않으려고 해왔습니다. 하지만, 한계는 있습니다…… 조금이나마, 화가 현실에도 새어나가고 있겠지요…… 그것이 주위에 영향을 미치지 않으면 좋겠습니다만…….』

"영향을 미치면, 어떻게 되죠?"

『마물이 흉포해집니다.』

"……흉포해진다."

『저 자신도 이런 상태가 오래되면…… 제정신이 아니게 될지도 모릅니다…… 그것이 다음 대의 천룡에게도 옮겨간다면, 인간을 공격하는 악룡이 될 가능성도…… 당신이 용의 편이라면, 도와줬으면 합니다…….』

천룡의 눈은 너무나 상냥하고, 왠지 울고 싶어 하는 얼굴처럼 보였다.

누가 만든 『봉인』인지는 모르겠지만, 죽은 뒤에도 이런 짓을 당하면 천룡이 화가 나는 것도 당연하겠지. 초월 존재의 분노라면 주위에도 영향을 미칠 테고. 최악의 경우에는 시로한테 그 분노가 옮겨갈 가능성이 있다는, 그런 뜻인가.

……그건 싫다.

시로가 흉포해져서 사람들을 공격하는 모습은 보고 싶지 않다. 솔직히 말해서 왜 태어나자마자 그런 꼴을 당해야 하는 거냐고.

『봉인』— 누군가가 설치한 것. 천룡의 잔류 마력 안에 있는 것.

그리고 잔류 마력과 시로가 이어져 있고, 그 시로와 이리스와 내가 이어져 있다.

할 수 있을까……? 이 상태라면. 내가 봉인에 간섭할 수 있을까?

"몇 가지 질문할 게 있는데, 괜찮을까."

『얼마든지…… 그것이 내 아이를 구제할 방법이 된다면.』

천룡 모양을 한 존재가 나를 보며 천천히 고개를 끄덕였다.

"먼저 첫 번째 질문. 당신─『천룡의 잔류 마력』이 알과 이어져 있다고 생각해도 되겠지."

『예.』

고개를 든 천룡이 가볍게 끄덕였다.

『내가 죽은 땅에 다가갈수록 알과의 연결이 강해집니다. 원래는 그것을 통해서 마력이 흘러 들어가야 했습니다.』

좋았어, 첫 번째 조건은 클리어.

"두 번째 질문이야. 당신과 천룡의 유생체가 이어져 있다는 건 『봉인』도 유생체와 이어져 있다고 생각해도 되는 건가?"

『그 물음에도 「예」라고 대답하겠습니다. 그렇지 않으면 알이 영향을 받을 일도 없습니다.』

"세 번째 질문. 당신에게 박혀 있는 봉인은 당신의 마력에 간섭하는 것. 즉『잠금 스킬』같은 건가?"

『정확한 것은 불명입니다만…… 듣고 보니…… 그에 가까운 것이기는 합니다.』

그럴 것 같더라.

리타도 예전에『신성력 봉인』을 당한 적이 있으니까.

그리고 라필리아한테 걸렸던『불운 초래』도 같은 것이었고.

"그렇다면 어떻게든 될 것 같은데?"

『당신은 해룡과 인연이 있는 자였죠?』

"『내방자』이기도 하지만."

『심복이었던 라이지카가 알을 맡겼다면 믿을 수 있다는 것은 알겠습니다. 그리고…….』

천룡의 마력은 옆에서 잠들어 있는 시로를 봤다.

『유생체가 편하게 여기는 것이 느껴집니다. 당신 곁에 있으면…….』

"어쩌다 보니 그렇게 된 거야. 할 수 있는 일을 할게."

『해룡의 혈연자도, 당신을 믿고 있는 것 같습니다.』

"예. 물론이죠!"

이리스가 척, 하고 손을 들었다.

"이 이리스 하페우메어는 오빠께서 인생을 열어주셨어요. 이리스의 바람은 평생동안 오빠와 함께 하는 것입니다. 그런 오빠가 도와주고 싶다고 생각한다면, 이리스도 시로 씨를 구하기 위해서 온 힘을 다 하겠어요."

『시로…… 그것이 유생체의 이름…… 입니까.』

천룡은 한쪽만 남은 날개를 살짝 펄럭였다.

『좋습니다. 천룡 브란샤르카의 잔류사념은 당신을 믿습니다. 달리 물을 것은?』

"응. 하나만 더 가르쳐줬으면 싶은 게 있는데."

이게 마지막 질문이다.

긴장된다…… 까딱하면 천룡의 마력을 화나게 만들 가능성도 있으니까.

이리스에게 귀엣말을 했다.

천룡이 화를 내면 바로 『용종 초월 공감』을 해제하라고.

이쪽도 이리스의 등에 손을 대서 『구심 포옹 LV1』을 바로 발동할 수 있게 준비했다.

심호흡을 하고…… 좋았어.

"천룡의 잔류 마력에게 묻겠는데."

내가 말했다.

"당신의 유생체를, 내 노예로 만들어도 될까?"

제18화 「다음 세대 천룡과 계속 같이 있게 됐다」

『…………. 뭐라고.』

천룡의 목소리가 변했다.

하늘색 눈이 치켜 올라갔다. 거대한 목에서 그르르, 하는 소리가 난다.

『노예…… 라고, 했나. 다음 세대 천룡을, 네 노예로.』

"나는 노예의 스킬에 간섭하는 힘이 있어."

빠르게 말했다.

"그 『간섭하는 힘』을 이용해서 노예의 『봉인용 잠금 스킬』이나 『불운 초래』 스킬을 본인에게 도움이 되는 스킬로 바꿔왔어! 당신의 봉인이 『잠금 스킬』 같은 것이라면, 내 힘으로 바꿔버릴 수 있을지도 몰라!"

"…………!"

이리스가 내 가슴에 매달렸다.

"하지만, 그러려면 천룡의 유생체인 시로를 내 노예로 만들어야만 해. 노예가 되는 대상은 『천룡의 봉인을 해제하기 위해서 힘을 사용하는 것』, 계약 해제 조건은 『천룡이 돼서 부화하는 것』이야! 당신의 힘을 악용할 생각도 없어! 그건 『계약』 해도 좋아!"

꿈속에서, 마력의 바람이 소용돌이친다.

시로가 살짝 신음소리를 냈다. 우리는 그 곁으로 다가가서 등을 어루만져줬다.

시로의 허리에는 알이 매달려 있고, 그것과 함께 『계약의 메달리온』도 있다. 『주종계약』은 가능할 것이다.

"……나기 아빠. 있어?"

시로 목소리가 들렸다.

『…………?』

천룡의 잔류 마력의 반응이 바뀌었다.

휘몰아치던 마력이 멈췄다.

천룡은 고개를 들고 잠들어 있는 시로의 얼굴을 봤다.

"좋아해. 시로를 안아줬던 손. 리타 엄마도, 아이네 엄마도, 아빠, 좋아해. 시로, 같이 있고 싶어…….."

『……그것이 「노예」라 해도?』

"다 같이 있는 게 좋아."

시로의 잠꼬대였다.

짧은 시간이었지만 우리는 계속 『천룡의 알』 곁에 있었으니까.

시로는 우리가 같은 편이라고 생각해준 것 같다.

『유생체…… 아니, 시로. 눈을 뜨세요.』

"…………호에?"

번쩍, 시로가 눈을 떴다.

"어라? 여기, 꿈속인데? 그런데 무섭지 않네? 나기 아빠랑 이리스 언니가 있네?"

"시로 씨는, 이리스와 다른 사람들을, 좋아하시나요?"

이리스는 잠에서 깬 시로를 향해 손을 뻗었다.

시로는 그 손을 잡고서 방긋 웃고는,

"좋아~"

"그럼 물어볼게요, 시로 씨."

이리스는 자기 목에 감긴, 비늘이 달린 초커를 만졌다.

"이리스는 오빠의 노예입니다. 시로 씨도, 저처럼 되시겠어요?"

"될래~"

"오빠랑 계속, 같이 살아가야 해요. 그래도 되겠나요?"

"돼~ 다 같이 있는 게 좋아."

"그렇다고 하네요."

이리스는 고개를 끄덕이고 천룡 쪽을 봤다.

『내 유생체여. 너는 그들과 같은 시간을 보내지 못할 수도 있다. 그래도 좋은가?』

천룡이 말했다.

『내 마력은 거의 대부분 빼앗겼다. 이 「봉인」이 풀리면 예전 천룡의 마력은 산산이 흩어지게 된다. 이곳에서, 다시 봉인될 수는 없으니.』

"괜찮아~"

『다음 대의 천룡이 선대와 같은 힘을 지니는 일은 없다. 알이 이 토지에 얽매이는 일도 없다. 하지만 부화할 때까지는 기나긴 시간이 걸리겠지. 그래도?』

"시로는, 알 상태에서도, 모두랑 같이 있고 싶어."

그렇게 말하고, 시로는 자기 어머니의 마력과 마주봤다.

"시로는 알 상태로, 계속 세상을 느끼고 있었어. 그리고 말이야, 나기 아빠네가 데려가준 뒤로 사람을 믿어보기로 했어. 시로는 말이야, 사실은 말이야, 모두의 마음을 알기 전에는, 이렇게 무서운 세상에 태어나고 싶지 않았거든?"

고개를 살짝 갸웃거리고, 시로는 계속해서 말했다.

"그런데 말이야, 나기 아빠는 시로를 받아들여 줬고, 도와주려고 해. 리타 엄마랑 아이네 엄마는 좋아한다는 기분을 가르쳐줬어. 이리스 언니고, 여기서 시로를 도와주려고 해. 그러니까, 같이 있고 싶거든? 알이라도, 같이 있고 싶어."

그리고 시로는 고개를 들고, 선언했다.

"시로는 나기 아빠랑 모두랑 같이 있는 『천룡의 알』이라는 아이템이 될래!"

『그렇다면…… 천룡의 잔류 마력으로서, 천룡의 유생체와 이어진 자가 고한다.』

천룡의 마력이 입을 열었다.

『유생체 시로는 나기 아빠와 「주종계약」을 맺는다. 노예화의 대상은 「천룡의 봉인을 해제하기 위해 힘을 사용하는 것」, 계약 해제 조건은 「시로가 천룡으로 부화하는 것」.』

천룡이 말하는데 맞춰서, 나는 현실 세계에서 베갯머리 쪽으로 손을 뻗었고.

손바닥을 알에 댔다.

『—계약?』

""계약.""

스륵, 유생체 시로의 목에 목줄이 감겼다.

이리스와 색이 다른, 하얀 비늘이 달린 초커다.

"에헤헤~"

"에헤헤가 아니야, 시로. 지금부터가 중요해."

나는 말뚝으로 지면에 박혀 있는 천룡의 앞발을 만졌다.

이번에는 시로를 통해서 천룡의 잔류 마력에 간섭하게 된다.

목적은 천룡 안에 있는 『봉인』에 간섭해서 그것을 바꾸는 것이다.

"발동! 『능력 재구축 LV4』!"

의식을 집중한다. 천룡의 마력 속에 있는 『봉인』을 찾는다.

『더 효율적으로 일해라』 『힘을 짜내라』 『넌 더 열심히 할 수 있다』 『그 힘을 평가해서』

시끄러.

그런 건 원래 세계에서 징글징글하게 들었다고.

모습을 보여라 『봉인』. 네 정체를—

『용마력 봉인』

『용』의 『마력』을 『고정화하는』 봉인

『능력 재구축 LV4』가 용의 봉인을 개념화했다.

역시나 천룡의 마력이다 보니 공간을 뛰어넘어서 시로의 알과 이어져 있다.

봉인의 『개념』은 기분 나쁜 색이고, 만져도 움직이지 않는다.

하지만 『개념』 사이에 틈이 있다. 그렇다면, 괜찮아.

나한테는 『4개념 치트 스킬』을 만들고 남은 것이 있다. 이걸 쓰자.

『미결정 스킬』
『마차』를 『주위』에

『고속 재구축』으로 단숨에 처리하자.
『개념』 사이에 틈만 있으면 『마력 실』로 묶을 수 있다. 그리고 바꿔 쓴 봉인 스킬을 유지할 필요도 없다. 개념만 바꿔주면 끝.
　누가 만들었는지는 모르겠지만, 이런 블랙 봉인 따위, 바로 지워버리겠어!
　"실행! 『고속 재구축』!"

『우오오오오오오오오──?!』

천룡의 마력이 부들부들 떨었다.
용의 몸에 박혀 있던 거대한 말뚝이 부서진다.
성공이다. 봉인의 『개념』을 순식간에 바꿔버렸다.

『용차 봉인』
『용』의 『마차』를 『고정화하는』 봉인

『봉인』은 『용의 마력』이 아니라 『용의 마차』를 고정하는 것으로 바꿔버렸다.

『용의 마차』가 있으면 효과를 발휘할지도 모르겠지만— 아니, 아무 의미도 없나.

천룡의 마력이 해방되는 동시에『봉인』도 있을 곳을 잃고 사라 져버릴 테니까.

내 손에 남은 것은 미결정화 스킬 하나 뿐.

『미결정화 스킬』
『마력』을『주위』에

범용성이 있을 것 같은 개념이 남았다.

"대단해요……. 오빠……. 신화 레벨의 봉인을 바꿔버리다니……."
"아직이야. 안에서 뭔가가 나온다."

사라져가던『봉인』속에서 목소리가 들려온다.

『천룡의 봉인 소멸을 확인』『계획 실패』

라필리아의『불운 초래』를 바꿔 썼을 때와 똑같다.

거친, 손톱으로 유리를 긁는 것 같은 목소리.

『아니, 그래도 백 년 이상은 버텼다. 초월 존재의 마력 고정에 의한 효과는 미지수. 향후 같은 계획을 실행할지는…… 앞으로 의…… 경과를………….』

『크아아아아아아아아아아――!』

천룡이 울부짖자― 목소리는 작아지고…… 사라졌다.

해방된 용의 마력으로부터 도망치는 것처럼.

그『봉인』이 라필리아의『불운 초래』와 같은 것이라면, 저것도 고대 엘프가 만들었다는 뜻이 된다. 하지만, 그렇게 되면 모순이 발생하는데.

고대 엘프는『안개 계곡』을 만들고『천룡의 알』을 지켜왔다. 라필리아와 같은 부류의 레플리카도 그곳에 있었다. 그 녀석들이『천룡의 마력』을 봉인할 이유가 없다.

……정보가 부족해.

솔직히 엮이기 싫은 쪽이 더 크지만.

『감사합니다. 해룡의 권속들이여.』

해방된 천룡의 길고 긴 포효가 사라지고―

어느새 천룡 대신『날개의 도시 샤르카』에서 봤던 하얀 사람이 나타나 있었다.

『작별입니다.』

반투명한 여성은 우리한테 꾸벅, 하고 고개를 숙였다.

『…………제 마력은 산산이, 세상 곳곳으로 흩어질 것입니다. 알이 그것을 흡수하고, 태어나고, 새로운 천룡이 되려면 시간이 필요하겠지요. 얼마나 걸릴지는 모르겠지만…….』

"아쉽네. 천룡의 수호를 받으면서 편하게 살게 되나 싶었는데."

『어머나.』

하얀 사람은 손으로 입을 가리고 웃었다.

『그렇군요. 바다 너머에 제가 사람 모양이 되어서 쉬기 위한 섬이 있습니다. 답례로서 그것을 드리겠습니다. 「천룡의 알」이 있으면 도달할 수 있으니.』

"거기, 멀어?"

『대해 중앙이니까요.』

"또 줄 건."

『없습니다. 저는 보물 같은 것에 관심이 없었으니.』

"사람들의 수호신이었으니까 말이야."

『다음 세대의 천룡에게는 좀 더 자기자신을 위해 살도록, 당신이 가르쳐주십시오.』

"그건 맡겨만 둬. 섬도 고맙게 쓸게."

만약의 경우에 그리로 도망치면 되니까.

만약 이 대륙에 있을 곳이 없게 되면, 다 같이 그리로 이주해서 속 편하게 살자.

『다음 세대 천룡— 시로.』

하얀 사람은 시로의 작은 손을 잡았다.

『저는 사람과 교류하는 과정에서 너와 같은 마음을 배웠습니다. 하지만, 그대는 이미 사람의 상냥함을 배웠군요.』

"응. 시로는 인간도 데미 휴먼도 좋아하거든? 왜냐하면 나기 아빠랑 리타 엄마, 아이네 언니랑 같은 종족 사람들이니까."

『그대는 처음으로 인간 손에 자란 천룡이 됩니다.』

전 세대 천룡은 어린아이에게 하는 것처럼, 시로의 뺨에 자기 뺨을 댔다.

『그것이 어떤 효과를 가져올지는 모릅니다. 하지만 그대는 사람의 상냥함을 믿는 쪽을 선택했습니다. 그것이 축복이기를, 기도하겠습니다.』

"괜찮을 거야. 왜냐하면 아빠랑 엄마가 있으니까. 같은 시간을 살지는 못해도, 시로는, 모두가 시로가 태어나기를 기다린다는 걸 알고 있으니까."

시로는 전 세대 천룡에게 뺨을 부비면서 웃었다.

"『안개 계곡』에 있던 때는 태어나는 게 무서웠지만, 지금은 정말 기대되거든?"

『그러면 됐습니다. 부디, 행복하기를.』

하얀 사람의 모습이 흐릿해져 간다.

『마지막으로…… 전합니다. 제 마력은 고정되고, 도려내고, 온갖 것들에 이용됐습니다. 마법 무기…… 방어구…… 그밖에도…… 그런 것들이 얼마나 있는지는 모르겠지만, 당신들에게 위협이 될 가능성이 있습니다. 그때는, 시로의 알을 사용하세요…….』

"시로의 알을?"

『『안개 계곡』으로 가세요. 그곳은 천지의 마력이 모이기 쉬운 곳. 흩어진 제 마력의 일부도 틀림없이 흘러들어갈 것입니다. 그것을 알이 회수하면— 스킬 일부를 쓸 수 있게 될 것입니다— 단, 기생하는 뱀을 조심하세요— 봉인이 그것을 본뜬 것이라면— 누군가가 그 힘을— 시로를— 지켜』

살며시.

마지막으로, 천룡의 손이 시로의 머리를 쓰다듬었다.

『안녕, 내 딸— 시로.』

"안녕, 옛날…… 천룡님…… 엄마."

시로는 살짝 눈물을 글썽이면서 전 세대 천룡의 손을 꼭 잡았다.

『고맙습니다—「옛 피」를 이은 이들— 해룡의 관계자— 여러분—』

그렇게 말하고, 천룡의 잔류 마력은— 사라졌다.

시로는 잠시 자기 어머니가 사라진 하늘을 바라보고 있었지만—

"고마워. 나기 아빠, 이리스 언니. 다른 사람들한테도, 고맙다고 해줄 거지?"

시로는 작은 목에 감긴 목줄을 만지고, 웃었다.

"알이라도, 시로는 계속 모두 곁에 있을 테니까, 잊지 말아줘?"

"응. 물론이지. 약속할게."

"시로가 태어났을 때…… 시간이 얼마나 흘러 있을까."

멍하니 중얼거리는 시로가 왠지 쓸쓸해보였다.

시로가 태어났을 때, 내가 살아 있을지 아닐지는 모른다.

인간의 수명은 용보다 훨씬 짧으니까.

하지만 우리는 가족으로서 살아가기로 했다. 만약 시로가 태어났을 때 내가 없다고 해도, 시로는 외톨이로 두지는 않는다.

핏줄을 미래로 이어갈 방법도 있고, 다른 사람들한테도 다 말해뒀으니까.

"괜찮아…… 그건, 각오했으니까."

"예! 잘못된 의미로『편하게』죠? 오빠!"

이리스가 짓궂게 웃었다.

……지금 그 얘기를 하는 건 반칙 아닐까.

"응. 그럼, 기대할게."

나와 이리스를 안은 뒤에, 시로가 눈을 감았다.

꿈이, 끝나간다.

하늘을 뒤덮고 있던 구름이 걷히고 주위가 밝아진다.

"이리스한테 할 말이 있으면 가르쳐주세요.『용종 초월 공감』이
라면 알 수 있으니까요."

"시로가 마력을 좀 더 흡수하면. 지금은, 정말 졸리니까."

"저기, 시로."

이런 때, 뭐라고 해야 좋을까.

시로는 다시 알 상태로 돌아가고, 당분간 만날 수 없다.

이럴 때 해줄 좋은 말 같은 건, 모르지만—

"……또 보자."

"응, 또 봐. 나기 아빠. 이리스 엄마."

어느샌가 이리스도『엄마』가 됐네.

시로의 모습이 사라져간다.

꿈이 흐릿해진다. 우리의 잠이 깨겠지.

"시로가 태어났을 때, 모두의 아이들과 만날 수 있으면 좋겠
다……."

그렇게 말하고, 천룡의 유생체 시로는 알로 돌아갔다.

"……안녕히 주무셨어요. 오빠."

"잘 잤어, 이리스."

우리가 눈을 떴을 때는 새벽이었다.

1층에서는 물 끓이는 소리가 들려온다. 아이네는 벌써 일어난 건가.

문 너머에서 자고 있는 사람은 세실이랑 리타려나. 둘 다 걱정했었으니까.

"수고했어 이리스. 『천룡 유생체 구제 퀘스트』는 완료야."

"예…… 오빠."

시로의 악몽을 없애는 데 성공했다. 봉인돼 있던 천룡의 마력도 해방했다.

하지만, 시로가 다음에 언제 태어날지는, 모른다.

어쩌면 백 년 이상 지나서, 우리가 죽은 다음일 수도─

"어쩌면 내일, 시로 씨가 다시 태어날지도 몰라요!"

"이리스는 긍정적이네!"

"『뭍에 도달한다고 확신하면서 눈앞의 거친 파도를 넘어가라』─ 이르가파의 속담이에요. 이리스는 시로 씨의 『엄마』가 됐어요. 자식을 믿는 게 엄마의 역할이에요."

이리스가 확실하게 선언했다.

"만약에 이리스가 만나지 못한다고 해도, 이리스의 다음 세대가 만날 수 있게 해줄 거예요. 그게 용의 권속이자 『엄마』라고 불린 자가 할 일이겠죠. 시로 씨를 외톨이로 만들지 않기 위해서라도."

"이리스…… 다 생각하고 있었구나."

"당연하죠. 이리스는 이런 일을 생각하는 데는 천하무적이거든요?"

음, 하고 이리스가 힘찬 포즈.

그리고는 부끄러워졌는지, 얼굴이 새빨개져서 고개를 돌렸다.

고개를 돌린 쪽에는— 베갯머리에 놓아뒀던『천룡의 알』

하지만 모양이 상당히 달라졌다.

알은 작은 보석처럼 변했고, 주위에는 금속 장식이 달려 있다.

그리고 그 장식은 팔찌 모양이었다.

『천룡의 팔찌』(USMAXR 울트라 슈퍼 맥스 레어)

중앙에『천룡의 알(안에 시로)』이 박힌 팔찌.

마력을 흡수하는 능력을 지녔다.

기본적으로 알 부분을 파괴하는 것은 불가능.

일시적으로 마력을 이용해 원형 방패를 생성할 수 있다.

장비할 수 있는 사람은 시로의「아빠」와「엄마」뿐.

"시로 씨. 이리스 엄마 여기 있어요. 들려요?"

이리스가『천룡의 팔찌』에 말을 걸었다.

하지만 시로는 대답하지 않았다. 또 잠들었을 테니까.

"그러고 보니까 오빠. 천룡의 잔류 마력은 결국 어디 있었던 걸까요?"

"마법 실험 도시나 거기에 관계된 시설이겠지. 백년 이상이나 봉인을 유지하고 그걸 비밀로 삼을 수 있는 장소가 또 있을 리는 없으니까. 무슨 일이 일어나면 여기서도 알 수 있을 거야─."

그렇게, 말한 순간─

『─크아아아아아아아아아아앙────!』

북석쪽에서 용의 포효가 울렸다.

꿈속에서 들었던 것과 똑같은 목소리다.

창문을 열고 밖을 보니 저 멀리에 거대한 빛의 기둥이 나타나 있었고─

그것은 우리가 보는 앞에서 날개를 가진 용의 모습으로 변하더니, 사라졌다.

저게 『천룡의 잔류 마력』인가.

다행이다. 현실에서도 해방됐나 보네.

"이, 이봐. 저거 마법 실험 도시쪽 아냐?!"

주위에 있는 집에서 목소리가 들려왔다.

"연구자 놈들…… 또 뭔 짓을 저지른 거야."

그레게…… 대체 무슨 짓을 저지른 거냐고.

"시로는…… 안 깼네."

이러면 단번에 각성할 줄 알았는데.

천룡의 마력이 말한 대로 다음에 태어날 때까지는 시간이 걸리는 것 같다.

내가 살아 있는 동안이면 좋겠다.

천룡이라면 『비행』 스킬이 있을 거잖아. 그러니까, 아까 받은 섬으로 가서, 거기서 자급자족 할 수 있는지 알아보고 싶다. 좋잖아. 남쪽 섬에서 느긋하게 사는 것.

"……가 볼까, 『안개 계곡』."

미라 비룡 라이지카와 라필리아네 언니의 성묘도 겸해서.

그 둘한테 「끝났어」라는 보고도 하고 싶으니까.

"그런데…… 많이 피곤하네요, 오빠."

톡, 이리스가 내 무릎 위에 머리를 올려놨다.

"기껏 오빠랑 같이 잤는데, 잠을 잔 것 같지가 않아요."

"이리스는 이대로 자고 있어도 돼."

"오빠는?"

"기껏 이리스 옆에서 잤는데 자는 얼굴을 하나도 못 봤고, 꿈도 관찰하지 못했으니까 다시 해보려고."

"잠깐만요, 오빠. 그거 치사해요! 머리 쓰다듬는 거, 너무 치사하잖아요?"

쓰담쓰담쓰담.

"이리스 약점…… 들켰다고…… 오빠……."

쓰담쓰담, 쓰담쓰담.

"이르가파의 속담에도…… 『다리를 베고 자는 건, 신뢰의…… 증…… 거……』……."

그렇게 말하고, 이리스는 잠들어버렸다.

우리가 시로의 꿈에 들어가 있는 동안 침대 위에서 구르고 발버둥 치고 한 탓에, 잠옷 끈이 풀어져서 아주 난리가 나 있다. 이리스는 거의 알몸이나 마찬가지고.

　하지만, 잠들었는데 깨우기도 미안하니까 그냥 이대로 지켜보자.

기껏 쉬게 됐으니까.

　조금 있다가 아이네가 「밥 다 됐어~」라고 부르러 올 때까지─

『새로운 파티 멤버가 추가됐습니다』

이름 : 시로 브란샤르카(나기가 지음)

종족 : 천룡(현재는 알)

성별 : 여성

상태 : 팔찌형 매직 아이템(다음에 태어날 때까지 반쯤 잠든
　　　상태)

천룡으로서의 스킬 : 불명

팔찌로서의 스킬 : 「장벽 발생」「마력 흡수」「자기 재생」

연령: 0세(알 상태로는 수백 살)

가입 소감 : 「아빠 좋아~ 엄마 좋아~ 모두 다 좋아~」

제19화 「소중한 사람 성묘를 갔더니 사악한 뱀이 날 뛰고 있었다」

"『마력 포인트』에서 마력을 회수해서, 아빠한테 도움이 되고 싶어."

며칠 뒤.

아침에 눈을 떴더니 『천룡의 팔찌』에서 그런 목소리가 들려왔다.

『마력 포인트』라는 것은 이 세계의 마력이 모이기 쉬운 장소를 말한다.

『안개 계곡』은 그것을 이용해서 안개를 조종하는 시스템을 만들었다. 그래서 해방된 『천룡의 잔류 마력』 일부도 『안개 계곡』으로 흘러 들어갔을지도 모른다는 뜻이다.

『그리고— 시로의 알을 지켜준 사람한테, 고맙다는 말— 하고 싶어—』

"알았어, 시로. 같이 가자."

시로는 이쪽 세계에 아는 사람이 거의 없다.

수백 년이나 알 상태로 잠들어 있었기 때문에 아는 사람이라고는 미라 비롱 라이지카와 지난 세대 천룡의 잔류사념뿐. 그리고 가족인 우리들.

아는 사람의 성묘를 하고 싶다는 기분도 이해가 된다.

그리고 『천룡의 잔류사념』을 손에 넣은 시로의 스킬이 어떻게 될지도 궁금하고.

그렇게 해서, 우리는 다시 『안개 계곡』으로 향했다.

단, 이번에는 지난번과 다르다.

『안개 계곡』이 무너졌다는 이야기는 가까운 도시의 모험자 길 드까지도 전해졌다. 안개가 사라져서 안전해진 탓인지 탐색하러 나온 사람들이 있다는 이야기가 있으니, 우리는 눈에 띄지 않도록 적은 인원으로 움직이는 쪽이 좋을 것 같다.

그래서 파티를 나누기로 했다.

나, 세실, 이리스. 리타, 아이네, 라필리아. 이렇게 두 팀으로.

우리는 『성묘팀』이고, 리타네는 『성묘 지원팀』이다.

뭐…… 별 일은 없을 것 같지만.

"—다른 사람들이 있네요……."

세실의 말을 듣고, 우리는 산길에서 멈춰 섰다.

우리가 잇는 곳은 라필리아가 가르쳐준 뒷길이다. 여기서는 계곡으로 가는 길을 내려다볼 수 있다. 참고로 리타네는 통로 반대쪽 경사면을 이동하고 있을 것이다.

"역시…… 계곡을 조사하러 온 사람이 있었나."

통로에는 십여명의 사람들이 모여 있었다. 은색 갑옷을 입은 검사와 로브를 걸친 마법사 같은 사람들. 전부 이곳을 조사하러 온 모험자들이다.

이래서는 눈에 띄지 않고 계곡으로 다가가는 건 힘들겠네.

"시로. 여기서도 『천룡의 잔류 마력』을 회수할 수 있어?"

나는 오른팔에 찬『천룡의 팔찌』를 만졌다.

『……아슬아슬…… 좀 시간이…… 걸릴…… 것………… 같아요.』

팔찌에서 졸린 목소리가 들려왔다.

"알았어. 그럼 우리는 으슥한 데서 쉬자. 시로가 마력을 다 회수하면 이탈하고."

""예~""

『의식 공유』로 리타 쪽에도 그렇게 전하고, 나와 세실, 이리스는 으슥한 곳으로 이동했다.

여기서라면 길 쪽에서 보이지 않는다. 시로가 마력을 회수할 때까지 숨어있을 수 있겠지.

나뭇가지 틈새로 지나가는 사람들이 보인다.

움직이는 건— 어라?

어느샌가 한 사람만 움직이고 있다.

다른 모험자들은 멀리 떨어져 있고.

움직이는 사람의 얼굴은— 후드를 쓰고 있어서 모르겠다.

그 주위에 있는 건…… 뱀인가?

검은 가죽으로 만든 것 같은 뱀 몇 마리가 그 사람을 둘러싸는 모양으로 꿈틀거리고 있다. 뱀 머리에는 빨간 결정체가 달려 있고. 그 뱀들이 전부, 바위에 묻힌『안개 계곡』쪽을 향해서 똑바로 나아가고 있다.

"어억?!" "뭐, 뭐야 너는—?" "그, 그만……."

뱀이 달라붙은 모험자들이…… 쓰러진다. 잠깐만. 뭐야 저거.

이쪽이 손을 쓸 틈도 없이 십여 명 정도 있던 모험자들이 전부 땅바닥에 쓰러졌다. 죽은 건 아니다. 하지만 얼굴은 새파랗고, 몸이 움찔거리기는 하지만…… 움직이지는 못하는 것 같다.

"……마력을 빨린 것 같아요."

내 옆에 있는 세실이 말했다.

"저 뱀이 마력을 흡수해서 모험자 분들을『마력이 떨어진』상태로 만들어버렸어요. 인조 생물 같아요. 골렘 같은……."

"그런데, 오빠…… 저거."

이리스가 떨리는 목소리로 중얼거렸다.

"꿈속에서 봤던『아즈루가의 검은 뱀』아닌가요……?"

"응. 천룡의 마력을 빨아먹던 봉인하고 똑같은 놈이야."

저 뱀은 원래 천룡의 마력을 먹어대는 기생충이고, 그것을 모티프로 삼아서 만든 것이 그 봉인이었다.

계곡이 있던 곳에서 꿈틀거리고 있는 것은 똑같은 모습의 사역마. 그놈들이 모험자들의 마력을 먹어치우고 있다.

"……규격을 벗어난 힘으로 이쪽 세계 사람들을 무작정 해치워버리는 저 방식. 상대를 동등한 인간이라고 생각하지 않는 저 태도.『가짜 마족』이나 에텔리나 하스부르크랑 똑같아."

그렇다면『내방자』인가…… 진짜 싫다.

마주칠 가능성이 있다고 생각은 했지만, 제일 짜증나는 타이밍에 적중했네.

"시로, 마력 흡수에 변화는?"

『……인조 생물 따위로, 천룡의 마력은 빼앗지 못해요.』

『천룡의 팔찌』가 대답했다.

『그런데…… 기분이 나빠. 전부 마력에 모여서, 물어뜯는 것 같아…… 토할 것 같아.』

그렇게 말하고, 시로의 모습이 사라졌다.

가도 쪽에서는 뱀 떼가 계곡을 향해 나아가고 있다.

계곡 자체는 라이지카가 무너트려 버려서, 지금은 무너진 바위에 묻혀 있다. 뱀들은 거기에 몸을 바짝 붙이고서 머리의 결정체를 반짝거리고 있다. 남은 마력들을 빨아먹고 있는 것 같은데, 솔직히 보기만 해도 기분이 나쁘다.

『리타, 주위에 다른 사람들 기척은?』

나는 머릿속에서 리타에게 메시지를 보냈다.

『으…… 아우. 머릿속에서 나기 목소리가 들려…… 창피해애.』

『이봐요~ 리타. 정신 차려. 자, 심호흡 하고.』

『으, 응. 습~ 후~ 습~ 후~』

리타가 심호흡하는 소리.

『죄, 죄송합니다, 주인님.』

『리타는 「의식 공유」를 하는 게 처음이니까 어쩔 수 없지. 그리고 눈앞에 있는 로브 입은 사람은 보이지. 그 녀석 말고 다른 사람 기척은?』

『없어. 아마도 단독 행동이야. 그리고 라필리아 쪽에서 정보가 있다는 것 같아.』

『고대 엘프의 지식이야?』

『응. 저 검은 뱀은 「아즈루가의 검은 뱀」이라고 한 대. 「용한테

달라붙어서 비늘을 뜯어내는 사악한 뱀』. 또는 그걸 본뜬 뭔가.』

나와 이리스의 의견과 라필리아의 지식이 일치했다.

그렇다면 저걸 조종하는 녀석은―

『용의 관계자를 없애려고 한다는 건가.』

『응. 나랑 아이네, 라필리아도 같은 생각이야.』

그렇게 말하고, 리타 쪽 통신이 끊어졌다.

나는 이 계곡을 공략하러 왔던 카르미나 리길타의 말을 떠올렸다.

카르미나는 의뢰를 받고『용의 유물』을 찾으러 왔다. 그것을 왕가에 진상하거나 역사의 어둠 속으로 묻어버리기 위해서. 하지만 천룡은 원래 인간과 데미 휴먼의 보호자다. 그것을 지금의 왕가가 없애버리려고 하는 이유를 모르겠다.

『천룡의 잔류 마력』 봉인도 그렇고.

정상적으로 생각해본다면, 마왕이 있는 지금 이 상황에서는 천룡이 전생하는 쪽이 훨씬 좋을 텐데 말이야. 봉인할 이유는 하나도 없고.

"……생각해봤자 소용없는 일인가."

우리 애가 저 뱀을 기분 나빠 하고 있다.

그리고 여기는 미라 비룡의 무덤이고, 라필리아네 언니의 관이 있는 곳.

마지막으로 이쪽은 천룡의 의뢰를 받고 그 잔류 마력을 회수하는 중.

우선권은 우리한테 있을 거야.

"저 뱀들을 막자. 최소한 시로의 마력 회수가 끝날 때까지 만이라도."

""예.""

내가 말하자, 세실과 이리스가 힘차게 고개를 끄덕였다.

그리고 조금이나마 정보를 얻을 수 있는지 시험해보자.

귀족이 용과 그 유산에 매달리는 이유와 놈들의 진짜 목적을.

제20화 「사이좋은 치트 노예 소녀들은 『파티 이름』 에 집착했다」

"완벽해."

순백색 후드 속에서, 그녀가 웃었다.

사명은 아주 간단. 『안개 계곡』으로 가서 그곳에 있는 자들의 마력을 전부 먹어치우고 쓰러트리기만 하면 된다.

『하얀 길드』는 항상 그녀에게 완벽한 사명을 준다.

자신이 중대한 존재라는 사실을 피부로 느끼게 해준다.

"자, 어서 나오세요, 천룡의 대행자."

용이란 자존심이 강한 것. 그리고 어리석은 존재다.

자신들의 영역을 어지럽히면 가만히 있을 리가 없다.

카르미나 리길타가 실패하기는 했지만, 그것은 중요한 일이었다. 귀중한 정보를 얻을 수 있었으니까. 『하얀 길드』는 귀족을 죽일 수는 없지만 억지로 정보를 얻어내는 정도는 허락된다.

그래서 그녀의 수하 따위 따분한 일은 끝냈다.

말을 들어먹지 않는 귀족 따위는 상대해줄 가치도 없다. 자기 몰래 계곡을 공략하려고 했으니 적에게 당한 것이다. 뭐, 정보를 얻어다 준 데 대해서는 감사해야겠지만.

"……네놈…… 은, 어째서…… 이런…… 짓을."

그녀는 일어나려고 하는 모험자의 가슴에 손을 댔다.

손바닥에서 창백한 불꽃이 뿜어져 나왔다.

"윽. 크아아아아아아악!!"

"눈을 떴을 때, 당신은 잊어버릴 것입니다. 이 사실도. 자신의 스킬에 대한 것도."

가슴을 움켜쥐고 버둥대는 모험자를 흘끗 보고, 그녀는 계속해서 걸어갔다.

계곡 안쪽으로.

그녀의 사역마를 이용해서 『안개 계곡』에 있는 것을 모래알 하나까지 전부 핥아서 조사하고, 마력을 마지막 한 조각까지 전부 흡수하기 위해서.

"가세요. 『아즈루가의 검은 뱀』!"

스슥.

쓰러진 모험자들에게 감겨 있던 뱀들이 움직였다.

이마에 있는 발간 결정체를 빛내며, 마력을 찾아서 계곡 안쪽으로.

"어라……? 뭔가가 있었니?"

그녀는 돌아온 뱀의 얼굴을 봤다.

바위 틈새로 들어갔던 뱀이다. 뭔가를 발견하고 돌아온 것 같다.

"시시하긴…… 비룡 미라인가."

그녀가 내뱉듯이 말했다.

뱀이 물고 있던 것은 바짝 마른 가죽이 뒤덮인 비룡의 두개골이었다. 기능이 완전히 정지했는지, 안구는 텅 비었고 빛이라고는 찾아볼 수도 없다.

"이런 건 『길드 마스터』께 보여드릴 가치도 없어."

그녀는 끝이 뾰족한 부츠로 비룡의 머리를 짓밟았다.

"뭔가 다른 게 있지 않나요? 이런 미라 따위가 아니라!"

그래야만 한다. 숭배하는『길드 마스터』께서 이곳이 천룡의 묘라고 했으니까. 다른 세계에서 소환된 용사 중에서도 특히 선택된 자 앞에만 나타나는『길드 마스터』는 그녀의 사역마를「훌륭하다」고 말해줬다. 당시에 파티를 맺고 있던 치트급 동료들을 제치고, 그녀에게만『제8세대의 능력』을 줬다.

그 마음에 보답해야만 한다.

다른『제8세대 용사』에게 지지 않기 위해서라도.

"망할 미라! 짜증나게!!"

그녀가 비룡의 머리를 걷어차려고 한 그 때—

계곡 오른쪽 경사면에서 뭔가가 빛났다.

"플레임, 애로!"

"뱀이여!"

빛이 보인 순간, 그녀가 선언했다.

『검은 뱀』이 그녀를 감싸려는 것처럼 뛰쳐나왔고, 그 피부에『플레임 애로』가 작렬했다.

하지만 그것은 뱀의 피부에 맞아서 사라졌을 뿐.

어리석기는.

그 정도로『제8세대 용사』의 사역마를 죽일 수 있을 줄 알았나.

"찾아냈다.『천룡의 대행자』."

멸한다.

용의 관계자는 전부 없애버려야 한다.

"용을 죽이는 기생체여, 가세요. 당신이 좋아하는 것이 저기에."

그녀는 『검은 뱀』에게 지시를 내렸다. 계곡을 기어가고 있던 수십 마리의 뱀이 일제히 경사면 쪽으로 향했다. 달려 올라간다. 제각기 움직이던 것들이 마치 하나의 생물처럼.

"플레임 애로! 플레임, 애로!!"

또다시 『불꽃 화살』이 『검은 뱀』 무리를 때렸다.

그리고 뿜어져 올라오는 『플레임 월』이 무리의 앞을 가로막았다.

"—소용없다!"

그녀가 외쳤다.

"『아즈루가의 검은 뱀』은 용의 마력조차도 먹어치우는 생물. 그런 낮은 레벨의 마법으로는 죽일 수 없다!"

"닥쳐."

목소리가 들려왔다. 『불꽃 화살』이 날아온 쪽이다.

"그 발을 치워라 『내방자』! 그 유체는 네놈이 밟아도 되는 게 아니야!"

『내방자』— 그 말을 알고 있다는 건, 역시.

"『천룡의 대행자』를 자처하는 자여. 역시 네놈도 『어둠에 빠진 용사』인가?"

"『어둠에 빠진 용사』?"

돌아온 대답은 비웃는 것 같은 목소리.

"그쪽이 훨씬 『어둠에 빠진』 것 같은데? 모험자와 경비병들을 닥치는 대로 쓰러트리고, 천룡의 흔적이 있는 곳을 더럽혔다. 이곳을 지켜온 자의 유체를 짓밟고 웃기까지 했고. 세상에 그런 용사가 어디 있어?!"

"우리는, 오로지 질서를 위해."

그녀는 망설이지 않고 말했다.

"이 세상은 오로지 인간을 위해 존재한다."

"아니. 이 세상은 여러 생물들이 다 함께 뒤섞여서 사는 곳이야. 천룡은 그 수호신이 아닌가?"

"용 따위! 그딴 것이 있어서 인간의 권위가 떨어지는 것이다!"

그녀는 생각했다.

이쪽 세계에 불려온 뒤로 있었던 일을.

용사로서 소환돼서 『아즈루가의 검은 뱀』을 각성했다.

왕조차도 모르는 상위 길드에 선택됐다. 그리고 손에 넣은 스킬 하나.

『천룡의 대행자』의 목소리는— 길드의 방침을 부정하고 있다. 즉, 적이다.

"죽인다. 잡아서, 스킬을 전부 『태워서』 무로 돌려보낸다."

"음……. 말이 안 통한다는 건 잘 알았어."

같은 말투로, 『천룡의 대행자』가 말했다.

담담한, **여성의 목소리**로.

"그럼, 이만하면 됐나. 적은 이쪽으로 끌어들였으니까. 해치워! 우리 귀여운 여동생!!"

"—『원초에의 귀환을 타(墮)라 부른다—』"

목소리가 들려왔다.

『천룡의 대행자』가 있는 곳과 반대쪽 경사면에서.

"—『원초로 돌아가라. 몸에 깃든 마력도. 사물에 깃든 마력도. 마음에 깃든 마력도』—."

상관없어.

이 『아즈루가의 검은 뱀』은 무적의 사역마다.

용한테도 기생하는 전설의 생물을 본뜬 것이고, 마법 갑옷에 필적하는 장갑을 지녔다. 원거리 전투를 못 하는 대신에, 접촉한 것의 마력을 빼앗을 수 있다. 집단전과 거점 공략에서는 그야말로 무적인 사역마다.

"—『그렇기에, 여기서 마라 불리는 흐름을 근원으로 돌려보낸다』— 갑니다!!"

"먹어치워! 『아즈루가의 검은 뱀』!!"

"고대어 마법—『타력의——— 화살』!!"

다음 순간, 거대한 검은 화살이 밀집 상태의 『아즈루가의 검은 뱀』을 쓸어버렸다.

『KYUUUAAAAAAA———!』

칠흑의 사역마가 비명을 질렀다.

기세 좋게 사면을 올라가던 뱀들이 전부, 검은 화살과 접촉한 직후에, 움직임을 멈췄다.

"말도 안 돼?! 마력이 떨어졌다는 거야?!"

명령을 해도, 팔을 휘둘러도, 『아즈루가의 검은 뱀』은 반응하지 않았다.

게다가 몸을 유지하지도 못하고 검은 가루가 돼서 사라져버렸다.

"뭐야…… 이건. 뭐야 이건! 뭐야 이게———!!"

절규하는 그녀 앞에 ― 검은 천으로 얼굴을 가린 소년이 내려왔다.

"―네가 『내방자』라면, 물어볼 게 있다."

그가 말했다.

"『하얀 길드』와 네가 여기에 온 이유를 말해줬으면 싶은데. 왕가와 용사는 무슨 꿍꿍이로 용과 관련된 것들을 없애려는 거지?"

그녀를, 조용히 노려보며.

"―무슨 꿍꿍이야?"

나는 거리를 두고 『검은 뱀 술사』와 마주보며 말했다.

작전은 단순했다.

우리는 파티를 둘로 나눴다. 계곡으로 통하는 길을 사이에 두고, 좌우로.

그래서 『의식 공유』로 메시지를 날리고, 리타한테 『천룡의 대행자』 같은 대사를 말해달라고 했다. 라필리아한테는 적을 붙잡아두기 위해서 화염 마법을 써달라고 했고.

『아즈루가의 검은 뱀』이 적당히 모였을 때, 세실이 고대어 마법을 발동.

적 사역마의 마력을 완전히 없애버려서 활동 정지로 몰아넣었다.

『타력의 화살』은 대상의 마력을 빼앗는다. 이번에 사용한 건 그것의 고대어판이고. 세실이 골렘 같은 거대한 적을 상대할 때를 위해서 개발해뒀다는 것 같다.

『아즈루가의 검은 뱀』이 마력으로 움직인다는 건 세실과 시로의 분석을 통해서 알았다. 그래서 소탕하려면 적을 한곳에 모아두기만 하면 됐다.

"이제…… 정보만 수집하면 될 것 같은데 말이야."

나는 바닥에 떨어져 있는 『미라 비룡 라이지카』의 머리를 봤다.

이미 죽었다. 아마도 계곡을 무너트릴 때 힘을 다 써버렸겠지. 우리와 이야기할 때 보여줬던 눈의 빛은 사라졌고, 입도 움직이지도 않는다.

라이지카는 원래 바위로 자신을 산산이 부숴버리고 잠들 생각이었다.

그런데 계곡이 무너질 때 우연히 바위 틈새에 끼어서 남아 있던 부분을 찾아왔겠지.

"미안해. 이 일이 끝나면 아무도 건드리지 못하게 해줄 테니까."

두 번 다시 이런 한심한 적 따위가 손대지 못하도록.

"작작 좀 하라고…… 『내방자』."

오랜만에 나도 화가 났다. 『내방자』 앞에 모습을 드러낸 것도 그래서고.

계곡 입구였던 곳이 시로에게 제일 **적당한** 곳이라서 그런 것도 있지만— 라이지카의 유체가 짓밟히는 꼴을 봤더니 가만히 있을 수가 없었다.

"지금까지 우리는 여러 『내방자』를 만났다."

"……뭐라고?"

"마법 갑옷을 입은 자, 이상한 공간을 만들어내는 자, 사람을 조종하는 자도 있었지. 너도 『내방자』라면 대답해. 여기는 천룡과 관계된 성지. 그걸 알면서도 더럽히려고 한 이유를. 너희들의 진짜 목적을."

얼굴을 가린 천을 손으로 누르고, 안전한 거리를 유지하면서 말했다.

놈들의 목적을 모르면 마음 편히 유급휴가를 보낼 수도 없으니까.

왠지 이상한 운명이라도 있는 것처럼 가는 곳마다 이놈들하고 마주친다니까.

"아니면…… 너는 말할 힘도 없는 마물의 일종인가?"

"……뭐라고?"

"넌 말도 안 하고, 그냥 사람들을 공격했잖아. 『천룡의 대행자』 앞에서도 그 목적을 말할 수 없다면, 그건 그냥 마물이나 마찬가지야. 내 말이 틀렸어?"

"─죽인다."

"그래. 그럼 저승길 선물로 말이나 해 봐."

그 말을 듣고 『내방자』가 뿌득, 하고 이를 갈았다.

화가 났다는 게 보인다. 하지만 그건 이쪽도 마찬가지다.

"뭐 해? 넌 날 죽일 거잖아? 죽일 상대한테 해줄 말도 없는 건가? 아니면, 죽일 수가 없어서 말을 못 하나? 이상한 뱀을 조종해서 뒤통수는 칠 줄 알아서, 정면에서 싸우는 건 못하나? 웃기지도 않네. 정말이지!"

"네놈 같은 존재는 세계의 질서를 어지럽힌다!"

『내방자』가 후드를 벗어버렸다.

금색 머리카락과 파란 눈이 나타났다. 처음 보는 얼굴이다. 우리랑 따로 소환된 녀석인가.

"이 세계는 왕과 귀족, 용사가 지배해야만 한다."

동시에, 여자가 팔을 휘둘렀다. 발밑에 검은 송충이 같은 것이 떨어졌고─ 그것이 커지더니 『아즈루가의 검은 뱀』으로 변했다. 숫자는 딱 하나. 저 녀석 마력도 한계인가.

"천룡처럼 『사람의 소원을 이뤄주는 것』은 방해된다."

"어째서?"

"왕과 귀족 이외에 사람들을 행복하게 해주는 존재가 있으면 백성들이 지배에 따르지 않게 된다! 길드 마스터가 말했다! 항구 도시 이르가파가 그런 곳이라고. 해룡 따위를 숭배하기 때문에 그놈들은 대등하게 교섭하려고 든다. 다른 도시도 그래도 되겠는가? 라고."

"대등하게 교섭하면 되잖아."

"어째서 지배계급이 서민과 교섭해야 하는 거지?!"

"최악의 논리네."

결국 용사가 용과 관련된 것들을 없애려고 하는 것은 왕의 지배권을 강화하기 위해서, 라는 말인가. 뭐, 그야 다른 선택지가 없으면 임금님을 따르는 수밖에 없지만 말이야.

그런데 말이야, 그렇게 되면 마왕의 위협은 그대로 있는 거잖아.

왜 그쪽은 방치하고 사람들 편을 들어주는 쪽의 유물을 없애러 다니는 거냐고.

"『천룡의 대행자』를 사칭하는 자여. 네놈의 정체는······『어둠에 빠진 용사』인가?"

소녀가 말했다.

"그게 뭔데."

처음 들어보네. 『어둠에 빠진 용사』라니.

"『길드 마스터』가 없애야 할 존재라고 정한 자다."

소녀는 발밑에 있는 『아즈루가의 검은 뱀』을 손가락으로 문지르면서 말했다.

"치안을 어지럽히는 자. 전에 항구도시를 시끄럽게 만들었던 『어둠에 빠진 용사』는 제8세대 용사가 벌했다. 그렇다, 우리는 치안을 지키고 있다. 그것이 우리 『하얀 길드』의ㅡ."

"아닌데, 후작 영애 에텔리나 하스부르크는 『하얀 길드』의 명령을 받았다고 했는데."

침묵이 찾아왔다.

소녀의 어깨가 떨린다. 화가 난 건가.

하지만 에텔리나 하스브루크는 분명히 그렇게 말했었다. 온천 지역을 공격했던 『가짜 마족』도 원래는 『하얀 길드』에 소속돼 있었고. 해고 통지서를 내 눈으로 똑똑히 봤는데 말이야.

그렇다면―

『하얀 길드』는 세계를 어지럽히는 것과 그것을 바로잡는, 양쪽을 다 하고 있다는 건가?

"……뭐야 그 혼자서 북 치고 장구 치고 다 하는 부당 이익 추구는."

"우, 웃기지 마라――!!"

아, 역시 열 받았다.

"우리 『내방자』가 그런 짓을 할 리가 없다! 우리는 세계를 지키고 있다!! 세계의 섭리를 어지럽히는 것은 욕심에 마음이 타락해서 어둠에 빠져버린 용사들뿐이다! 『하얀 길드』가 『어둠에 빠진 용사』를 조종하다니, 그럴 리가 없다!! 웃기지 마라――!!"

휘잉, 마력이 소용돌이쳤다.

소녀의 발밑에 있는 『아즈루가의 검은 뱀』이 거대해진다. 동시에 소녀의 얼굴이 새파래졌다. 마력이 떨어진 징조다. 이 녀석, 체내 마력을 전부 소비해서 사역마를 강화한 건가?!

"불쾌한 『천룡의 대행자』!! 이 한 몸을 바쳐서 『하얀 길드』를 위해, 네놈을 잡아먹겠다! 사라져라――!!"

"주인님――!!"

퍼억!

사면에서 뛰어 내려온 리타가 『거대 아즈루가의 검은 뱀』의 배를 걷어찼다. 직경이 몇 미터나 되는 뱀이 발버둥 치더니 옆으로 쓰러졌다. 하지만 리타도 『신성력』을 흡수당했다. 뒤쪽으로 날아가서는 그대로 무릎을 꿇었다. 검은 뱀의 움직임도 멈췄다.

"하다못해, 네놈의 능력만이라도 불태워주마―."

『내방자』가 검은 뱀의 등을 박차고 뛰었다. 빠르다. 역시나 『내방자』. 뱀 소환능력 말고 운동 능력계 치트 스킬도 있나보네.

정말이지. 이래서 『내방자』는 상대하기 싫다니까.

리타한테는 「손쓰지 않아도 돼」라고 했는데…… 무리하기는. 나중에 몸 상태를 확인해봐야겠다.

"받아라! 『능력 기생 마염(魔炎)』을! 이것이 제8세대 용사의 힘이다!!"

소녀가 파란 눈을 크게 뜨고 외쳤다.

이 녀석하고 길게 말하기는 했지만, 결국 대화는 성립되지 않았다. 저쪽은 사명에 불타고 있으니 어쩔 수 없나. 그나저나 『제8세대 용사』는 또 뭐야.

뭐 어때.

얘기했던 건 시간을 벌려고 그런 거니까.

내가 『마력이 모이는 포인트』에 서 있을 필요가 있었으니까. 시로의 말에 의하면 내가 서 있는 이 자리가 마력 웅덩이의 중심이다.

『천룡의 알』이 그 자리에 있으면 계곡에 모인 마력을 전부 흡수할 수 있다!

"시로."

『예, 아빠! 계곡의「잔류 마력」은 전부 받았어요!』

오른팔에 찬『천룡의 팔찌』가 대답했다.

막을 수도 있고, 이해할 수도 있단 말이지.

"아빠로서 명한다."

나는『시로의 알』에게 선언했다.

"내 최초의 아이 시로여. 그 스킬을 해방하라!"

『예, 아빠! 발동할게요「반사의 소용돌이」!!』

휘잉.

내 눈앞에 하얀색으로 빛나는 소용돌이가 발생했다.

"——뭐야?!"

『내방자』의 눈이 휘둥그레졌다. 하지만, 멈추지는 않는다.

파란 불꽃을 두른 주먹을, 나를 향해 똑바로 내지른다.

그 주먹이― 시로가 만든『하얀 소용돌이』에 빨려 들어갔다.

『분석해요~』

내 머릿속에 시로의 목소리가 울린다.

이것이『반사의 소용돌이』의 능력이다.

예전에 천룡은『영문 모를 힘』에 날개가 잘려서 죽었다.

하지만 죽기 직전에『이해해서 받아치는』능력을 만들어야겠다고 생각했고, 잔류 마력이 그것을 만들어냈다.

시로가 여기서 흡수한 것은 그 스킬이다.

『반사의 소용돌이』

『천룡의 팔찌』고유 스킬.
공격을 받으면 발동.
상대의 스킬을 이해하고 그 효과를 그대로 상대에게 되돌려준다.
강력한 스킬이지만 한 번 사용하면 다시 충전하는데 십여 일이 걸린다.

"으아아아아아아아아아아아아아아아아?!"

팔이 소용돌이에 삼켜진 『내방자』가 절규한다.
내 시야에 놈의 능력이 표시됐다.

『스킬 기생 마염』

상대의 몸속에 있는 스킬에 파란 불꽃을 기생시킨다.
기생한 스킬은 스킬 발동을 막고, 그에 관련된 기억에 접근하는 것을 막는다.
스킬 크리스탈을 꺼내면 기억은 돌아오지만, 애당초 스킬과 관련된 기억 자체가 사라지기 때문에 처리하기가 상당히 곤란하다.
사정거리도 상당히 짧아서, 접촉할 정도의 거리가 아니면 불꽃이 기생하지 않는다.

그리고…… 정말 기분 나빠, 아빠. 이거, 아마, 천룡이랑 상반 되는 힘이야…….

"……시로가 기분 나쁘다고 할만도 하네."

남의 스킬을 봉인하고, 게다가 그 스킬과 관련된 기억까지 지 워버리다니. 최악이잖아.

『하얀 길드』는 이렇게 『내방자』들을 처리해온 건가.

스킬을 오염시켜버리면 어떤 치트 스킬이 있던 의미가 없다. 임금님이나 마법사가 당당하게 『내방자』를 소환한 이유가 이건 가. 이건 그야말로 용사 봉인을 위한 비장의 카드다.

『……아빠…… 이 불꽃…… 어떻게 할까……?』

"본인한테 되돌릴 수 있어?"

『할 수 있는데~ 꽤 요란해질 거 같아~』

"괜찮아, 부탁할게."

『아라써~』

시로의 졸린 목소리가 대답한 순간—

내 등 뒤에 마력으로 만든 『천룡의 날개』가 나타났다.

"아, 아, 아아아아아아아아아아——!!"

눈앞에 있는 『내방자』가 절규한다. 시로가 만들어낸 『날개』는 『반 사의 날개』의 여파다. 상대의 능력을 그대로 튕겨내는 초절 스킬을 발현하기 위해 만들어낸, 날개 모양 마법진. 그 거대한 마력이 땅바닥에 있는 바위를 깎아내고, 태워버린다.

"시로— 출력을 조절해줘. 사람한테는 해를 끼치지 않게. 그리고, 라이지카와 라필리아네 언니의 관을—."

『응. 나도 알아~』

『날개』가 영향을 주는 것은 생명이 없는 것뿐이다.

예전에 사람들의 수호신이었던 천룡의 존재 방식 그대로 바위와 파편, 그리고— 미라 비룡 라이지카였던 것을 『날개』가 태우고, 재로 만들어간다. 「아무도 건드리지 못하게」라고 말했던 걸 시로도 들었던 걸까.

왠지는 모르겠지만, 알 것 같다. 바위 틈새로 들어간 『날개』는 가브리엘라 그레이스의 관도 태워주고 있다. 천룡의 묘였던 이곳의 시스템을 다시는, 그 누구도 더럽히지 못하도록.

"댁의 불꽃은 돌려줄게, 『내방자』."

하얀 소용돌이에서 창백한 불꽃이 뿜어져 나갔다.

스킬의 주인인 『내방자』를 향해.

"———으가가가가가아아아아아아아?!"

창백한 불꽃은 『내방자』의 가슴으로 들어갔다. 시로의 스킬은 상대의 힘을 장악한 상태에서 되돌린다. 이 녀석의 『능력 기생 마염』을 노리고 오염시켰겠지.

오염계 스킬에 자기 자신의 불꽃을 부딪치면 어떻게 될까—

"———하윽!"

펑.

녀석의 가슴 중심에서 소리가 났다.

동시에 소녀를 감싸고 있던 창백한 불꽃도 소멸되고─

『제8세대 스킬의 소멸을 확인.』

들으면 기분이 나빠지는 목소리와 함께 검은 그림자가 피어올랐다.

『적합 인자를 파괴당했다. 재인스톨 불가능.』

『우리의 오랜 계약에 의해.』

『치안 유지와─ 지배의 계속을─』

"발동『지연 투기 LV1』, 에잇."

붕.

마검 레기를 휘둘렀다.

칠흑의 칼날이 검은 그림자를 두 쪽을 내서─ 없애버렸다.

"라필리아의『불운 초래』를 바꿔버렸을 때랑 똑같네……."

라필리아의 스킬은 고대 엘프가 만든 것이었다.

하지만 그 녀석들은 절멸됐을 텐데. 그렇다면 이 스킬은 누가 만든 거지?

"아무래도 좋지만…… 엮이고 싶지는 않네."

"으…… 으윽."

쓰러져 있던『내방자』가 눈을 떴다.

『아즈루가의 검은 뱀』은 그녀가 의식을 잃은 것과 동시에 사라져버렸다.

"……넌, 누구냐."

머리를 흔들며 일어난 여자가 날 노려봤다.

"내가 숭배하는 분의 적인가?! 내가 진심으로 숭배하는
그——."

"그?"

"——어라?"

『내방자』가 고개를 갸웃거렸다.

"내가 숭배했던 게…… 누구지? 내 스킬…… 그래, 뱀 스킬.
에잇."

그녀가 손을 흔들자 조그만 검은 뱀이 나타났다. 용사로서의
스킬은 남아 있는 것 같다. 하지만 힘이 약해졌다. 『능력 기생 마
염』이 뱀 소환 스킬도 약간 태워버렸나.

그리고 시로의 감촉을 보면 『능력 기생 마염』은 더 이상 인스톨
할 수 없다. 천룡의 힘으로 반사한 덕분에 그 이상한 스킬에 대한
항체가 들어가 버린 것 같다.

그리고 『하얀 길드』의 기억도 남아 있지 않을 것이다.

"일단 사람들 있는 곳으로 돌아가는 게 좋지 않을까."

"그러…… 려나."

그녀는 아직 혼란스러운 것 같다.

"그만한 능력이 있으면 모험자가 될 수도 있겠지. 용사로 돌아
가고 싶으면 임금님 계신 곳으로 돌아가면 되고. 선택하는 건 그
쪽이야."

"아, 알았다."

소녀는 고개를 흔들며 일어났다.

그리고 그대로 산길을 따라 내려갔다. 나는 그 전에 적당한 양피지에 그녀가 모험자에게 무슨 짓을 했는지를 적어서, 그녀의 옷 사이에 몰래 끼워뒀다. 안 그러면 나중에 모험자들한테 맞을지도 모르니까.

"『하얀 길드』한테 들키지 않으면 좋겠는데."

거기까지는 책임질 수 없으니까.

그리고 그 『능력 기생 마염』이라는 건 길드가 줬을 텐데…… 별로 세지도 않네?

접촉 스킬이고, 전투능력이 높은 상대한테는 카운터 공격을 맞는다. 이번 같은 반사계 스킬을 상대하게 되면 바로 사용자가 얻어맞게 되고.

잘도 이런 하이 리스크 하이 리턴의 스킬을 인스톨했네.

『능력 기생 마염』은 그냥 모르는 사람이나 당하는 거잖아.

"좋았어…… 결정."

이리스한테 부탁해서 근처 모험자 길드에 『능력 기생 마염』에 대한 경계경보를 퍼트리자. 익명이로. 이건 위험한 스킬이지만 알고 있으면 대처하는 건 어렵지 않으니까.

대책까지 포함해서 퍼트려서, 더 이상 피해자가 발생하지 않도록 하자.

"영, 차."

그리고, 나는 비틀거리고 있는 리타를 등에 업었다.

"수고했어, 리타. 그런데, 내가 무리하지 말라고 했잖아."

"……시로를 위해서 그런 거야."

걷기 시작한 내 등에서, 리타가 중얼거렸다.

"나, 시로 엄마잖아. 시로는 나기 자식이잖아. 진짜 자식이 생길 때까지, 시로 엄마로서, 내가 지켜줄 거야……."

"……고마워, 리타."

"가족이니까, 그런 건…… 됐어."

그렇게 말하고, 리타는 잠들어버렸다.

내 옆에는 아이네와 라필리아, 그리고 이리스.

세실을 마력을 너무 많이 써서 피곤한 건지 아이네의 등에 업혀서 잠들었다. 은색 머리카락을 쓰다듬어주니 에헤헤, 하고 기쁜 것처럼 웃는다. 세실도 이번에는 정말 열심히 해줬으니까. 고대어 『타력의 화살』이 아니었다면 『아즈루가의 검은 뱀』은 막을 수 없었다.

그 정체를 알려준 건 이리스고, 여기까지 오는 길을 가르쳐준 건 라필리아, 아이네는 적의 기억을 지워줬고, 레기도 시로도 잘 도와줬다. 덕분에 적에 대해 알았고, 『내방자』를 격퇴하기도 했지만—

"『제8세대 용사』라……."

굳이 세대를 구분한다는 건 신세대 쪽이 강하다는 뜻이겠지.

그 녀석들이 전부 용사 대책용 스킬과 집단전용 스킬을 가지고 있다면…….

"버거울 것 같네. 제8세대 용사."

"아냐. 전혀 문제없을 것 같아."

내 옆에서 걸어가며, 아이네가 말했다.

"나 군이랑 우리가 그딴 사람들한테 지는 건, 말도 안 돼."

"……어디서 그런 자신이 나오는 거야?"

내가 말하자, 『누나』는 에헴, 하고 가슴을 활짝 피더니,

"왜냐하면 우리는 『외부의 아홉 고사공주(告死姬)들』이잖아. 숫자가 하나 많으니까, 제8세대 용사 따위는 상대도 안 돼!"

"그 설정을 아직도 기억하고 있었어?!"

그건 내가 원래 세계에서 만들었던 게임의 제목이다. 어쩌다가 레티시아한테 『파티 이름이다』라고 말한 탓에, 레티시아가 적한테 큰 소리로 말했는데…… 난 완전히 잊고 있었는데. 그 이름, 아직도 살아 있었어?!

엄청나게 창피한데 말이야…… 완전히 중2병 같아서.

"마스터의 파티에는 그런 멋진 이름이 있었나요?!"

라필리아가 짝, 하고 손뼉을 쳤다.

"이리스도 몰랐어요. 그렇군요. 분명히 그거라면 『제8세대 용사』도 상대가 안 되겠네요!"

이리스는 힘차게, 하늘을 향해 주먹을 뻗었다.

『나도 처음 듣는다! 주인님!!』

레기는 마검 상대인 채로 내 등에서 진동을 울렸다.

큰일 났다. 이대로 가면 파티 이름이 『외부의 아홉 고사공주들』로 정착돼버릴 것 같다.

서둘러서 제대로 된 이름을 생각해야겠다.

만에 하나 『제8세대 용사』와 싸우게 됐을 때, 파티 멤버들이 『『외

부의 아홉 고사공주들』에게 이길 수 있을 것 같아?!』라고 외치기라도 하면…… 무지 창피할 것 같다. 『내방자』랑 대립하는 것보다, 『능력 기생 마염』보다 그쪽이 훨씬 위험하다.

"저, 저기, 모두들……."

"응. 레티시아도 마음에 들어 했어, 이 이름. 역시 다들 좋다고 생각하지?"

"물론이죠! 역시 마스터는 저희 마음을 잘 알아주시네요!"

"아홉 고사공주들…… 이라는 건, 동료가 9명이라는 게 전제인가요."

『주인님이 거기까지 생각했을 줄이야…….』

뭐야 이 수치 플레이.

우리가 있는 곳은 계곡을 벗어난 오솔길.

소풍 나온 기분으로 걸어가며 신나게 떠들고 있는 사람들을 보니, 파티 이름을 바꾸자고 해도 소용없을 것 같다. 누나의 기억력과 라필리아의 『멋진 걸 좋아하는』 성격을 너무 우습게봤던 내 잘못이려나.

거기에 이리스의 센스까지 들어가서, 수십 걸음을 걸어가기도 전에 파티 이름이 완전히 확정.

게다가 이런 얘기까지 나오게 됐는데—

"세실 님, 리타 님, 아이네 님, 저, 이리스 님에 시로 씨, 그리고, 레기 님."

『잠깐 기다려라! 엘프 계집이여. 내 이름을 좀 더 먼저 말해라.』

"잠깐만. 나 군은, 노예 한정이라고는 안 했어!"

"그렇군요! 그럼 전에 파티에 있었다는 레티시아 님까지?!"

"이걸로 8명이네요. 그럼 마지막 한 명은?"

『이 몸으로서는 순수함과 에로함의 양면성을 지닌 계집이 좋다만!』

산에서 나와, 언덕을 내려와, 가도에 접어들었을 때―

아이네, 라필리아, 이리스가 호흡을 맞춘 것처럼 딱, 멈춰 섰고.

그리고는 일제히 날 보면서―

"나 군." "마스터." "오빠." 『주인님.』

레기까지 가담해서, 각자의 호칭으로 날 부르고는,

""""『아홉 번째는 어떤 사람이 될 예정(이야) (인가요오) (이죠) (인 것인가)?!』""""

어째선지 눈을 반짝반짝 빛내면서 물었고, 나는,

"그런 예정 없다고―――!!"

하늘을 향해 그렇게 외치는 수밖에 없었다.

일도 끝났고, 문제도 처리했고, 목표를 전부 달성한 한낮.

유급휴가도 후반전에 들어서기 시작한, 그런 날의 일이었다.

번외편 「마검 레기와 어울리는 수영복」

나기와 세실에 다락방에 『천룡의 알』을 감추고 있을 때—
사람 모습이 된 레기는 거실 탁자 밑에 숨어있었다.

—후후후. 이제 곧 소녀들의 수영복 시착이 시작되겠구나. 두
근두근하는구나. 그 녀석들이 주인님을 생각하고 부끄러워하면
서 옷 갈아입는 모습을 상상하니…….

오늘은 하루 종일 『일해서는 안 된다』고, 주인님이 명령하셨다.
그 말은 「열심히 취미생활을 해도 된다」는 것이 틀림없다.

그렇게 확대해석한 레기는 본체를 몰래 찬장 안에 감춰두고,
분신인 작은 몸으로 리타, 아이네, 라필리아, 이리스의 수영복 모
습을 감상하기로 햇다.

—이것도 노예로서의 임무다. 그 녀석들이 주인님이 좋아하지
않는 수영복을 입었다면 주의를 줘야지. 온갖 아름다운 공주들을
보아온 이 몸이라면, 어울리는 수영복을 고를 수도 있을 것이다.

잠시 기다렸더니 복도 쪽에서 네 명의 발소리가 들려왔다.

조용히 미소를 지은 레기는 리타를 비롯한 네 명의 목소리에 귀
를 기울였다.

"나기, 내 수영복 칭찬해주려나."

"주인님이 수영복을 봐주시는 건 행복한 일이야."

"정 안 되면 제가 수영복 매듭을 『기물 열화』해서, 마스터의 눈
이 여러분께 사로잡히게 할게요!"

"이리스도 각오했어요! 훌륭한 것을 가진 여러분과 같이 서는

건 무섭지만…… 열심히 할게요!!"

"""""예~이!!"""

문 너머에서 구령을 외치는 네 명을 들은 레기가 문득, 고개를 갸웃거렸다.

―마음이 들뜨질 않는구나…….

조금 전까지는 모두의 수영복 차림을 보게 된다고 기대했었는데.

―이상하군. 내가 대체 어떻게 된 거지…….

레기는 테이블 밑에서 나왔다.

여기서 노예 소녀들이 옷 갈아입는 모습을 구경하는 것이 너무나 재미없는 일이라는 생각이 들었기 때문이다.

"그러고 보니…… 남은 수영복이 있었지……."

레기는 창고 문을 향해 걸어갔다.

"그렇게 됐으니, 주인님. 여기에 이름을 써다오."

"왜 학교 수영복인데?!"

내 눈앞에 나타난 레기가 입고 있는 것은 까만 학교 수영복이었다.

사람 모습이 된 레기는 하얀 이름표를 손에 들고 나한테 이름을 써달라고 했다.

뭐지, 이 딴죽 걸 게 너무 많은 상황은.

"이런 게 대체 어디 있었어."

"꼬맹이 무녀의 『남는 수영복 주머니』에 들어 있었다."

"남는 수영복이라니……."

예전부터 『내방자』가 왔던 것 같으니까, 그 녀석들을 통해서 이 학교 수영복도 전해졌겠지.

레기가 가슴을 펴고 있는 모습을 보고 알았다. 이 학교 수영복, 안감이 없다. 이쪽 세계 사람들도 거기까지는 재현하지 않았구나. 그렇다면 이름표를 붙이는 쪽이 좋겠네.

"그렇다고 이름까지 쓸 필요는 없지 않나?"

"자기 물건에는 이름을 써야 하지 않는가?"

"아니, 소지품에 쓰는 건 자기 이름이거든."

"이건 뭐라고 할까…… 내가 완전히 주인님 것이 됐다는 증거, 서명 같은 것이다."

그렇게 말하고, 레기가 내 손을 잡았다.

신기할 정도로 진지한 얼굴로 무릎을 꿇고, 두 손으로 내 손을 잡았다.

"이 몸은 더 이상 주인 이외의 그 누구의 것도 될 생각이 없다. 마겸과 같이 목욕을 하고 놀아주는 주인은, 이 세상이 끝날 때까지 기다려도 다시는 나타나지 않을 테니까. 내 주인은, 주인님으로 끝이다."

"끝이라니…… 내가 죽으면 어쩌려고?"

"주인님 자식과 놀겠다.

"그래도 되겠어?"

"된다."

"……그렇구나."

고개를 끄덕인 내 품에, 레기가 머리를 댔다.

오늘은 트윈 테일 머리카락을 풀어서 등까지 내려오는 생머리다. 레기는 부끄러워지면 얼굴을 감추기 위해서다, 라고 말하고는 쑥스럽게 웃었다.

그리고 나는 레기의 이름을 적어줬다.

이쪽 세계의 글자를 아직 잘 못 써서 삐뚤빼뚤해졌지만, 레기는 "잘 쓰게 되면 갱신하면 된다"라고.

레기는 천룡처럼 오랜 세월을 살아가는 존재니까, 여러모로 생각한 건지도 모른다.

"음, 다음은 노예 소녀들 몫이다."

"다른 사람들까지?"

"그렇다! 이 몸이 떠올린 생각을 가르쳐주는 대신, 놈들이 『편하게』 지낼 때에 이 몸도 동석시켜주도록 약속하게 할 생각이다. 그렇게 되면 이 몸도 즐겁고, 놈들도 주인님께서 이름을 써줬으니 기뻐—으악. 주인님! 내 본체를 위아래로 흔들지 마라! 이봐~. 눈이, 눈이 빙빙 돈다— 주인님아———."

정말이지.

나는 한숨을 쉬고 레기 본체를 벽에 기대 놨다.

"방심하면 바로 이런다니까. 요즘은 이상한 짓을 안 한다 싶었더니."

"무슨 소리를~ 주인님이 잘못한 것 아닌가~"

"내가?"

"주인님 때문에 노예 소녀들 옷 갈아입는 모습을 보는 것이 재미없어지고 말았다!"

레기는 침대 위에서, 손가락으로 날 똑바로 가리켰다.

"이것은 엉큼한 마검으로서의 긍지에 관여된 일. 그렇다면 옷 갈아입는 것보다 더 엄청난 것을 보고, 이 몸의 진정한 마음을 되찾는 수밖에 없지 않겠는가!"

"그런 건 안 되찾아도 되거든."

그런데…… 옷 갈아입는 걸 구경해도 재미가 없다고? 레기가?

그렇다고 우리가— 하는 모습을 보여줄 수는 없지만. 신경 쓰이네.

"레기, 어디 안 좋아?"

"──음."

내가 이마에 손을 대자, 레기가 이상한 한숨을 쉬었다.

움찔, 하고 몸을 뒤로 젖히고는 눈을 어렴풋이 뜨고—

"알았다, 주인님!"

"뭘?"

"노예 소녀들이 옷 갈아입는 모습을 보기만 해서는 안 되는 것이다. 주인님이 거기 있지 않으면 내 마음이 들뜨지 않는다. 왜냐하면 주인님이 내게 손만 대도 내 마음이 즐거워지는 법이니까!"

레기는 새빨간 눈을 번쩍 뜨고, 외쳤다.

"역시 주인님이 없으면 안 되는 것이다! 자, 가라! 지금 당장 노예 소녀들의 침소로! 욕실이라도 좋다. 걱정하지 마라. 욕실 벽에 엿보는 구멍이 있다는 것은 이미 다 확인했다!"

"안 가고 보지도 않아! 그나저나 이 별장은 욕실에 엿보는 구멍이 있는 거야?!"

학교 수영복 차림의 레기가 내 팔에 매달려서 별장의 비밀 장소 — 아니, 안 가르쳐줘도 된다니까. 숨겨진 문 장소는 알아두고 싶지만, 엿보는 방은 됐으니까. 어설픈 지식을 가지면 되레 위험하다고!

"이 몸은 주인을 돕기 위한 존재다! 그러니, 알고 있는 것을 전부 전할 의무가 있다!"

"이런 도움은 필요 없다고!"

"각오하라, 주인님. 마검 레기의 봉사는 이 정도로 끝나지 않는다——!!"

내 말 따위는 무시하고 기합이 넘치는 목소리로 소리를 지르는 레기가 정말 즐거워 보인다.

왠지 나까지 신이 나네.

"정말이지…… 넌 이상한 주인님한테 잘 어울리는 마검이야."

"음. 주인도 오랜 세월을 살아온 이 몸이 만난 최고의 주인이다!"

레기는 웃으면서 내 몸을 끌어안고—

"이 몸은 맹세한다. 이 몸이 썩어서 고철이 될 때까지, 이 몸의 충성은 오로지 주인의 것이라고—!!"

한밤중인데도 불구하고, 레기는 정말로 기쁘다는 듯이 큰소리를 질렀다.

작가 후기

안녕하세요, 센게츠 사카키입니다.

『이세계에서 스킬을 해체했더니 치트급 아내가 증식했습니다』 5권을 구매해주셔서 감사합니다.

이 야야기도 5권이 됐고, 겨우 안정돼서 나기 일행은 일단락.

자리를 잡았으니, 아내들과 함께 느긋하게 『사원 여행』을 떠납니다.

마차를 타고 이세계 여행—

역사적인 유적과 숨겨진 전설—

나기와 소녀들의 『편하게』의 비밀—

그리고 만난, 새하얀 모습의 『수수께끼의 소녀』.

그 정체는…… 꼭 본편을 읽고 확인해주세요.

물론 이번에도 오리지널 에피소드를 추가했습니다. 신이 나서 너무 많이 썼고, 정신을 차려보니 15,000자를 넘어버렸습니다. 교정 때마다 담당 편집자분께 「○○ 페이지 더 추가해도 될까요?」라고 물어봐야 하려나요……?

여기서 공지사항입니다.

바로, 이 5권과 동시에, 카타세 미나미 님이 그려주시는 만화 판 『치트 아내』 제1권이 발매됩니다! 이세계의 풍경과 생활감까지 그려진 훌륭한 작품입니다.

만화판에서는 나기와 세실의 스킬도, 알콩달콩도— 물론 재구축 장면까지 잔뜩 그려져 있습니다. 게다가 표지 뒤쪽에는 오리지널 쇼트 스토리까지 있습니다.

이 서적판 5권과 함께, 만화판도 잘 부탁드리겠습니다!

그럼 마지막으로 감사 인사를.

서적판 『치트 아내』를 응원해주시는 여러분, WEB판을 읽어주신 여러분, 정말 감사합니다! 앞으로도 잘 부탁드립니다!

토자이 님, 이번에도 최고의 일러스트를 그려주셔서 감사합니다. 표지에도 나온 『수수께끼의 소녀』디자인이 너무 귀여워서, 저도 모르게 쇼트 스토리 플롯이 나와 버렸을 정도입니다.

담당 편집자 K님. 항상 빠른 답변 감사합니다. 지방에 살다보니 정말 도움이 됩니다. 교정 담당 님, 인쇄소 여러분, 각 서점 여러분, 이 책과 관계된 모든 분들께 이 자리를 빌어서 감사의 말씀을 드립니다. 정말 고맙습니다.

그리고 이 책을 구매해주신 독자 여러분께도 최대급의 감사를.

이 이야기가 마음에 드셨다면 또 뵙겠습니다.

센게츠 사카키

ISEKAI DE SKILL WO KAITAI SHITARA CHEAT NA YOME GA ZOUSHOKU
SHIMASHITA
Vol.05 GAINENKOUSA NO STRUCTURE

©Sakaki Sengetsu, Touzai 2018
First published in Japan in 2018 by KADOKAWA CORPORATION, Tokyo.
Korean translation rights arranged with KADOKAWA CORPORATION, Tokyo.

이세계에서 스킬을 해체했더니 치트급 아내가 증식했습니다 5

2019년 8월 7일 1판 1쇄 인쇄
2018년 8월 14일 1판 1쇄 발행

저   자 센게츠 사카키
일 러 스 트 토자이
옮 긴 이 김정규
발 행 인 유재옥
본 부 장 조병권
담당편집자 정영길
편   집 김다솜 김민지 이성호 정영길 조찬희
미   술 강혜린 박은정
라이츠담당 박선희 오유진
디 지 털 최민성 박지혜
발 행 처 ㈜소미미디어
제 작 처 코리아피앤피
등   록 제2015-000008호
주   소 서울시 마포구 토정로222, 403호(신수동, 한국출판콘텐츠센터)
판   매 ㈜소미미디어
마 케 팅 한민지 한주원
전   화 편집부 (070)4164-3962, 3963 기획실 (02)567-3388
         판매 및 마케팅 (070)4165-6888, Fax (02)322-7665

ISBN 979-11-6389-786-6 04830
     979-11-6190-566-2 (세트)